街の人生

岸 政彦

keiso shobo

はじめに

我々が空想で描いて見る世界よりも、隠れた現実の方が遙かに物深い

柳田国男『山の人生』

この本は、さまざまな人びとへのインタビューを集めたものです。

インタビューは、会話です。よくあるジャーナリズムやルポルタージュの本では、こうしたインタビューは、文章に書き起こされたあとかなり編集され、読みやすい文章に形を変えます。本書では、なるべくそのような編集はせずに、もともとの会話をそのまま残すようにしました。

また、そうしたジャーナリズムでは、なにか偉大なことをなしとげた人、特別の才能をもった人、人と違う人

生を歩んできた人に焦点が当たることが少なくありません。しかし、ここで生活史を語っている人びとは、そうではありません。ごく普通の人びとです。

本書に収録されたのは、社会学者である私が、自分自身の個人的な人生において出会った人びとを対象にしておこなったインタビューです。私は、沖縄や被差別部落で、長年のあいだフィールドワークをしています。そのほかにも、貧困やセクシュアリティといった領域にも興味があり、自分の研究テーマとはしていませんが、そういう問題に関わるいろいろな人びとと出会ってきました。

また、完全に個人的な付き合い、例えばインターネットや飲み会で出会い、なんとなく仲良くなり、普通に友だちとして付き合っている人びとにも、マイノリティとよばれる人びと、いろいろな当事者の人びとがいます。私は私のそうした友人たちから、ほんとうに多くのことを学んできました。

私は、「生活史」（ライフ・ヒストリー）とよばれる語りを集めるために、聞き取り調査をしています。生活史とは、簡単にいえば「自分の人生の語り」です。個人の生い立ちのようなものを聞く調査だと思ってください。自分の研究テーマにおいて生活史の聞き取り調査をするのはもちろんですが、私はそのほかにも、いろいろな自分の関わりのなかで、とくに目的もなくいきあたりばったりに、機会があれば個人的にインタビューさせてもらう、ということをしてきました。どちらかといえばそれは、マイノリティとよばれる人びとにかたよっていますが、自分の研究や教育とは別に、どこで発表するというあてもなく、ただ、ああこの人は面白い、この人が好きだなあ、と思った人びとに、気軽に「インタビューさせてください」とお願いして、生活史の聞き取りをさせてもらってきました。

自分で研究するだけでなく、職場の大学でも、これらの問題について、授業やゼミをおこなっています。毎年たくさんの学生が授業を聞いてくれますが、そのなかには、部落や在日、あるいは摂食障害やセックスワーカーの当事者の学生もいます。そうした当事者の学生が、私のゼミにわざわざ入ってきて、すばらしい卒論を書きます。当事者ではない学生も、真剣に差別問題やセクシュアリティの問題に向き合い、自分でフィールドワークや聞き取り調査をおこなって、ユニークな卒論を書きます。本書でも、五つの生活史のうち二つは、学生たちによるインタビューで語っていただいたものです（「りか」と「西成のおっちゃん」）。

自分で聞き取った生活史や、学生たちが聞き取った生活史が、ある程度の分量になってきたときに、私は、これはこのまま埋もれさせてはもったいないと思うようになりました。そのうち、そのなかからいくつかを選んで、自費出版でもしようかと考えていました。

そんなとき、たまたま本書の出版元である勁草書房の編集の渡邊光さんとお会いして、別件の出版の企画について相談する機会がありました。私は、ふと思い出して「そういえば」と、この個人的な聞き取りや学生たちのインタビューの話をしました。思ってもみなかったことですが、渡邊さんは「それはぜひ出版しましょう」と言ってくれました。偶然に身を任せてバラバラにやってきたインタビューが、まさか一冊の本になるとは、ほんとうに思いませんでしたが、なんとかまとめることができました。

この本は、「人生の断片集」です。

本書に収められたのは、日系南米人のゲイ、ニューハーフ、摂食障害の当事者、シングルマザーの風俗嬢、元ホームレスの、普通の人生の記録です。それぞれ、何らかの「マイノリティ」と呼ばれる方々が多いですが、特に劇的なことがあるわけでもありません。語り手に共通性があるわけでもありませんし、ほんとうに、バラバラの生活史が、たまたま、偶然に並んでいるだけです。

しかし、これらの語りは、「普遍的な物語」です。ここにあるは、特に起承転結も教訓めいた話もない、断片としての人生の、断片的な語りですが、だからこそその普遍的な価値がより際立つのだと思います。本書は、外国人のゲイであること、生まれた性別が自分の性別と違うこと、どうしても素直に人と接することができずに一人きりの下宿で大量に食べ物を吐くこと、こうしたさまざまな問題に勇敢に取り組み、闘い、壮絶な人生を生き抜いてきた人びとの、「普通の人生」の断片なのです。

私たちは、自分の人生をイチから選ぶことができません。自分の性が生まれと異なること、ゲイであること、摂食障害になったことは、選んだ結果ではありません。風俗嬢は選んでなるものですが、そこに至る人生の必然的な過程というものがあります。ホームレスにいたる過程も、そもそも選ぶとか選ばないといったありきたりな解釈を受け付けないような、複雑なものです。私たちはあらかじめ決められた状況に閉じ込められ、その範囲のなかで、必死に最良の選択肢を選んで、ひとりで生きるしかないのです。ここにあるのは、私たちと同じ普通の人びとが、たったひとりでさまざまな問題に取り組んだ、普通の、しかし偉大な物語なのです。

私たち社会学者が聞き取った生活史の語りは、それぞれの研究テーマや理論的枠組みにしたがって細かく切り離され、整理され、類型化・一般化され、分析されることが普通です（私もそういうことをしています）。しかし本書では、最低限の編集のほかは、そうしたことはおこないませんでした。そのため、ぱっと見ると、まるで異なるカテゴリーの人びとの生《なま》のままの語りが、ランダムに並べられているようにしか見えないかもしれません。

たまたま出会った人びととの、ほんの一、二時間の会話を、ここにこうして記録するのはなぜかというと、それが私たちの人生の、なにか非常に本質的なことと関係しているように思われるからです。

ここに収められた断片的な語りは、それがそのままの形で、私たちの人生そのもののひとつの表現になっているのです。「私」というものは、必ず断片的なものです。私たちは私から出ることができないので、つねに特定の誰かである私から世界を見て、経験し、人生を生きるしかないのです。私たちに与えられているのは、あまりにも断片的な世界です。そしてまた、その生活史の語りも、それぞれの長い人生からみれば、きわめて短い、断片的なものです。なにしろインタビューは、わずか一、二時間で終わってしまうのですから。

もちろん、これが、何も編集されていない、いわば「原材料のままの、天然の」人生の語りだ、というのではありません。むしろ逆で、これらの語りには、もとの語り口を損なわない程度には、私の編集が加えられています。そして、誰のどのような語りを、どの順番で並べるかについても、私によって決定されています。

しかし私は、「断片の断片」をなるべくそのまま記録することで、結果的にいちばん「人生の形に近いもの」を世の中に残そうと思いました。

ここに収められた物語は、わずかの時間で急ぎ足に語られたもので、とてもそのひとの人生全体がそれであるということはできません。しかし、人生全体からすれば断片的なものですが、それでもそれぞれが非常に生き生きとした、ひとつの完結した、とても刺激的で示唆的な物語です。本書の物語はそれぞれが断片でありながら、世界そのものと同じ意味と重みとひろがりを持っていると思います。

いずれにせよ、私たちは彼ら／彼女らの語りを共に聞くことで、ほんの数時間のあいだ、「私ではない私」の人生を垣間みることになるでしょう。私たちは、他人の人生の記憶や時間、感情、経験を、語りを通して共に分かち合うことができます。生活史を読むことは、私たちが生きなかった別の私たちの人生を共有することなのです。

言うまでもなく、その「別の私たちの人生」もまた、断片でしかありません。ただ、その断片を通じて、私たちは、「私でない私」の可能性を、はるかに遠く想像することができるのです。本を閉じたら、また「この私」に戻ってしまうとしても。


さて、できれば説明や要約という「よけいなもの」は付け足したくないのですが、より読みやすくするために、それぞれの語りについて、ここで簡単に解説します。

(一) ルイス ―国、家族、愛

南米の「エルパイス共和国」(もちろん仮名です) 出身の青年の語りです。その語りからもわかるように、とても明るく、人なつこい青年です。

「日系」の彼は、子どものときに父親に連れられて日本にやってきます。小学校でひらがなから日本語を学び、やがて塾も予備校も通わずに、独力で普通高校に入学し、さらに一流大学にも合格します。故郷エルパイスでの暮らし、日本への移住の様子、外国籍児童への日本語教育の問題など、私たちは彼の語りから多くを学ぶことができます。

そして、彼は、ゲイという自らのアイデンティティについて語ります。徐々にそのことに気付いていくこと。家族との葛藤、自らの感情の変化。カミングアウト。外国籍の人びとは、とりわけ自分たちの家族を大切にします。国家や市民社会から「排除」されているために、家族や親族のつながりが、とても重要なものになるのです。しかし、ルイスは、家族にたいして「秘密」を抱えることになりました。いわば、彼は「二重のマイノリティ」なのです。

なお、語りのなかに出てくる南米スペイン語圏の国名は、本人の希望で「エルパイス共和国」「ティエラ共和国」「スール共和国」に変えてあります（それぞれ「国」や「南」などの意味）。日本国内の地名や大学名については別のものに変えましたが、国名でそれをすることは、たとえば「実際は韓国人なのに日本人として表記されてしまう」ようなことになります。ルイス本人に相談したところ、このように変更することになりました。

（二）りか　―「女になる」こと

龍谷大学の、私のゼミ生（二〇〇七年度生）、森川諒さんによるインタビューです。ふとしたきっかけでりかさんと知りあった彼は、京都のオープンカフェで、三時間以上におよぶ長い聞き取りをしました。ここに再録したのがそのときの生活史の語りです。

子どものときから自分の性別について違和感があったこと、次第に女性としての行き方を選ぶようになったこと、そして「水商売」の世界に飛び込んで、そこで自分の居場所を見つけていくことなどが語られています。とても印象深いのは「男の感覚も捨てたくないっていうのは、ミックスでありたい。女の人になりきっちゃわないように」という語りです。ここに、さまざまなことを経験してきた彼女の「自己」のあり方が表現されているように感じます。成人式のエピソードにあるような家族との葛藤、あるいは、「居場所」としての「水商売」「ショービジネス」の世界など、数多くの物語が語られます。

先日、この本の出版のために、あらためてひさしぶりにりかさんにお会いしました（私も面識のある方です）。

りかさんは、禁煙にも成功し、とても元気そうでした。ときどき韓流アイドルの追っかけで、韓国を訪れているそうです。

（三）マユ　――病い、尊厳、回復

もともとマユさんは、私がいまの大学に赴任するまえに非常勤講師をしていた専門学校の学生でした。彼女は、摂食障害の当事者として、ながいあいだ研究や自助グループなどの活動に携わってきました。「摂食障害という病い」については、非常に難しい論争がたくさんあります。原因を探す議論、治療や回復の方法についての議論、当事者性や「医学という権力」についての議論。

私は専門家ではないので、ここではこれらの問題について一般的に議論することはしませんが、彼女の語りで興味深いのは、当事者としての「心理主義化」や「代替医療」への違和感です。特に、「本人が良ければそれが良い」というロジックで容認されることの多い疑似科学的な代替医療は、当事者の尊厳の否定として、強く批判されています。そして、摂食障害という「病い」を、もっと大きな社会問題につなげて考えようとする自らの立場が語られます。

さいごに、「回復とは何か」について語られます。全体を通じて、自分が長年のあいだ闘ってきた摂食障害という「問題」を、家族の関係に結びつけないこと、「心理的なもの」として語らないこと、個々の「症状」に還元しないことなど、非常にラディカルなことが語られていますが、「回復」についても、ただ「症状がなくなることではない」と述べられます。

彼女は、このインタビューのすこしあとに、女の子を出産しました。彼女の人生は続きます。

（四）よしの ―シングルマザーとして、風俗嬢として

このインタビューがもっとも古く、二〇〇四年のものです。当時三八歳だったよしのさんは、いまでは四八歳ぐらいになっているはずです。大学に進むと言っていた息子さんも、もう三〇近くなっているでしょう。

よしのさんは、私の友人だった「風俗嬢」の女性から紹介してもらった、盛岡の方です。インタビューは電話でおこなわれました。顔も本名も、何もかもわからないまま、かなり長時間にわたって、家族や仕事のことなどが、詳しく語られました。

若くして結婚した彼女の夫は、バブルに踊らされた当時の多くの人びとと同じように、横浜で派手な生活を送っていました。そして、これも他の多くの人びとと同じようにすぐに破綻し、莫大な借金をつくって離婚します。そのあと盛岡に戻ったよしのさんは、男の子三人を抱えたシングルマザーとして、セックスワークに携わるようになります。

元夫とのこと、仕事の現場のこと、子育てのことなど、非常に立ち入ったことまで聞きましたが、インタビューのあとで、お互い顔も名前もわからないからこそ言えたんですよ、と言われました。遠く離れた私たちの声は、細い電話線一本でつながっただけでしたが、そのような「断片的」なつながりだったからこそ、家族や友人には言えない話が聞けたのだと思います。

（五）西成のおっちゃん ―路上と戦争

このインタビューも、二〇〇七年度ゼミ生の安東（大平）美乃里さんによって聞き取りされました。一九三二

年ごろに生まれた「おっちゃん」は、満州から引き揚げてきたあと、さまざまな土地でいろいろな仕事をしていました。そして三〇歳ぐらいのときに、金沢で所帯を持ちます。しかし、パチンコにハマった彼は、やがてサラ金に手を出し、返済できなくなると、とつぜん妻を捨てて大阪へ逃げてきます。そして釜ヶ崎での暮らしをへて、ホームレス生活も体験します。激動の長い人生の語りは、時間軸を自由に移動し、矛盾に満ちて、複雑に錯綜します。聞き取り当時は生活保護を受給して「福祉マンション」で暮らしていました。元妻とも、自分の家族とも音信不通になっています。

「ルイス」の章の「新宿二丁目」、「西成のおっちゃん」の章の「西成」および「釜ヶ崎」、そしてそれを含む「大阪」などをのぞき、以下のインタビューのなかの、語り手の方々に関わる人名、地名、会社名、店名などの固有名詞は、すべて変更しています。また、生年などに変更を加えた箇所もあります。

目次

街の人生

岸政彦

keiso shobo

ルイス――国、家族、愛

ルイス —— 国、家族、愛

二〇一二年三月一日

（いま）二五（歳）。一九八六年（生まれ）。

——生まれたとこはどこ?

（南米の）エルパイス共和国。シウダード市。プレフェクトゥーラ県。

一〇……一二歳。十二歳かな。十三歳。そう、日本に来て十三歳の誕生日を迎えた。一九九九年四月一〇日。雨降ってた。寒かった、四月、もう俺には、十分（寒かった）。シウダードはもう、カンカン照りだよ。

——覚えてる? シウダードでの暮らしとか。家とか

あー、もちろんもちろんもちろん。最初は、ちょっと小さいうちに住んでて。そこで妹が生まれて、そっから二、

三年して、最後に自分が住んでた家に越したのね。そこらへんはよく覚えてるよ。この間（エルパイスに）帰ったときも……でもこないだ帰ったときは、なんか、街がちっちゃく感じた。

自分が思ってたのがもう、もっとでかかったはずなんだけどって。ここからここいらの距離がなんかもう、とてつもなく長かったのに。え？　こんなん？　って。

やっぱり自分がちっちゃかったから、街が大きく見えたんだなって。（エルパイスに）帰ってきて、ちょっとショックだった。え？　こんなちっちゃいの？　みたいな。いちおうなんか一〇〇万人都市なのに、なんかこう、すごくちっちゃいかも。

――エルパイスのなかでは大きい方の街やの？

四番めぐらいじゃないかな。

――どんなとこ？

どんなとこ？

……とりあえず……何だろう。みんなが、……なんか問題とかがいっぱいあっても、なんかすんなり、まあ気にするけど、なんかもう、もうダメだぁみたいな感じには見えないんだよね。

だってもう、この、明日食っていけないかもしれないのに、酒飲むからね（笑）。明日の、食べ物の、ね、お金を（笑）。酒飲んでた。ずーっと一年中、カーニバルが来るのを待って（笑）。で終わったら終わったで、違うものを、なんかしら、なんか祝って。パーティをしたり。自分の記憶がある限り。

楽しかった楽しかった。そりゃあ楽しかった、すごく。カーニバルはもちろん楽しかったけど、自分がいちばん楽しかったのは、やっぱり年末？　クリスマスと。子どもだからね、いっぱいプレゼントもらえるし、みんなで集まって。年越しとかも楽しいし。年越しもこう、なんか人形作るの。

でなかに、花火とかいっぱい詰めて（笑）、で、それは、「過ぎた一年」だから、「オールドイヤー」っていう名前つけて、（スペイン語で）「アニョビエホ」、で（人形を）燃やす。いまはもう規制されたりしてるかもしれないけど、花火はまあ、結構厳しいから。なんか作りが、作り方が雑だから（笑）、やっぱりあの、怪我する子が多くなってきて（笑）、っていうのが、楽しかった。大みそか。

親戚多い。お父さん十二人兄弟だもん。お母さんも六人きょうだいで。お母さんのところにお母さんのいとこたちとかも住んでたりして……。なんか、自分のおばあちゃんが、なんかおじいちゃんとおばあちゃんがいて、お母さん側の。でもこの人たちは結婚してないんですね。この人、おじいちゃんは別で、あの、結婚してて（別のところに正式な妻がいた）。で、おばあちゃんとはまあ、できてる。で、そこで六人。で向こうでもあの六人ぐらい（子どもが）いて（笑）。

でも、仲がいいんですよ、なんか。普通なんか仲が、そこらへんはなんかギクシャクしそうなんだけど、いや、もう「きょうだいはきょうだい」っていう。だからめちゃくちゃ仲いいし。

――いとこの子たちは、同年代？

あのー、自分たちの世代は、自分がいちばん年上で。お母さん側では自分がいちばん最初に生まれて、自分がいちばん最初の孫なのね、あの、自分のおばあちゃんの。向こう（父方）ではもっといたけど。なんか一番上は多分いま二五、六ぐらい。で、いちばん下がいま多分、十五歳とかで。

（帰ったときは）会う会う会う。いまはアメリカに行ってる人たちもいたりするけど。移民してる人いるけど、パナマとかにもいるんだよね。仕事があったんだよね。

お父さんが五三年生まれだから、あ違う、五八年生まれ？　五三、三、三（歳）。今年（五）四歳。でお母さんが五一ね。

お母さんは何だろ、最初はなんか航空会社、航空会社？　貨物の会社で秘書やってて、その後はなんか、なんかの営業。その仕事はずっと安定してたんだけど、社長が代わって息子になって、なんか、大学の卒業証書が無い人はクビ！　って。で、お母さんがバーって（クビになった）。お母さん中退だから。それが……だいたい九六年ぐらいだよね。

だから最初お父さんが日本に来て。九二年ぐらいに。九一、二年ぐらいに。一人で。一人でっていうかあの、兄弟で。で、そのあと（いったんエルパイスに）戻って、普通にまた同じ仕事して、暮らしてて、でそれであの、新しいうち買って、それで引っ越したのね。

――お父さん最初何の仕事してたか聞いてる？

日本で？　なんか、合金……会社？　群馬で。だから、プレスとか。板金だね。板金板金。群馬で。

――工場労働者か

そそそそそ。

――それって派遣会社かなんかで?

いやー、そういうのはまったくわからない、どういう手立てで行ったんか。なんか、あの、法律が変わって、で、あのー、何だっけ、エルパイス日本交流協会みたいのの会長が、自分のお父さんのおじさんなのね。で、その人にそういう(デカセギの)話が来たんすよ。

それで、それでだと思う。それであのいろんな地方の人とかも集まって一緒に最初来たの。そこの方が、日系人が多いから。向こうは千人ぐらい日系人が行ってたから。シウダードだと、なんかおばあちゃんの話聞くと十家族ぐらいで、でも途中でいなくなって、で結局残ったのが、三、四家族。

おばあちゃんは、日本のパスポートも持ってるから、それだったら(自分は)三世なんだけど、まあ本来は四世。だからぎりビザもらえるかもらえないかぐらいの人たち。

だから自分最初中学校入ったときに、日本に来たときに、最初は帰らされるところだったの。でもやっぱり子どもっていうことで、あの、ビザもらって。だから自分のパスポート見たらなんか、あの、出国準備期間みたいなのが(笑)。

――一回押されてんのや

そう(笑)。なんか十五日ぐらいしかあの、伸ばしてもらえなかった、ビザ(笑)。うわーって。でもそれほら自分知らないから。後から日本語読めるようになって（はじめて知った）。

――へぇー。最初、で、そのお母さんが（エルパイスで）クビになったから、みんなで日本に来ようよって話になったわけ？

そう……だね、そのときに、最初お父さんが来たのね。でやっぱりあの、向こう景気悪くなってたんだよね。インフレが、ひどいことになって。十七％ぐらいなってたんじゃないかなそのときに。なんかいつも、エルパイスの新聞でよく覚えてるのが、なんか、インフレがどうのこうの、って言ってはなんか、太い女の人がどんどん膨れ上がっていって（笑）そういうＣＭがあったんですよ（笑）。

で、そんときに、最初お父さんが来て。で、準備してから、お母さんが（日本に）来たの。お母さんが来て、で一年半ぐらい働いて、でその後お母さんが（エルパイスに）戻ってきて、うちらを迎えに来た。

――え、じゃあ、しばらく両親いなかったんや

いなかった。二年……半……二年間ぐらいは、いなかった。だからおばあちゃんと、ああ、おばあちゃんじゃない、おばちゃん、二人と過ごしてた。

――さみしかった？

そう、だね……なんかそんとき自分があんまり、何ていうのかな、考えることをしなかったのかも。その……

さみしかったはさみしかったんだろうけど、でもよく、よく考えると、ものすごくおばさんたちに当たり散らかしてた。でそれで、あの、向かいの人に、あんた来なさいって、あの二人はお前のお父さんお母さんじゃないのに、あんだけ（面倒を）見てくれてるんだからもうちょっとそういうのやめなさいって、怒られたの覚えてる。五年生。五、六年生だよね。だから、いま考えると、うん、とか思う。今まで考えたことなかった……。そうだね。振り返ったことなかった。反抗してたんだね。

おばちゃん二人と、えー、おばちゃんの（子ども）、だから、自分のいとこ二人。（叔母は）二人ともシングルマザー。男のいとこと、女の子のいとこ。でも女の子は自分と十こ下だから、まあ、赤ちゃん。で、まあ、普通に親戚、あのー、おばちゃん、おばあちゃんとかの付き合いは普通にあるから、

――しょっちゅう行ったり来たりして。家が二軒ある

そうそうそうそう。

――その間、（両親は）帰ってこんかったん？ 手紙とか電話とかぐらい？

電話電話電話。かかってくるし、電話入ってくるし、でそんときなんかすごく覚えてるのが、なんか……そのとき日本からの電話っていうのはものすごく珍しかったから、はいはいはいはい！ ってもう大騒ぎ（笑）。で、お母さんも、なんかそんときになんか、千円で五分とかっていう時代だったから、ほんとに大急ぎでっていう話してる感じで。

向こうから小包はよく、あの、何だっけ、郵便局のあの箱の……ゆうパック？　写真見ると、あ！　ゆうパックじゃん！　って。

——あ、日本の箱で来るんや、そのまんま

そそそそ。プレゼント送ってもらったりとか。

——日本から来たー、みたいな感じで

そそそ。「おおー、セガサターンが届いたぁー」（笑）。（日本語がわからないので、日本から届いたゲームを）主に想像でやってた（笑）。

——ルールがわかんない？　はははは

なんかまあ、撃つやつとか、格闘ゲームだからあれだけど（笑）。どこから……「どこに行けば（ゲームが）始まるんだろう？」（笑）（メニューを）全部押して、「うわーなんか変なとこ行った、電源切ろー」って電源切ったり。

一回だけなんか、近所とは言わないけど、ちょっと離れたところにまた違う日本人家族の人がいて、その人のおばあちゃんが生きてたんだね。だから（一世の）日本人。だからそんときに全部持ってって、これ何？　これ何？　何て書いてある？　なんて書いてある？　って。でも……これ（そのひと）昭和一桁とかだから、「あのー」、ははははは。

――ははははは（爆笑）わからんわな、それは

あの、スタートとか書いてあっても、多分、多分（生まれが）戦前とかだから、

――リセットとかわかんない？


なんか読んでくれるけど、意味がわからないって言う。

その人の旦那が海軍にいた人で、で、その人と、自分のお父さんのおじさんの日本交流協会の会長、二人が朝鮮戦争のときに日本に来たの。

で、そのときに自分のおじさんは、長崎まで行って自分のおばあちゃんたちとか、おばさんたちに会いに行った。

（そのひとは）二世。だからお父さんが日本人。


――どう思ってた、日本って。どういうイメージやったん？


あー、いやまあもちろんそういうなんか、すごく進んでるし、なんか学校とかの勉強がすごく進んでるイメージがあったり。向こう（エルパイス）はＮＨＫの番組とか、たまになんか人形劇？　とかやってたりするから、（エルパイスの小学校では）工作の時間が無かったから、うおーなんか作ってるすげー！　とかほんとにそんな感じだった。ノッポさんとかもやってましたよ。

だから、なんか、なんか三角形に黒いのが巻いてるけどあれ何なんだろ（笑）。

——あ、おにぎりか、ははははは

そうそうそうそう。「あれは甘いのか？」（笑）。だってゴン太君、ものすごく食いたがってるから、そのとき自分子どもだから、甘いんだろなって。だから、日本に来て、あの、コンビニ入るじゃん。あー！　ゴン太くんが食ってたヤツだー！　って。食べて、ああー、何やこれ、みたいな（爆笑）。

——シウダードの学校ってどんな感じやったん、日本と全然違うんでしょ

全然違う。自分の学校は、あのー、何ていうのかな、午前が小学校、午後が同じ教室で中学生が入る。

——じゃあ授業が午前しか無いんだ

そう、だね。でも朝、七時ぐらいから。そそ。早いねん。

——お父さんは、日本語があんまりできない状態で出稼ぎに行った？

まったく喋れない状態で、うん。

——いっぺん行って帰ってきたときには、ちょっとは喋れたん？

まあ、単語いくつか知ってるぐらいで。そんときに色々、何だ？「お腹空いた」とかそういうの教えてもらっ

たりとか。Una casita（ウナカシータ）って言うんだよって、あの、（スペイン語で）「ちっちゃい家」って、Una casitaって。そうそう、だからそれで覚えた。

なんか、（日本の）イメージは（他には）、なんかまあ、原爆二回落とされたって普通に言ってる。で、その一回落とされたのが、自分のおじいちゃんが住んでたところっていうイメージがあった。おじいちゃんっていうかひいおじいちゃん、その人はまったく、なんか自分が生まれる前に死んじゃったから、まったく俺は交流ないけど、でもまあ自分のちょっと繋がりのある人が住んでたところに原爆が落ちたんだーっていって、ちょっとこう、おぉー、って。

——わりと日本の情報っていうのは身近にあった？

うんー、あったあった。

——自分が日系っていうのはいつから？　もう最初から知ってるのそれは？

あーもう最初っから知ってる、だってあの、運動会とかやってますから。日系人の色んな家族が集まって、そんときは自分はちっちゃかったけど、運動会とかってやってたの。

——なんか日系ってさ、それでからかわれたりとかない？

ないないないない。みんなどこかしらの移民だから。シウダードは港町だし。レバノン系とかいっぱいいるし、ドイツ系もいるし、ドイツ人学校っていうのがあるからね。ドイツ人学校は、ドイツ語を喋る。みんな。で、ブリティッシュ、ブリティッシュ・スクール？　もある。

――最初日本に行くぞ、とかって、聞いて、

いや……ああ、みたいな。十二歳。ちょうど……なんかあれよあれよというちに、なんかパスポート作りにいくかーみたいな。（友だちのことは）いやーなんかあんまり……考えなかったけど、あのー、何ていうのかな、向こう十一月ぐらいでもう終業式なのね？　だからそんときに、ああもう自分は一月から入るための、入学の手続きは、本来なら今ごろ教科書とか買いに行ってるのに、買わないんだっていう、そのときは感じたね。

六年生からはもう自分は中学生っていうことで、午後の部に入ってたの。超大人な感じがした（笑）。午後から。あのー、一〇時ぐらいに朝起きて、飯食べてから学校行くんやーみたいな（笑）。朝、朝起きしなくてすむー、みたいな。妹に超うらやましがられた。やっぱり朝早いから。

――友だちとかも沢山いたでしょ

エルパイス行くと絶対会う。（日本の）大学にいるときに、そんときになんか妹に、Facebookっていうのがあるよって言われて、で入ってそこでみんなとまた繋がって。うわー懐かしいねーって。

――Facebookはやっぱり、公開範囲は気をつけてる？

だからあの、カスタマイズしてる。

――別に日本に来るときに嫌！　とかなかった？

いやー……、なんかまったくほんとに、何も考えてない、あー行くんだと思って。まったく考えてなかった。あー行くんだーみたいな。で実際に来て。

まずカピタルまで行って、で一時間ぐらいでしょ。でもそのときにもうやっぱり淋しかったね。おばあちゃんとかとさ、シウダードでもう、おばあちゃんたちとかとバイバイでしょ。いとこたちとかとも、いやー、もう、なんかその、なんか淋しかったのを覚えてる。自分のおじさん、（そのときの出発が）結構朝早かったから、なんか、六時ぐらいにうち出て、そのときに自分のおじさんがめっちゃ車飛ばして。信号全部ぶっ飛ばして（笑）遅刻しそうになった。でそっからカピタルまで行って。

――みんな見送りに来てたん？

うん来てる来てる来てる。でカピタルまで行って、でカピタルから、あの、フランクフルト行きの。だから十四時間、十四時間。ビザ無いからね、そのとき。ヨーロッパ経由で金はらって（アメリカのビザがなかったのでヨーロッパ経由の飛行機になった）……、あのー、それでフランクフルトで、なんか二時間ぐらいしか乗り換えないのに、お母さん英語喋れない、ドイツ語なんか喋れるわけがない（笑）、どこ行きゃいいの？　みたいな感じで、たまたまエルパイス人に会って。その人が英語喋れるから、たまたま同じ方向だったから、なんかモノレールに乗って行かないかんかった。まったく知らん。

そんときにうわー、（無人モノレールだから）運転手がいないとか、超田舎者、ははは。電車初めて乗るのそれが。昔なんか貨物列車みたいなのはあったけど。

だから十二時間、十四時間半……、ずーーっと……で成田着いて。（まわりの日本人が）みんな同じ顔してるって（笑）、って見えた。そのときは。なんか、なんかー、なんか、あんまりあれ（失礼）だけど。

そのとき思ったのは、成田の入管の人が、群馬にもいたーっ！　とか思って。「あの人入管にいたよ!?」って（爆笑）。

成田からすぐ高崎に。だからその（仕事の）準備はもうお父さんとお母さんがとっくにやって。で引っ越して、団地に引っ越して、来て一週間で学校に入ったよ。

その人が最初に。最初みんなは千葉とかにいて、その後群馬でも仕事があるってなって、みんな移動して、それでみんな、おじさんを頼って行ったって感じだね。（日本に着いたとき）雨だった。成田雨だった。寒い…。四月一〇日。（そのとき）ひっさしぶりにお父さんに会って。

――お父さん成田で待ってるわけやんな

もちろんもちろん。……お父さんもう怖いイメージやったからさいつも。

――お父さんに会えてうれしかった？

いや、もう、うん。けど、でもお父さんは怖いって（笑）。そそそそ。あったんだよ。「ムチ」担当だったから（笑）。

――日本の初めての印象は？

そうだねなんか、あのー、車乗って、東名乗るじゃない。なんかもう、全部しっかりできてるーって感じだった。穴がない、道に。「道路に穴がなーい！」（笑）（道路が）超まっすぐだよ。飛ばせるじゃーんとか思いながら。そうだから、（エルパイスでは車に乗ってるときに）「ふぅん！」（力を込めてつかまる）みたいな、こう。でないと、ほんとに危ないところやったりするから。下水の蓋が盗まれてそのまんまになったりするから。鉄、金になるから（笑）。

――群馬って最初に住んだときどんなとこやった？

まあ、もちろん、東京とえらいギャップがあるなぁって（笑）。そう、田舎だねー、なんかあと、あと初めて田んぼとかみるじゃん。田んぼだー（って感嘆した）何この木？ とか。あーサクラ、きれーみたいな。日本に来たときに満開だったから。

覚えてる覚えてる。自分の団地の、もうすぐそこに川があって、で、そこがもうぜーんぶ桜並木だったのね。そこがいつもなんかね、花見とかやったりするの。

（妹は）八歳。九〇年生まれ。そのときに自分の部屋が無くなったのがちょっと嫌だった。（エルパイスの家は）二階に、えーと、入ると、お父さんとお母さんの部屋。ここに、なんかリビングみたいなのがあってここにテレビがあって、で、まっすぐ行くと左に妹の部屋、その次に俺の部屋で、トイレ、みたいな。

（日本の団地は）狭い。狭い（笑）。あ、ほんとに靴脱ぐんだ、とか。どうしよう、二四時間ぐらい履いてんだけど、と思いながら（笑）。（家のなかで靴を脱ぐことは）あーもちろん聞いてる聞いてる。それは聞いてる。

うわー、みたいな。ほんとだー、みたいな。
布団をぽーんって。お布団敷いて。で終わったら（起きたら）こう、ぽーんって（布団あげる）。……そのときやっぱりお父さんとお母さん朝早いから、朝飯担当だった。まあ朝飯っていっても、なんかパンを焼くだけなんだけど。……妹が、早く起きなくて。あのー、早くお前が風呂入れー、とか言って。朝シャワー浴びる習慣が、エルパイスあるから。でも冬はなんか、全部浴びると寒いからって言って頭だけこう洗って。で、そんときいまよりずっと寒いから、頭痛いーって思いながら。あの、濡れてるから。クソ寒いじゃん。群馬、風強いから。

——四月一〇日だったらすぐ学校だね

そう、だから自分が入ったときに、まだみんなが入学してから一週間ぐらいしか経ってなかった。中一から。もう、そんときに十三歳になるから、だから、最初自分も（妹と）一緒に小学校入るかなと思ったら、いやあなたは違うって言われてちょっと、えっ、俺一人で向こう？　みたいな。
あのね、あの小学校は、（外国籍の子どもが）三〇人ぐらいいた。中学校は、三人ぐらい。なんか、中学校があって、道挟んで小学校っていう。

——心細いなと思ったやろやっぱり

そう、だって入って……例えばさ、日本（で）、なんか、ポッケに手突っ込んでるとさ、（態度が悪いと）言われたんだもん（笑）。ええ!?って思って。

――細かいなぁ！

そー！　なんで!?　えー？　俺はそれが普通にしてたから。それ、ダメって言われて。で、普通に香水していくでしょ？　それも、そういう（態度が悪い）ことになってた。そしたら、「あぁ……」みたいな。（しかも）初日から遅刻して行った（爆笑）。二時間めぐらいから入った。でもそれは、お母さんが、次の日は九時からでいいよ、あー違う一〇時からでいいよって、聞き違えた。

――まったくほとんど、日本語は？

ゼロ！

――すごいな。それでいきなり授業やってるわけ？

そー。でもそんときに、なんか、帰国子女担当っていう枠なんだけど、外国の生徒を、例えば国語の時間とか、国社の時間に抜き出して、それで日本語教えてくれる先生がいたの。

――他の授業、数学なんかは教室で日本語で聞いてる？

聞いてる聞いてる。でも自分たちがやってるところと違ったから。自分たちがなんか、何だっけ、文字式とかのところをやり始めてたから、あとなんか平方根とか。でもこっちだとなんか、方程式。あれー？　なんか、それやったことないとか思いながら。

――数学の授業、言葉わかんなくても

そそそそ。まーもともと、数学は得意じゃなかったからあれだけど……まあ、こういうことなんだろなとか。で、たまたまあの、その（日本語の）先生が数学の先生だったから、その人も教えてくれた。あいうえお。なんかほんとに、最初ものすごく印象に残ってるのは、なんか、あいうえおのあれ（プリント）渡されて、じゃこれ覚えてねって言われて、で先生がどっかぽーんって行って、二〇分ぐらいして戻ってきたら、覚えた？　って言われて、

――あはははは

えぇ!?　って思って（笑）。嘘ぉ!?　って思って、その先生はなんか、カタコトの（スペイン語の）単語喋ってた、なんか辞書持って。Termino（終わり！）みたいなこと言われて。これ、早く覚えないかんと思って。

――それはわざとやってるのかな

わざとだと思う。だからそれでほんとにもう、必死こいて覚えて。で、そうするとなんか授業に入りやすくなる。あの教科書が全部カタカナとひらがなでしか書いてないから、

――そういう教科書があるんだ?

あったあったあった。あの、なんか「日本語の基礎」みたいな。（そういう）教科書を使ってくれてた。だから最初そこから……あいさつ、みたいな。「わたしはなんとかです」みたいな、から始まって。二年ぐらいまで。

――友だちになるの、他の外国籍の子らは

やっぱり一緒に（特別授業に）抜け出してくるから、そんとき（日本語の）授業一緒に受けて。で、やっぱり言葉が一緒だから、っていうことで覚えたり。団地に戻ればみんないるし。エルパイス人は自分しかいない。ティエラ人と、ブラジル人、あとスール。スール人……そうだね、で、でもやっぱり自分がいちばん多くつるんでたのがブラジル人とかだから、そのときにポルトガル語覚えた。日本語より先に。もう、子どもってなんかスポンジみたいなもんだから、（自然に頭に）入る入る。（日本語は）やらなきゃー、みたいな（笑）。やらなきゃいかん……。

授業がわかるようになるまでは……やっぱりでも一年半ぐらいは。何言ってるかはわかる。もちろん内容はまったくわかんないよ、歴史とか、日本史とかやってるから。内容はまったくわかんないけど、でももうあの、例えば理科の授業とかは、一年生の、あ違う、二年生の夏休みの前ぐらいからは（特別授業に）抜けなくなってもう普通に（日本人の中学生と一緒に）受けてた。わかんない言葉があったらそれはもう調べて。

――その数学の先生がしっかりした先生で、ちゃんと日本語教えてくれたそう、ほんとに。その先生もそうだし、自分の担任の先生も。自分そんとき、一時期なんかほんとに勉強しなくなってたのね。うち帰って、テレビ見てたの。ちょうど帰ると、あの、幽白（幽遊白書）とかドラゴンボールがやりはじめて、それ見て。で、やっぱりこう、日本語のテストとかやるときに、成績が上がらない。でそのときに先生に呼び出されて、「お前は日本にテレビを見に来たの?」って言われたの。自分はほんとに、ここまで来たのは先生たちに恵まれたからだと思う。面倒見てくれた。

――日本人のクラスメイトとかは友だちになってる?

うん。何ていうのかな、やっぱり外国人がいるのが当たり前な人たちなの。小学校から、ブラジル人の子がいたし、スールの子もいたから。もう外人がいることが当たり前になってる人たちだから、別になんかってこともなかった。だから仲良くしてもらった。

一人だけなんか違うクラスのやつがいて、必ずなんかこう廊下とかですれ違うときにこう、ボーン! って（わざと体当たり）してくる奴はいた（笑）。最初、廊下混んでたから（たまたま）ぶつかったんだね、と思って。でも二回めはなんかもう明らかに二人しかいないのに超近づいてきてドーンってしてきたから（笑）、頭きたーって思って三回めは自分から行ってボーン! って飛ばしたら、やっぱり俺の方が体格いいから、グルグルって転んで、で次の日からおぉーぅ、って、友だちみたいな（笑）。

っていうのもなんか、お父さんとお母さんに言われてたのは、なんかあったら、殴れ。あとは、いいから。って、言われてたの。あとは何とかするから。って。

——お父さんとかお母さんはやっぱり不愉快な目とかにあってんのかな

あってたあってた。だってもう、自分が一ヵ月ぐらい工場でバイトしたときに、いやーー、今までこういう扱いしてきたの？ って。あれショックだった。あれショックだったね。うわー、って思って。こんなのに耐えてきたんだー？ とか思いながら。すげーっと思った。かなわない。

自分、日本語わかるじゃない？ でも、（日本語がわからないと思われて）どう考えてもそういう喋り方普通しないでしょ人に、という（接し方をされた）……。だから、自分は（日本語がわかるから）言い返したりとか。でも他の人たちもなんかもう、なんか、見下してる感じ。工場長とかは、その方はそういう感じではなくて、真ん中あたりにいる日本人。社員があたり散らかし放題。おーっ（怒鳴り）、とか。いや、普通に言えばいいじゃん、日本語わかるからさーって。

——日本語がわからない人のほうが

多い多い多い。わからないほうが多い。

——通じないと思ってむちゃくちゃ言ってんのかな

そうだね。あと、聞く話だと、例えばここは入っちゃいけないとか。外人は入っちゃいけないところとか、それがもう特別な休憩室で、日本人しかいけないところとか。線引されてた、あなたたちはこっち来い（って）。ほんとならね、そこで、なんかまとまってなんか、（抗議を）やればいいんだろうけど、まとまんないからさ。次仕事があればまた次行くし、あと、やっぱり言ったって、みんな違う国の人たちだから、まとまらないんだよね。だから難しいなぁと思いながら。

もうそうだね。いまの（日本での）生活水準は、エルパイスでは持てない。みんなそうだよ、みんなそうだよ。絶対持てない。ほんとにこんなこと（移民）やんない限り……持てない。持てない。

——セガサターン買ったりとかできないわけね

できない。できてもまあ、相当痛い思いしてる。

——痛い思い？

出血…。自分のたち、自分の（シウダードの）親戚たちはそうだね。なんかあの、ゴッドファーザー（代父）っているじゃない、あの、カトリックのあれで。自分のゴッドファーザーはめっちゃくちゃ儲かってるんだよね。一〇〇万ドル単位で（笑）。お金、稼いでる。建設会社の社長で。大統領とも繋がりがあるから。もう向こうはコネ社会だから。

——そういえば、なんかシウダードの市長になれとかって言われてたね

言われてた（笑）。ま、市長までは言わないけど、議員（笑）。まあコネはあるんだろうけど、いやー、シウダード全然知らんし。いまの政治家とか、いまの大統領だって、海軍、エルパイスの海軍兵学校出てるけど、あ

とはずっとアメリカとかで勉強してるから、同じようなもんだとは思うけど、でも、いやあ、もう……彼らは最初から戻ってくる目的でやってるから。

――お父さんとお母さんは戻らんの？

戻る戻る戻る。戻りたいと思ってるよ。ってか戻るんじゃない？　まあ、（甥っ子の）エステバンが帰ったいまは、もっと戻りたいと思ってるよ。

――ルイスはずっと成績良かったんだね

うん。数学は、あのー赤点取ったから叩かれとったよ、いつも。あの、理科は大丈夫だった。生物とか大好きだった。

――高校は一般の入試で受けたの？　進学校？

いや、あほ（の高校）だろー、これは。でもなんか英語科があるってことで。英語の授業がいっぱいあるっていうことで……。そこそこの学校で。

そんときに、自分ともう一人が早稲田に受かって、校長先生に呼び出されたもん。この学校じゃありえない（笑）

――もう一人は日本人？

そうそうそう。

——で、もうひとりがエルパイス人か、すごいな

だって、あの学校は、半分は就職するから。（早稲田に受かったっていったら）え!?　みたいな（笑）。ほんとに!?　みたいな。

——高校時代はどうやった、楽しかった?

楽しかった、部活楽しかった。柔道。ほんと楽しかった、普通に、柔道楽しかったし、（友だちも）いてるいてる。でもそんときあれだよ、一般入試じゃないよ、自分推薦で入ったわけだから。でも、普通に（日本語を使えるようになっていた）。でもそのとき、先生に言われたのが、私立（高校）も受けとけって言われて。で、私立受けて、普通の一般入試で。でないと、（日本の）入試がどんなもんかわかんないからって言われて。

——ああ、偉い先生だね

そう、だから、感謝し足りない。で（私立高校を一般入試で）受けて、で、通って。ちょっと自慢（笑）。日本に来て、三年で、高校（入試に合格した）。

——すごい。すごいほんとすごい

だから、いつも親戚とかが子どもを連れて（日本に）行くって話がくるときに、うちの親通してくる（相談

してくる）んだよ。十二歳、ぎりぎり。十二歳はぎりぎりの年だよ。十三歳十四歳、やめた方がいいと（親戚に相談されたら親は）言う。経験談。子どもの頃に連れてくるならいいけど、そん歳だと、結局中途半端なことになるよっていう。日常会話は、もちろんできるようになるけど、そこから、百人（一首）、あと何だっけあのー、奥の細道とかを読むとかになったらもう無理。もう外国語だもんそれも。

――なんか高校んとき思い出ある？　部活が楽しかった？

楽しかったね。うーん、まあ、普通に、ほんとに、一夏あほみたいに練習して、今までほんとにまったく歯がたたない相手に、初戦で勝ったときの。「おぉぉぉ、あれ？」みたいな。ふふふ。それはあるある。なんか、関東大会みたいな。あったなぁ。

――ビデオあるんでしょ？

ないないないないない。お母さんとか（が）、ダメ、って言ってた。そんとき、なんかお母さん、自分が昇段審査とか試合とかに行くと、お母さんがいつも英語のなんかに出ろとか言ってたのね。そんときに俺ものすごく腹立って、え、何、勉強なら自慢するけど柔道は隠すの、みたいな。

――なんで？

わかんない、なんかの自慢したかったの。自慢の息子だったみたい。そんときに俺、言った、そんときに俺怒った。覚えてるもん。頑張ってるのにと思うやん。

――なんでやろね

うーん。それがいまだにわからない。

だから……あのね、もう勝手に自分では、それ（大学進学）以外のあれは無いと思ってたから。就職はありえないと思ってた。うん。

――でも高校の半分は就職だろ？

でも……学校、まあ英語科はちょっと違うし、自分でもやっぱりそこはエルパイス人の意識で、大学は出ないと。（エルパイス人は）必ず行く。だからもう自分のなかでは、それ以外は。あとは「どの大学にするか」っていう。

――高校んときぐらいやったらもう日本語で漫画も本も読めるし。映画も見てるし。結構本とか読んでたのやっぱり

まあまあ。読んだ読んだ。高校のとき。

――そんときは、好きな子は女の子だったの？

あのね、付き合ったんだけど、それは。（好きだと）言われて、断る理由……ないから。で、初めての経験だから、付き合って。それが、三年ぐらい続いたの。高二、三から大学一年生の途中ぐらいかな？　一回別れ

たから、多分、足すと……四、五年？　まあ、もう、ほんとに記憶にない……ははは……。でも、やっぱり考えると、うん……あったよ、あの、そういうことが、自分のなかで。

――男の子がちょっとええなあ、とかっていうのは、

そう、そうそうそう。考えてた。あったね、それは。だから、あの、変な話、（柔道の）試合のときに、なんかタイプの子、いまだったら、あーあれがタイプなんだなと（はっきり思うけど）、あのー、いつも思ってた、あのー……勃ったらどうしよう!?　って思ったり、とかして。

――なんて？

だから勃ったらどうしようとか。

――あはははは

二回言わせないでー！（悲鳴）

そうそう、だから、そうそうそうそう。いま考えると、やっぱりそうだった。で、自分で認めたときになんかこうスーッと軽くなった。やっぱりなんか、いつもあったのがこれだったのか、っていう。

――なんで早稲田にしたの？

わかんないなんでだろ。はっはっはっは。ほんとになんでだろだって、俺最初、京都外大とか見てたの。資料とか、(群馬には)群馬大か高崎経済大か、その二つぐらいしか無いから、でもなんか、出たかったから。まとりあえず、外へ。そうそう。

あの奨学金も借りてたからね。裕福ではないよ、あのー、超ギリギリな、(スネを)かじるところまでかじったね。妹? どうなんかな、妹強いからなあ。妹強いんだよね、自分が持ってる、その半分ぐらいでもあれば俺もっとすごい。妹は強いよー。わかんないでもなんか……うーん。ま、そこは、ちょっとあるんだよね、あのー……自分まだ腹を割って喋ったことない。

——妹と?

特にあのー、自分が……なってから。お母さんとはもうほら、お母さんにバレちゃったから。

——妹は知ってるんだよね?

まあ知っ……なんか知ってることにはなってるけど、まだそういう話したことないから。だから(先にエルパイスに)帰っちゃったなーと思って。でも……言うたんび、なんか言おうとするたんびに、(妹の息子の)エステバンなんかが(脳裏に)出てきて。妹が……だって拒絶したら俺もうエステバンに会えないじゃんって思って。

——…そんな可能性あんの? 拒絶されるのとか

いやわからない。わからないから。お母さんに関しては自分はわかってた。お母さんは。まあどっちかっていうと自分で言いたかったんだけど、まあ、ああいう形になった。妹はわかんないだよなでも。

――拒絶する人なんておるんかな、家族にさ

いや、いるから……

――いるんだ？

いるから、そうだよいるよ。

――あーそうなんや。妹っていつ日本からエルパイスに帰ったんやっけ？

最近、最近。だからまあこれからどうなるか。うん、これからなんだよ。（甥っ子の）エステバンが超かわいいんだよ。

――（幼児のエステバンに、父親が車のハンドルを預けている動画を見て）車運転して危ないな。

（笑）あ、あぶないと思うんだ。

――危ないやろそら……

おれはもう、（感覚が）麻痺してるから。あのー、それ普通にやらないすか？

――やらへんわ（笑）

ふーん（感嘆）。で普通に、うわぁぁぁってやってるでしょ、右、右（動画を見ながら）、あ、そこらへんは、あのー、大丈夫。

（エステバンは）なんかもう、溺愛されてるらしいのね、おじさんとか。というのもね、自分（ルイス）の子どものころにめっちゃ似てて。こう（髪の毛が）クルックルで、目がポーンって（つぶらで）。あー俺こういう感じで溺愛されてたんだって思って。ちょっとじーんってきた。

――ははははは

はは。あー、って。

（親戚は）みんな仲いいよ。お母さん側の親戚と仲いい。お父さん側とはなんかちょっと遠い。ま、仲いいけど、こっちほどじゃない。

（日本にいるのは）お父さんの、お姉さんお兄さんお兄さん、弟、弟、かな？

――お父さん十二人兄弟やったよね。半分ぐらいこっち？　それぞれの家族がいるわけ？

もちろん。（父親の兄弟の）一番上が六二、三とかで、でいちばん下が三二。

――すっごいな、おばあちゃん、三〇年間も子どもおったわけ？　すっごいなおばあちゃんてすごい。

――おばあちゃん元気?

元気元気。うちのおばあちゃん、お父さん側の、いやーでも、お父さん側のおばあちゃんはもう八〇いくつだから。お母さん側のおばあちゃんは、何歳なのかわかんないんだよね。身分証明書があって、見たら、自分で穴開けてんの。年のところに。

――なんで?

歳バレたくないから（爆笑）。おばあちゃん。歳バレたくないから、だから何歳なのかわからない（笑）。

――教えてくれない?

そう、あの、推測。多分七〇いくつ。ほんとに。

――すごい（笑）面白いな（笑）みんな勝手やな

いやー（笑）。お父さん側のを見るともう、日本人のおばあちゃんだよ。兄弟で集まってるのを見ると。だからこないだ、（Facebook に）写真載っけたあのばあちゃん。

――あー、あの、きれいだよね。あの人すっごいきれいだった

昔、超美人だったよ。

――早稲田と、他にどっか受けたの？

早稲田しか受けてない。うん。よく考えたらリスキーやなと。

――すごい自信だよね。もう通ると思ってたん？

いや、落ちたら落ちたでみたいな……。あーでも、国語が弱いから、それは（予備校に）通ってた。で、あと世界史を強化しよう、みたいな。

――それで模試とか、受けてたん？

うん。

――もう、いけるなと思ってた

いけるいけるいける。まあ。法学部。

――嬉しかった？

うん。

――お母さん泣いたんちゃうん?

や、もう全然(笑)。

――早稲田のレベルがわからんのかもしれんな(笑)

その後の(学費の)請求書を見て、おぉー(感嘆)(笑)。(貯金)全部使っちゃった。高田馬場。(キャンパスに)超近い。歩いて通ってた。ルームシェアしてたときもあった。二段ベッド。それでも安かったから、ここで多分なんかあったよね(事故物件)、という、二人で、暗黙の了解で。もう調べないことにした(笑)。ぜっっったいおかしいよ、っていう、二人で思ったもん。高田馬場で、駅から三分しかないのに、六万はないよね。1K。風呂場ひっろいし。

――大学のときどうやった楽しかった?

すごく楽しかったね。なんか、あっという間に過ぎたもん。もっと勉強しとけばよかったって思った。大学行ってるときってなんか、あのー、法律が好きじゃなくって、なぜか。あーこれ違うと思って。(大学を)出た後に、法律、勉強しとけばよかったみたいな。

――なんで法学部選んだの?

法学部…。そうねえ…。なんとなーくなんかこう……。ほら、支援ができればみたいな。それは思ったんだよ。でもそれはなんか途中でバーンてされて（挫折して）、で（大学を）出た後に、やぁ、いまなんかもう絶対無理やそういうこと（と思った）、はは。いやいやだって、そんな（人助けをするような）金ないもん。（外国人の厳しい状況は）ああそれは、わかってた、わかってた。それはもう。やっぱり集まると話聞くし。……だからあの、リーマンショックのときにほんとに、親戚三〇人ぐらい仕事なくした。一気に。

その人たち？　最初は失業保険が無かった人たちいたの。でもそんときに、もうユニオンの人たちが回ってきたから、で（職安に）行って、ちゃんと失業保険貰えるようになって、お金貰って……仕事がなかったからなんかちょっと嬉しかったみたい（笑）。でもまあ、やっぱもちろん普通に、心配しながら……でもまあ、とりあえずはちょっと貰えるし、みたいな感じで。

酷かったのは自分のおじさん。なんか、ずっと夜勤の仕事もやってて、夜勤てやっぱり二五％増しになるじゃない、時給が。そこがこの会社は、派遣の人に（夜勤でも割り増しが無いと）言われてね。「割増がないけど、やっぱり頑張ってくれてるから、特別に五〇円増ししてあげる」っつって。だから一〇〇〇円のところを一〇五〇円にしてあげるって。

で、まあおじさんはまあもうわかったって言って、でも領収書？　ああ、給与明細とかずーっと溜めて、で最後に自分（ルイス）のところに来て、本来はこうだよね、って言って。で計算して、やっぱり二〇〇円をかっぱらって来るとね（五〇円ではなく本来の二五〇円の割り増しがあったとして再計算した）、計算したら、まあ二〇〇万ぐらい。

でも、なんか時効が過ぎてるのが一二〇万ぐらいあったから、じゃあ残りのに関しては、請求しようかってなって。で、そんときに自分が、なんか自分がやると「非弁行為」とかになると思って、おじさんが〔自分で〕請求する手紙を書いて、おれがそれを日本語に訳すから。で、なんかこうそれっぽい、少額訴訟の教科書とかを読んで、こうやって書けばええんやってって書いて。

これを内容証明でって送ったら、〔雇主が〕もう泣いて、「何をしてくれる」〔泣き真似〕って〔笑〕。最後に、期日までに支払いがないときは法的措置を取ります、っていう文章を書いて。「何です今までよくしてあげたのに」〔泣き真似〕とかって、泣いてきて〔すぐ連絡が来た〕。いや何言ってんのおまえ二〇〇万ぐらいかっぱらってるじゃないって。で、分割でもらったってことがあったね。そんときなんかちょっとこう、はっ〔息を呑む〕〔法律は大切だと気付いた〕。それはもう卒業する間際ぐらいだったから。

――でもそういう話は結構くるでしょ、ルイスに

あーむちゃくちゃ、はははは。〔親戚から〕弁護士だと思われてるから〔笑〕、ほんとに、この間はなんか離婚相談とか来て〔爆笑〕。で、一回なんかほんとに、学生で困ってるときに金もらったもん。あはははは。ちょー当たり障り無いこと言って、最後は法テラスに行きなさいって言った〔笑〕。

――大学のときもそのへんの民事みたいな勉強だったわけやっぱり？　外国人支援に役に立つような

そうそうそうそう。労働法。〔労働法上のトラブルは〕その一回だけだったんだけど、あとは、まあ通訳とかでついていってとか。他にあったのが、なんか労災、出さないとかというときに、もうパーッて〔交渉して〕、こ

うでこうでこうで、こうこうなってるから、って。ての俺がさせたりとか。

ほんとに（非弁行為に当たるのではないかと）どきどきしながら。でも報酬もらってないしいいかなとか思いながら。リーマンショックのときに、クビにされたけどなんか（方法）ない？ って言って。でちゃんと聞いて。「段階踏んでる？ え、突然言われて、何も補償なかった？ やーそれはだめだよ」って言って。

こないだ、離婚する……、なんかもう、書類上だけで結婚してて、でビザを更新する代わりにお金を請求してくるんだよーって。どうすればいい？ 入管に言った方がいい？ いやゆったらあのー（笑）、ゆったら二人ともダメになるからって、まずそこでぜったい（力をこめて）それはやめろ、お前まずそれ違法だからって。あはは。「入管に訴えようかと思って、民事でなんかできない？」って。できないできないできない。あのー、（当事者どうしで）話し合いしてきなさいそれはって。

お父さんが（まわりの人たちに）言うから。（ルイスは）Abogado（弁護士）と。まあ、もう、もう止めたけど。前は言ってた。まあエルパイスは法学部イコール弁護士だから。


——大学時代どうだった？ 大学入って彼女はおるけど、ちょっと違和感があるわけやな

あ、そりゃあったよ。いや、あの、でもそのときは、そんなに考えなかった。

あと、まあ……インターネットで（ゲイのサイトを）いろいろ見るじゃん。いやでもこれは違う違う違う違う（小声）（笑）これは違う。これはなんか、なんかいまはない、なんか違うって。

——でも見ちゃうんだね、やっぱり（笑）

見ちゃった。でも（俺はゲイとは）違う違う違う違う（だんだん小声）（と思っていた）。

——大学入って一人暮らしして、下宿にパソコン買って、ネットで

そうそうそうそう。あーでもこれ違う違う違うって、パソコン見ながら、ほんとに。えー何やってんだろう（って思った）。

で、まあ、なんだかんだで（彼女とは）別れるじゃん？

——いつ別れたん？　一回生のとき別れた？

いや、結構ね、いま思い出したら、高校三年生のときに、ちゃうちゃう一年生のときに一回付き合いあって、そんときになんか……半年ぐらいで別れて、その後また（高校）三年生のときに、三年生の後期ぐらいに付き合って、そこから三年間。だから（大学）三年生ぐらいのときに別れた。あのー、就活始まる前に。

エルパイス帰って（親戚や家族に会ったら）、なんかみんなほんとに女にがっついてる、なんていうと、嫌な感じなんだけど、女の人に、すごいなんかみんな、がっついてるじゃん？　南米人なんか特に。俺違う……と思って。で（日本に）帰って、なんか何となくＨＩＶ検査がありますみたいなのがあって、受けたことなかったから受けてみよって。

そしたらやっぱり、（検査の会場が）新宿だから、あのーこっちの人、ゲイ向けが多いじゃん。そういう（ＨＩＶポジティブの）可能性とかあったりして。なんか新宿に、二丁目に、コミュニティ・センターみたいなのがあるって。で、色んなバーに、なんかコンドームを配る活動して回って。啓発活動みたいなの。あーそうなん

だーって言って。でそこで行って。

――ＨＩＶの検査を受けようと思ったのはたまたま？

そうそう。（いちどエルパイスに里帰りしたあと）戻ってきて、でもなんか一〇月ぐらいに、なんかで書いてあったから、いやなんか受けてみよって思って。受けたことなかったからさ。

って、そういうのがあって……えーとか思いながらどきどきしながら行って……行ったんだよ！　だからあのー、その、コミュニティセンターに。これは行かないとって、思ったんです。で行って、その、（そこで出会ったひとと）一緒にいろんなとこに行くじゃない？　あの、バーに。あー（感嘆）、らくー、と思って。

（すでにゲイバーに興味が）あったんだよ。でも、彼女いたし、あのー、あともうものすごく、なんかまあ、ホモフォビックなあれ（家庭環境）で来てるから、そういうの（自分でも）避ける（ように暮らしていた）。でまあそのとき、思い切って行って（センターが主催するコンドーム配布のボランティアに参加した）、色んなバーとかに入った。まあ（コンドームなどを）置いていくだけなんだけど。

そのとき色んなバー行くじゃない。あーなんか、らくーと思ったのよねほんとに。この人たちのなかにいると。

――はっきり自覚したのはそのとき？

そうやね。あ、そっか。

あーでも……だから、で、そんときに……あの、まあ、何だか半年ぐらい過ぎて、で初めてこっち（ゲイ）の人と会って（付き合って）、でまあ、キスするじゃない？　そのときに、なんか、もう、あれー？　と思って。でなんかほんとに、幼稚園ぐらいのときに、あのー、幼稚園の男の子とキスしたっていう記憶が戻ってきて、あー（息を呑む）、でそれをおかんに見つかったっていうのを、思い出して（笑）。

——あーそんなことがあったの……

で、それを自分でもまったく覚えてなかった。うん。でなんかお母さんがあの、悲しい顔したの。あー（悲嘆）、なんか俺いけないことしたんだー、って。だからもう、ポーンって、閉じた。そのときに思い出して。

——幼稚園のときには閉じてたわけそれは

そう、だからもう、そんときにその記憶は、もう。（大人になって再び男性と）キスするまではほんとにもう、無かった。

——彼氏ができてキスしたときに初めて、久しぶりに思い出したんだ

そうそうそうそう。あっ（息を呑む）、うわ、まじ？（っていう感じ）。まあ、（当時は）別に二丁目に飲みに行ったとかじゃなくて、あのー、その活動だけなんだけど。なんか飲みに行くのはなんかもうちょっと、なんかレベル（敷居）が高いなと。まあいまだったらまあ、普通に行けるけど。

なんかちょっとこう、この違和感は何だったんだろうと思って。だから（彼女と）別れたあと、やっぱり自分の時間が増えて、で考えるようになって。何なんだろうってほんと。

——自分で認めないままゲイのサイト見てたの？

だから、まあ、見終わって、一時的に、あのー、なんかこう、興奮してただけやと。ほんとは、違う違う。って、言い聞かせてた。言い聞かせてたねー。

——ちょっとずつ自覚していくの？

そうなんかなー、そうなんかなー……、でもう、あーもうそうだ、ってわかったときにほんとになんか、肩の荷が下りた感じ。

——大学、三、四回生？

それぐらいそれぐらい。

——誰かに言ったことある？　大学のときに

ない。（ルームメイトにも）ない。だってノンケの男にそんなこと言ったら、「襲われるー」とか、言うじゃん。

――言われる言われる

だから大学のとき（の友人）で知ってるのが、一人が女の子の友だちで、でもう一人が、別の大学だけど同じサークルに入ってて。そのとき、そうそう、その子が、こっち用のmixiみたいなのがあって、そのときに、あれなんか見たことがある人だなーと思ったら、うわ！　って感じだったね。でももう足あと消せないし。

――ゲイのmixi？

あるある。やってたの。メンズmixiかな？　みたいなのやってたの。メンミク（笑）。うわ、なんか、なんかこの子見たことあるなと思ってクリックしたら……。で、見たらすぐ足あとが来て！　で三日後ぐらいに、メールが入ってきて、「バレちゃったか」（笑）。軽い感じでメールが来て、「ごめん見ちゃった」（笑）って返して、まあお互い内緒ねーって。世の中わからんなーとかお互いに言って。

まあ、ほんとにあの、相手からすると、ほんとに意外だったんだって。やっぱりみんなそんときに、自分が彼女いたよっていうのはみんな知ってたし。

そんときなんか、彼にも彼女がいたんだけど、見たことがない。「あ、彼氏やったんだ」（って気付いた）。あっはっは。

――彼氏を彼女って言ってる？

そうそうそう（笑）。その後もなんか、大学の先輩も、なんかその、そのソーシャルネットワークで（発見した）（笑）。

——なんか、どっか就職決まってたよね？　内定出てたよね

俺が……あの……馬鹿だから。ははは。

——留年して内定取り消しになったんだっけ？

そう（笑）。ほんとに、ソニーに決まってたんです。ソニーに。あははは。

——えー、あははは！　アホや！　ははは、で、○○屋？

（留年してソニーの内定が取り消しになった次の年がリーマンショックで、一転して就職難になったため、飲食チェーン「○○屋」の内定しかもらえなかった）俺、いあやあ、もう……、もう思い出させないで。思い出させないで。

——もったいないなぁ

どこだったか覚えてないけど。いやもう、「ああこうやってカードも買えるんだー」、もう僕は会社のクレジットカードとかの書類も書いてて……、ちゃんちゃらんちゃんちゃらん♪「そつぎょうーできなーい」♪（笑）。でー、会社の、何だっけ、東京の本社に行って「すみません」（笑）。（その前にすでに）自分のサークルの、おんなじ先輩が、おんなじ道歩んだ。

（一年余分に）待ってくれりゃいいのにねーって、思ったけど俺は。

――何を落としたん？

英語。英語を（笑）……、違う、落としたんじゃなくて、なんか、英語テストで、あのＴＯＥＩＣを取って、それで申請して、もう単位として認められるよ、と思ったけど（という条件だったけど）、あのー、（ＴＯＥＩＣの試験の）結果が来るのが（大学の採点期限に）間に合わなかった。

あ、俺そんときの顔、ほんとにすごい顔してたよ。やつれてた。だって、いま思うと（同時に内定をもらっていた）丸紅を蹴ってソニー入って、超息呑んでた、うわ、ソニーに、お前がいくんやーって言われてたりして。やっちゃった。あはは。そっから〇〇屋入っちゃった（笑）。〇〇屋……いや、あの、何回か泣いたよ、深夜の皿洗いながら（笑）。だってだって、ねえ、はははは。もう、リーマンショックの後だから、ものすごく変わってる。丸紅もそのときまたいいところまで行ったけど、そのときはダメだった。ソニーも、そのときいいとこまで行ったんだけど、それもダメだった。うわー。

（〇〇屋には）ぜーんぶ入れると八ヵ月ぐらい？　研修期間……で八ヵ月ぐらいかな。

ブラック企業ですよ（笑）。なんか和民の話とか見てるとうんうんうんうん、あーあーそうだねって（よく理解できる）。

だってなんか、一週間シフトで、必ず（バイトがいない時間の）穴埋めないかんから、ほんとに、酷いときは朝六時に出て、（夜の）三時ぐらいに戻ってきて、そのまま（朝の）五時から出勤みたいな。土日なんかもうフルで働いて。ずっと動きっぱなし。でも自分はマシな方だった。神奈川の友だちは、一ヵ月に一回休みがあるみたいな。で、手取りがなんか二十三万とか。えー!?　と思った。時給計算したくなーいとか思いながら。

だからなんか、和民とおんなじやな。外国ででっかい話してるでしょ? カンボジアで学校(つくる)とか。まったく同じことしよんねん、あの、アフリカで子どもたちをどうのこうの。あーおんなじだなーとか思って。ねえ。ほんっとにアホだな……。だって自分が入って一ヵ月で、二〇人ぐらいはもう辞めた。千葉。でも一店舗見るだけじゃないから、何店舗か見るから、例えば、ここがもう、あの、あのシフトに穴が無くても、他にあったら自分そこに行かないかんの。

――絶対休まれへんのやな…

うん。で、見る店舗が二〇店舗ぐらいあるから、社員五人で。あの、社員五人だけど一番上がなんかブロック長だからその人はシフト入らない。あと、二人先輩と、新入社員二人。で(エリア内の全店舗を)見るんだよ。すっばらしいよね。

あのー、何だっけ、オープンするばっかりのときに、めっちゃくちゃクレームがあるんさ、何せ入れ忘れたとかさ、遅いとか。でそれのぜーんぶ始末書を書かないかんから。だから仕事がもう終わったとしてもそれを書かなきゃいけないから、で必ず締め切りがあるから、自分書いて一回上の人に見せてから、本部にFAXして。(クレーム処理で苦労したから、飲食店の店員に)優しくなるよ。だからたまに、なんか会社の人と居酒屋行って、なかなか来ないときとかあるんだよ。あーもう、だいたいこの時間は……と思うと、催促しないで、って言いたくなる。もうどうなってるか(わかるから)。あとたまに、まあ今夜勤とかで五時半とかにあがってて、あのー、近くに〇〇屋があるから通ると、もうなんか朝五時半とかからもう(客席が)満タンとかになってるの、で一人じゃん。うわー……頑張って……、ほんとに、皿だけでも洗おか？　って思うもん。どんだけ大変かわかるもん。すごかった。

（辞めるときは）なんか、こう、もうちょっと頑張ろうや、もうちょっと頑張ろうや、みたいな。逃げてんじゃないか？　って（ひきとめられた）。いや逃げたくもなるよ！　逃げたくなるよバカヤロウとか思うよ。

や、（新宿二丁目には）そんなに行ってないよそんときは。だから行ってたって言ってたのは、（コンドームを配布する）ボランティアだけだよ。

卒業してから。だから〇〇屋で、あの、休みの日は（二丁目に）行ってた。週一休みで、だいたい夜勤終わって、（朝）九時。ウチに十一時に帰ってきて、だいたい四時ぐらいまで寝て、で（二丁目に）飲みに行ってた。で飲んでどうせ次の日は夜勤だからと。

――昼間寝ればいいわって？

そう。

――さっき言った彼氏とは、付き合ったのはそのぐらいなの？

いや、それは、あのー、就活してるときだな。二回目の就活してるとき。その人も、メンミクで知り合った（笑）。その人は、関西に住んでた。でも、実家が（群馬の）俺んち（家族が住んでいる家）から二〇分ぐらいだったの（笑）。で、うわー、超近いねーって、まあメールで。で、なんかプライド・パレード、行くんだけど、どう、よかったら会わない？　って言って。で、来て。で会って。（プライド・パレードは）まー軽くそう（出会いの場に）なってると思うよ。そのときに会って。

――五回生？　それが最初の彼氏っていうか最初の、

そうだね。（男性同士の）おつきあいだね。ははははは（照れ笑い）。（自分は）意外とモテるで。ははは。

――自分がゲイであることに対しては……

（最初は）恥ずかしい、よくない（と思っていた）……。まああんまりこう……ほら相手が（カミングアウトしたときに）どういう反応に出るかわかんないから、別にほんとだったらもう、嫌な反応だったらそんなヤツとは縁切ればいいって話だけど、ま、そこまで……強くないっていう。だから自分がそこまで強くないから、それはできない。だからちょっとずーつ、あ、この人はいけるかな、っていう人には、ぽーんってパスして（カミングアウト）。でそれいまのところ、見誤ったことないから。

――カミングアウトのときに、実際に不愉快なことがあったりとか

されたことはない、ね。自分は。だから今まで。でも、ちょっとずつ、そういう話振るんだよ。で、どういう反応するか見る。

――されたことはない。でもその、される可能性はあることは、

そそそ、だから、だから、言ったじゃん、ちょいちょい出して、その人が「ああ」、みたいな反応したら、いやもうその人には言わないしそれ以上もう踏み込まない。

――日常生活でさ、外国人扱いは、

えー。なんだろ。なんだろね……いやー何だろな……わかんないや。なんか、考えてないな、そんなの……。なんやろ。あー、嫌でもっていうか、まあ嫌でもこうやって目立つから、どっか入るとなんか、やっぱこう視線がこう……「わー、ガイジンが入ってきた」みたいな。だから銭湯とか行くとさ、「あーガイジンが入ってきた」って。まあ、そういう、まあ、不愉快、まあ、何言ってんの？　とは思うけど。あとはまあ、アパートとかね。まあ自分たちはもうほんとに、「あそこはだめだよ」（外人に部屋を貸さない）みたいな（情報が回ってくる）。「外人さんはだめだから」みたいな。もう最初から言うから。

あとはそうだね……あとなんか就活するときに、就活とか、アルバイト探してるときに、英語事務みたいな、バイトがあって、それで応募して、で（電話で）「じゃあ名前だけ聞いときますねー」って言って、名前を言うじゃん。名前で初めてわかるじゃん、自分の（国籍が）。そのときに、「あ、外国の方なんですか、えーといまちょっとですねえ」みたいな。そういうのはあった。

（東京で外国人の友人と、外国人でも借りられるシェアハウスの物件を探すときに、ゲイのネットワークが役に立ったという話）。チョー簡単だった。え？　ほんとに？　こんな簡単なの？　って（笑）。なんかもっと苦労し

てたよ俺って思って。

――すごいネットワークやな（笑）。でも面白いよね、ゲイの友だちが持ってるネットワークの付き合いだと、外国人でもいいわけやし。例えばシングルマザーとかでも入りやすい？

多分そうだね。

――マイノリティ、っていうか、障碍者とか

うん。

――受け入れてくれるところを知ってるわけ？

そうそうそうそう。

――面白いね。面白い

たまにあるのがあのー、店員がタメ語で喋ってくる？　あの、ありえないじゃん、客に。でも、こういう（ガイジンの）顔してるから、なんか舐めてかかるじゃん？　そういうときは、たまにイラッときて、「なんでタメ口なん？」って言う。

いや、服屋、ていうか、メシ屋。普通の日本人とかには敬語で喋ってるのに、なんかここだけそういう喋り方

でしょ？　まあ……うーん……まあわかりやすくしてくれてるかもしれない。だから難しいんだよそれは。だから不愉快と取るか取らないか。

――「おかわりいる？」とかいう感じで言ってくる？

そう、だから、たまに自分はそれが嫌なの。（日本人の）客にはそうやって言わないでしょ？　でも、まあ、向こうからしたらちょっとした優しさかもしれない。っていうときもあるかもしんないし、もうほんとになんか偉そう（な態度を取られる）ってときも。まあほんとにもうごく稀なんだけどねそれは。

――一〇年日本に住んで、一般入試で早稲田にも合格して……そういうときは腹立つやろ

そりゃ、そらそうだよ…。そりゃそうだよ……。

――日本に対してどこが腹立つ？　どのへん？

んー…

――日本人っていうか

日本人っていうか……んー……何だろう、なんか自分がいちばん腹たったのが、あのー、何だっけ。リーマンショックのときに、じゃあ航空券払ってあげるから行きなさい、っていうのは、あれはものすごく腹がたった（二〇

○九年、仕事が激減して生活が破綻するブラジル人など外国籍住民が続出し、おもに日系南米人に対し帰国する費用を日本政府が負担したもの。「帰国支援金」と呼ばれたが、この費用で帰ると一定期間は日本へ再入国できないなどの制限があった）。

何言って、何を言ってるの⁉ って思った。なんか……語弊があるかもしれないけど、何あの、そういうなんか、娼婦の人に、なんかお金払って、もう終わることは終わったからもう金払って帰れみたいな。

――手切れ金？

という感じに、俺はほんとにあのときは……でそれに気づかない（外国人の）みんな？ だから、ちゃんと、あの、自分たちにも腹立つの、コミュニティに。まとまんねえから。ほんとに。いやいつまでもそんなんだから、いつまでもやられるよっていう。でも言うと、もう、あー（うんざり）ってどうせ言われるから。

いや、自分の親戚はそのお金（帰国支援金）は貰わなかった。それは、あの、わかってたから、ビザもらえなくなるの。

――帰ったらもうこっち来れないっていうこと？

そうそうそうそう。それはできないみたいな。でも知ってる人は帰った。何人か。

（地震のときは）エルパイスの人、もう大勢帰った。むっちゃくちゃ帰ったもん。でもまあ、しょうがないよそんな。津波だけならね、その後も原発のあれがあったから。ほんとにあれが、みんな怖がってたんだよね。ほんとに俺、あの、一時期自分のFacebookで、めちゃくちゃ（原発事故の）情報を（スペイン語で）流してた。あのときに。そのときほら、あのＮＨＫインターネットでニュース流してたじゃない？　自分ほんっとにかかりっきりでそれ聞いて、（スペイン語に）訳して書いて。

――原発のときは支援金なかったんやんな、別に

自腹、まあ、自腹で帰った人もいた。飛行機で……自分のイトコが、子ども、女の子四人ぐらいいるんだけど、そんときに（支援金がもらえるときに）、もう、いまだーってなって（帰った）。でないとほんとに、一回帰るのに（家族全員分の飛行機代が）一二〇万ぐらいかかる。そう、こんときやーって言って、あー得したなって。あれはもう全然俺は（気にしない）。

でも向こうで、なんか話大げさにしたやつは、あの、もう腹立ったよね。自分の親戚じゃなくて違うエルパイス人で、どこだったかな、豊橋とかに住んでるのに、「いやー、放射能が」って。「いやー地震が」（笑）。でもそれも、その後群馬らへんでも震度六ぐらいのはあったんだけど、（３１１のときは）豊橋は震度一ぐらいだったよ（笑）。

俺今日、（大阪に来たときに）朝、Facebookに書こうとして、なんかブラック過ぎてやめとこうと思ったのが、「あー大阪はベクレルの臭いがしないね」って書こうとしたけど、さすがになんかブラックすぎやなと思って（笑）。

――ははははは。

でもあの、雨降ると（放射線のことを）ちょっと思うんだよね。（赤ちゃんの）甥っ子が（エルパイスに）帰る（途中で東京に寄った）ときは、水道の水絶対使わせなかったし。（群馬から）東京来てくれたときは。

——南米系の外国人て減ってるんだよね。ブラジル人なんかむちゃくちゃ減ったし

減ってるねえ。向こう景気いいからね。帰ると。

——いまシウダードに帰って仕事あるの？　おんなじような状況でしょ

同じだよ。やっぱり、エルパイスは学歴がないと。ちょー（力をこめて）学歴社会だから。学歴がないといい仕事もらえないし。

で、もういまのほんとに（日本での）生活水準に一回慣れてるから。車買って、でバイクもあって、最新のパソコンもあって。で、安心？

——日本は治安はいいよね。ルイスのエルパイスにいる親戚も、なんていうか、深刻というか

うん。

——いとこが亡くなったの最近だっけ

去年の四月。

——それも抗争？

その人が、なんかね、（もし）その人がなんか麻薬やってたとか、なんかそういう悪い取引してたとかなら、もうみんな、まあ納得できた。（でもそういうことが）一切無い人だから。

——詳しく知ってる？

まだ何もわからない。捜査なんてしない、まあしてもね……。人違い（による殺人）だったんじゃないかっていうぐらい。

小学校のときの友だちのお父さんが……自分たち小学校二年生ぐらいのときに、なんか土曜日にサッカーの試合があったのね、学校で。だからみんなこう、あの、めずらしく（家族みんなも）学校に来たんだけど、でもそのときに、（そのお父さんが）タクシーに乗ってるときに、バイクがこう乗り付けて、パーンってやって（射殺）。そのときに、その俺の友だちと妹二人とお父さん。お父さんはもう完全に亡くなって。彼もその返り血とかもわーって浴びて、その状態で学校来て……妹もなんか、まだ、あの、ここ（頭）にタマが残ってるんだよ。手術できないの。で、もう一人の妹もここをかすって。彼は（怪我は）一切無かったんだけど。それが初めてだな。あとは自分は、お母さんって、ゲリラと右派民兵が、ちょっと対立してるところの出身なのね。で、そこにいる人、俺のお母さんのおじさんは、酪農？　なんか牛とかいっぱい飼ってる。で、その関係でその人が亡くなって。「お前は、あっちの協力者だ」って（誤解されて）、殺された。

もう一人は強盗かなんかで、まあ、それもなんかあの、ゲリラだったみたいなんだけど、結局は。なんか税金

（みかじめ料）を払わないから？　殺しにきた。

でもまあ、その人たちは俺も知ってたし、母さんたちもすごく悲しんでるから自分も悲しかったけど、でもやっぱりまあ、ちょっと遠い人たちだったのね。

でも、いとこはそれはもう。

——こないだFacebookで写真載せてた人？　年いくつやったっけその人

二八……あ？　違うわ。二九？　わかんない（笑）。三二だったかな。

その人がいるとなんかもう必ずふざけてる。まじめなこと言わない人。その人の兄貴が、亡くなったときに、「もう悲しい話をするのやめよう、彼はいつもみんなを笑わせてくれたでしょ。笑っていこ」って。

最近なんかいっかい俺、ブルーな話が来たって（Facebookに）書いてたでしょ？　その兄貴に娘二人がいるんだけど、なんか誘拐の、あのー、何て言うの？　脅迫（予告）がいまきてる。いま、彼、いい感じでいってるから、仕事が。儲かるじゃない？　だから商業的な、誘拐。

で、あのー……、脅迫受けてる。変な電話がかかってきて、すぐに学校に、親戚とか行かせて、取りに（迎えに）行って。

おもしろいよねー…。そんなことがあるけど、カーニバルでみんなあんな楽しそうに。でもそうしないとやってられないってことなんだろうけど。ってたまに思うんだけどね。

——日本にいても、母国に帰っても、正解ってないよね

自分たちは、あのー、日系人というアイデンティティは、そんなに無いんだよ。

うーん……そうだね、自分はほんとに帰ること、一回だけ考えたけど。でもほんとに、まあちょっとイヤイヤだったんだけどね。

向こう（エルパイスの家族）は、どっちかというともう俺が、（日本に）染まってると、お前はもう日本人みたいな考え方してるって言われてる。

でも、やっぱり日本人のところにいると、俺は違う。日本人と同じ考え方は、してない。

（エルパイスに）帰ってももちろん楽しいけど、やっぱりなんかどっかあの……違和感があったりするの。

向こうでよくあるのが、お金貰って政治家に投票するんだよ、普通に。なんでそれ普通に言うの？ って。だからいつまでもこうなんだよって。言っても、「ああ（鬱陶しい）」って言われるだけ。だからそういうところが……。

こっち（日本）に来ると、なんでそんな固（かて）えんだよって、それどうでもよくない？ とか。会社でよくある。別に報告する必要なくねそんなの？ 意味ないじゃん！ 無駄！ 無駄！ ってずっと言ってる。ははは。

向こう帰ったら向こう帰ったでこっちが恋しいし。ちょっと恋しくなる。だって戻ると「あー帰ってきた」って思うもん。

行っても、「あ、帰ってきた」って。

（シウダードに帰りたくなることが）たまにあるよそりゃ…。いま、おばあちゃんたちがいる。もうおばあちゃんたちだからさ、もう、長くないじゃん。でも、もう覚悟してるけど、もう、亡くなるときは自分はこっち（日本）にいるんだと。

そういうときはちょっとこう、うー、ってなる。

——どこにいてもどっかが恋しいわけね

そうなんだよ……。ちょうどいま半分、人生の半分ずつが（日本とエルパイス）。二重国籍認めたらもうすぐ取るよ。便利だし、パスポート。はっはっはっは。

でもだからって、だからいまエルパイスやめて（エルパイス国籍を捨てて）、日本のパスポート取るってことはちょっとできないねー。まよく考えればパスポートが変わるだけっていう話なんだけど、一時期、自分そう考えてたし手続きし始めたけど……。

——あ、帰化の手続きを考えてたの？

うんあったあった。大学のときに。（帰化）したかった。（でも）しなかった。なんでだろう、なんか、頓挫しちゃった。めんどくせーって思って。はっはっは。書類が多い。

——純粋にめんどくさいんだやっぱり。それを書いてまで日本人になりたい気はなかったわけだ

そうそうそうそう。たしかに便利だけどなんかなー…。でもほんとに二重国籍認めるんだったらそのめんどくさいのはやってもいい。

あ、俺ネタで持ってきたよ、パスポート。（大阪に来るときに）ちゃんと入管通ったよって。はははは。

――ああ大阪は独立国だからな、はははは。大阪共和国

――ちょっとカミングアウトの話に戻るけど、お母さんにばれたのは幼稚園のときの話しなん？

でも、そんときはもうほら、多分こどもの遊びだと思われたんじゃないかな。

――いまもそうなの？

ああ、それは言ってあるよ。いや、だって問い詰められたの（笑）。

あのー、だから自分が、なんか、だから、「転換期」のときに、なんかが溜まってて、で、もうなんか気づいたらなんかノート持って、どーーーっ。そう、書いたんだよ、なんかいっぱい書いたんだよ。スペイン語で書いちゃった。日本語で書いとけばよかった。あはは。スペイン語で書いちゃって、ばーって。いまはこうでこうでこうでみたいな。

――自分の気持ちを正直に書いてたの？

そうそうそうそう。でも直接的なことは書いてなかったんだよ。

だからお母さんが読み取ったのは、とにかくなんかこう悲しく、なんか重い感じがしたから、心配した。そうそう、心配したから、何があったのって。何があったの？　何があったの？　って（問いつめられた）。あー…。

――大学のときだよね

あ、だから、（彼女と）別れた……後ぐらいに、だから、だから（まだそのときは）すんなりは、すんなりは入ってないね。すんなりは、こう、認めてない。だから最初はもう……。

――それはお母さんが東京のアパートに来たわけ？

そう、来たんだよ。

――どんな感じやった？

やだ。あれはやだった…。だからどっちかというと自分で言いたかったから、言うんだったら。

――お母さんは問いつめる感じ？

違う。「何があったの？　大丈夫？」みたいな。心配してる。「なんでもいいから話して」。ちょー気まずい。最近だよそれ。……そんな感じで。

――最近って、卒業するぐらい？

いやいや、二、三ヵ月前だよ、はははは。

――そうや、Facebookにそんなこと書いてたな……

そうだよ…そー、俺（ノートを）処分したと思ってたの。だから多分二、三冊あって。もう一個の方は、処分してあったんだけど、ひとつは…。で、もうあの自分の部屋をもう解体するから、あのー、もうあのー、自分の部屋じゃなくなった。そんときに色々捨てていい？　って言われて。いいよーって言ってこう…。ノート見られちゃった。

――自分の部屋を解体する？

あの、もう、あのー、リビングとして使ってる。

――群馬の方の家やな。あ、群馬の家に残ってたんやな

そうそうそう。大学のときに書いたやつ。

――それは実家に持って帰ってて、実家に置いて、保存してあって、保管してあって。で、自分がいないあいだにお母さんに見られた。なるほどな

もう処分してあったと思ってたんだよ……。

――で、お母さん東京に来たんだ。わざわざ、ノート持って

だってなんか（文章が）重たかったって言ってたんだもん。とにかくなんか重たいって。

——へえええ……愛やなあ

うん……まあ、だから、いや、自分は……それは怒ったよ。あの……違う、見たのはもうしょうがないにしても、こうやってこう、来るのは、駄目だ！　って……。

でも、でも、でもなんか、駄目だよ！　って言って、まあそれはもう、もう自分のわがままで、自分から言いたかったからって。でまあ、まあ言って（カミングアウトして）。で、しんどいってこと無かったからよかったけど。まあお母さんはそれは、ほんとに前から言ったほうが（よかったって）わかってた。お母さんは大丈夫。妹がこーんな（嫌な）感じで、お父さんはもう……（ため息）。

——お父さんに言えないの？

お父さんには言えないねー。悲しむもん。わかるよ。あの、だから育ってきた環境わかるから。

——でもお父さんに言いたい？

うん。できればね、あのー、まあそういうふうな気持ち持っていたくない？　けど、言ったら、その、何て言うのかな、わかるまでのプロセスが、お父さんにとってはものすごく難しいっていうのがわかってるから、お母さんがサポートしても。それはちょっとなんかなー、いまさらなんかそうやって……ね。

怖いねー…。だからこう、お母さん、妹、お父さん、でその後がまあおばさんたちみたいな形で、理想は。だけど、もう…。

いや言えない確率の方が高いね。

――でもほら、言われるでしょ、親戚で集まってルイス彼女は、とか、ルイス結婚したのとか

あー言われる言われる言われる。あー言われる。昔は、「いや、いまは勉強に集中してる」て、逃げてた。それで通じてた。

そろそろね。

だってエステバンが生まれたら、「次はお前ね」って、言われたよ。（妹に先を）越されてまあ、次は、お前はどんなのが来るか、って言われた。

あのお前の子どもなら、お前の目の色を……遺伝するねって。みんな、俺の目の色が気に入ってるから（笑）。

――俺、一回ルイスに夜中にメールしたことあんねん、ルイスに。俺子どもできないんだよっつってさ。俺精子ないんだよって

うん。

――ほんで、思い出して、あ、でもルイスはそうだ、と思ってさ。で「俺精子無いんだよ知ってた？」って、「知らんかった」とかって知らなかった。

――で、「ルイスもあんなに子ども好きなのに、どう思ったお前？」とかって言うた（笑）、すぐ返事来た

うん、あったね……。でも自分、あのー……、いちばん最初に頭に来たのはそれだよ。頭に来たっていうか思い浮かんだの、「はっ、結婚できない、子どももできない」。

また違う生き方を、しなきゃいけないんだっていう。

――普通、外国から来たひとって、家族がよりどころになるよね。その家族に、自分のこと言えないわけでしょルイスは。それはどう？　しんどくない？

まあ、いやほんとにあのー、極端な考え方をしていたときにはもう、ほんとにこれから独りで生きていく、っていうことを、覚悟？　した。もし……拒絶されたら。

だから、妹にも言えないんだよ。妹……、ほんとに自分、ちっちゃいころからさあ、守ってあげなさいって言われてきて、ずーっと妹、見てきて、でその妹に、拒絶されたら……。

ましてや、もう、エステバンには会えなくなる。もう何十倍にも（辛い）。っていうのがあるから。

まあよく、やるのが、（そのことについて）考えないようにすること。たまにお酒飲んで、おもっきし泣いて、あははは。で終わり。また頑張るわ。

――また頑張るわ、か

――楽しみの部分はどのへん？　友だち？

そうだね。だからもう、そのー例えば、職場にいてもものすごくなんかもう隠す必要がある。（でも）いまは、あなたたちもそう（カミングアウトしたあとの友だち）やし。

——なんかパッとみて付き合えるか付き合えないかっていうのはすごい瞬時に判断するよね。みんな

あー、みんなもう、タイプがあって、付き合える付き合えないじゃない、あの言える言えないみたいな。この人なら、こういう、自分のものすごくプライベートなことを、言える。普通に話してさ、わかるじゃん。だから自分も会社で、言ってる人が、いるんだよ。

——いるんだ

そうそう。（その人の）ほかには、会社の人でもうずーっと付き合ってて仲が良くて、でー、なんかもう言葉にさ、なんかこう、まあやっぱり距離感はあるけど、偽ってはないっていうのが感じ取れるから、彼女の言葉から。で、なんか気づいたらパッと言って、「あ、そうなんだ。早く言ってくれたらよかったのに」って言われて。あのー、何て言うのかな、自分の同僚で、もうひとりフランス人の女の人と、（さらに別の）インドネシアの女の人に言ってるの。そのインドネシア人の女の人は、自分と同じような感じでもうずっとちっちゃいころから日本にいる感じだから、まあ、なんとなく、立場一緒で。

もう一人がフランス人で、その人は理解があるっていうのがわかってたから。前の会社が、なんかゲイだらけだったって言ってたから（笑）。だから、いいや、って。でももう一人いて、ティエラの人なんだけど、まだ、自分の（エルパイスの）コミュニティに近いじゃない。この人には言えない。

——あーなるほどな、なるほど

だってその人が、「会社に、変なエルパイス人がいるんだよ」って、向こうで言ったら、千葉にいる自分の親戚もいるし。その人千葉に住んでるからね。そこまで見届けたら、もう特定されちゃうから。エルパイス人少ないから。だからその人には絶対言わない。

——自分のコミュニティからある程度外れてる人の方が言いやすいんだよね

もちろん。もちろん。だから、あのー、いま会社で言ったのが、日本人の女の人なんだけど、その人は、なんか、二十歳ぐらいまではタイ国籍だったの。タイ生まれだったから。だから、もう全然こう、少ない日本人の子じゃないの。ちょっと、帰国な子。

——純粋な日本人にも言いにくいし、純粋な南米人にも言いにくい

純粋な日本人には、だから大学のその、女の子だけ、一人。あとはここ（筆者とルイスの共通の友人）関係で知ってるのは、それはたまたま、もういいや、オープンでいいや、って俺がオープンにしたから。あー、させられたから。

——あははははは

あははははは。もうそれはもういまとなってはほんとに、良かったと思ってるよ！　でないと、ずーっと、なんか微妙、ここにほんとにびみょーうな距離感があったよ。こんなこと（インタビュー）、多分してないし。

――例えばその、相手がゲイの子やったら何でも言える？

まあ言いやすいよね。何となくわかるから。それはもう共通してね。

――逆にさ、ゲイの友だちとか知り合いとか彼氏でもいいけど、全然わかってもらえなかったっていう経験ってある？　例えば外国人であることだとか

あーそれは、だから、直前まで付き合ってた人。だから二人めの人。あーこの人は、ほんとになんかずーっと、日本社会でしか生きてないっていう、日本から出てきてないっていう。○○のクソ田舎で育って（笑）。やー、なんかだから、とにかく……あとボンボンだし。もうほんとになんかこう……バブルに包まれて生きてる感じだったから。

――差別問題には、

もう一切（理解がない）！　一切ない。その人はなんかあのー、何だっけ、○○市の出身なの。○○の。○○、○○事件（有名な人権侵害事件）あったじゃない。（そのことも）まったく知らないの。もう、この野郎と思ったよ。合わん。ものすごくなんか、なんか、セックス・アンド・ザ・シティのなかに生きている人だった。はは。

うーん。なんだろう……。いやなんか、こういう酷いこと（○○事件）があったんだよって言ったら、「いやそんなに騒がなければいいじゃない？」みたいな。そういうような、外国人のあれ（差別）でも、ちょっと、「ちょっとそれ我慢すればいいんじゃない？」みたいなこと言われて、ああ、おおー……、と。

――その人自身もそうやって生きてるわけ？　ゲイであることは隠して、

そうそうそう。二丁目にものすごく出てる人だけど、でも、あのー、うち（普段）ではもうまったく。でも、彼はもう、またすごいプレッシャーがあって、彼長男だから。あの、田舎でしょ？　でなんか宗家とか、宗家とか言ってるんだよ？　あー本家か。うわー。本家の長男だからどうのこうのとか言ってて、かわいそうだった。

――でも他のマイノリティには理解が無い？

あんまり無い無い。

だから……なんだ、本家の長男で、だからそういうとき（家の面倒な話が出たとき）に多分、自分が無神経なこと言ったんだよ。「いや、普通に一人暮らしすればいいじゃん」「いやー難しいべ」「そんなの関係ないよ」「おばあちゃんが」「いずれ死ぬよ」って、ずっと言ってた。ははは。

――その彼氏はそれで別れたの？

いや、まあ……、理由は、別に好きな人ができたから、はははは。で、なんか、あのー、なんか浮気するぐらいなら（別れたほうが）。

――なるほど。いま彼氏おるの？

いない。しばらく遊ぼうと思って。

――結構、わりと簡単に相手って見つかるもんなん？　一晩だけとかやったら

うん。今日三人ぐらいに誘われた。はははは。もちろん、あのー、好み（のタイプと）違ったけど。あのー、なんだろうね。なんでだろうね。そういうことに積極的なのかな、みんな。

――授業で、男子に聞くわけよ、友だちがゲイやったらどうするって。カミングアウトされたらどうするって。だいたいいまの子らやから、「全然いいですよ」とかって言うんだけど、あの、ひとつだけ、「僕に来られたら困りますけど」って

でしょ？　だから、来ると（襲われると）思ってるんだよ。どんだけお前もてると思ってんだよって言いたくなる。でもたまに、ああ、お前ならいきたいけど（笑）。むかつくって。むかつく、そんなん言われたら。

――そんならお前は、道すれ違う女全部ケツ触ってるのかとかって思うよね（笑）

それなんだよ。お前は、見てる女全部そういう目で見てるの？　ずっと襲いたいって思ってるの？　って言いたくなっちゃう。

——外国人の問題とゲイの問題ってやっぱり特に理解されない

だってゲイとかだったら、普通に、「そんなに苦しいんなら女の人と付き合えばいいじゃん」って言われる。

——外国人やったら「帰ればいいじゃん」とか?

うん。そうそうそうそう。簡単だと思ってんだよね。

いまだったらなんだろうね。もういまだったら確実にいるのはエステバン君でしょ? 家族だねー。あとまあ、考えないようにしてきたことだな。はは。考えるとブルーになるなと思って。考えないようにしてる。だから、考えてたときにああいうノートをばーって書いた(笑)。

でほんとにそんときに、もう自分、あのー、そんときさ、あの留年が決まったときと重なったんだよ。だから、一時期ほんとに落ちてたの。多分、一ヵ月で体重一〇キロぐらい落ちた。何もの食えなくて、で起きたら、なんか泣いてるんだよ。でまた寝て。完璧におかしくなってた。

で、あのー……、まあ、ほんとに悲観的になってて。そんときに、高田馬場で、ビルから飛び降りる学生を見たんだよ。自分が信号待ちしてて、なんか向こうから学生が、位置関係わかる? 高田馬場駅とか。

——わかるよ。わかる

高田馬場駅、駅前に大きなビルがあるじゃない? でここの横断歩道で待ってて、ここのビルの階段に……学生がいて、で。

なんであんなところにいるんだろう、と思って。でもそしたら次の瞬間さ、後ろでなんかおいおい！　って聞こえるから、何が起きたんかなと思って。でなんかサラリーマンがおーい！　とか言ってるから、そっち見てね、何だ、なんか落としたのかなー、と思って、見たら、さっきの学生がボーンって落ちて、頭から血流してた。道路なの。……で、なんかこう見たらカバンがあって、若ーい感じの。うわあ……、なんかもう、ほんとに忘れもしない、自分、感覚が無くなったの、足と手の。でもなんか、あの、救急車呼んで。何喋ったか覚えてないけど。
でもそんときに自分も、おんなじようなこと考えてたの。色々。

――死のうと思ってた？

そうそうそう。まあ、ほんとに悲観的になってた。そんときそれ見て、やあそれは駄目だよって……これはだめだよいくらなんでも。って思った。

――留年と重なってほんまにそんぐらい落ち込んでたんか

はははははは。あっ、間に合わないんだー！とか思って(笑)。「ええ!?」って、あのー、いちお事務局に行ったんだよ。「すみませんあの、お願いします」って。「今までそうして来たんで、特別待遇はできません」ＴＯＥＦＬのｉＢＴ。だからまったく、自分がやろうとしてたことを、目の前でやって。でもうすぐに、彼のお母さんとかのことが思い浮かんだ。いやあこれはだめだと。あったね。だからもう、いやもう、行くしかない、と思って、もう。まあ考えない。考えてもなんかもう、答えが見つかんないからと思って。もちろん考えることも絶対必要だけど、まあ考えて考えて、解決策を見つけようとして、それでダメになったら、元も子もないから。

久しぶりにこんなこと思い出したよ。あははは。

りか ——「女になる」こと

りか――「女になる」こと

二〇〇六年十一月ごろ

――お生まれはどちらですか？

（生まれは）尼崎なの。そうねぇ、えとね、二二のときまで尼崎にいたのね。で、東京に二年（ショーの）修行に行って、帰ってきてからはずっと「ドルフィン」（京都のニューハーフパブの店名）で。二年間だけ東京に行ったことがあるんだけど。あとはずっと尼崎におって、水商売に入ってからはずっと京都におって。

ニューハーフになることを決めて、卒業したときにね、親兄弟のことを考えて。私長男やから。で、妥協点を探さなきゃと思って。本当はすぐにでもニューハーフしたかったのよ私、性転換して。でもだんだんその、気になっちゃったのね、家族のことが。で、妥協点を見つけて美容師を一年間やってみたの。一年間ではっきり違うってわかったから、そんとき素直にカミングアウトして、「水商売入ってニューハーフとして生きていきたいのよ」って。

だから、世間的に男の人がやってる仕事で（妥協しようと思った）。ちっちゃいときから女の子の感性の方が強いわけやから、ソフトボールをしないでレンゲ畑で「お姫様よ」って。男の子と遊ぶことの方に違和感を感じてたのね。男ぶらんとアカンから。そやから私は自分のことを「僕」とは言わず「私」って。でもね尼崎って街は、おばちゃんがパンチパーマかけてても不思議じゃない街なのよ。男の私が女の言葉を使っても、わりと見過ごしてくれる街やったんね。罪悪感を感じずにこの世界に飛び込んだのはそういう素性もあったんちゃうかな。

罪悪感というか、うしろめたさというか、どうしたらいいんやろうって思うわけね。心は女やのにちんちんついてたし。自分の心が女やから、性を決められると思ってたから、大人になったら。

ちいちゃい頃はあんま思わなかったんだけども、男の子は男の子らしく生活してかなアカンって世間でも言うし、親もそう期待してくるし。だからどうしたらいいんやろう、男として生きてかなアカンのかしらって。で、混乱してるときに、例えば、いまでいう美輪明宏さんの映画を見て、この人が男の人やっていうのにすごい衝撃を受けたし、私と同じ人がいるんだっていうことがわかったし。カルーセル麻紀さんが出てきたときにオッパイを入れて、ちんちん取ってとかができるんだっていう、生きてく希望の光みたいなんをそのときに見つけたよね。そのときからは密かに、いつかできるもんやったらそうやって女になろうって思ってたよね。

でもその、何て言うのかしら、親父がまた職人で、職人さんてやっぱり子どもに継いで欲しい気持ちって絶対どっかにもってるわけね。板さんよ。男臭い仕事なわけよ。「イヤーよ！」とか「無理よ、あたしには」って思ってたけど、「無理」って言うのも何か酷な感じがして。そうやって気ぃ遣ってたこともあったしね。

えーと、（母は）父親の店を手伝ってたよね。だからね、夜は弟と、夕方以降は二人やったね。（弟は）いまはもう普通に結婚して、子どもも二人いる。

（子どものころの）お部屋はね、私その頃エレクトーン習ってたのよ。エレクトーンがあって、やっぱり男の人のポスターが貼ってあって、そして机のなかにはお小遣いでこっそり買った化粧品とか、ゲイ雑誌。そういうのがあったよね。小さなおうちよ。二階建ての。同じタイプの家が（隣近所に）何棟もっていう感じ。

（いま）四五。

（子どもの頃から）当然のように意識しとったから。でもね、幼稚園の頃には、ちっちゃいときの写真にはやっぱりね、赤い三輪車で、レースの靴下でしょ。カチューシャつけてイヤリングつけてんねん。で、はっきりタイプの男の子がおって、一緒に遊んでもその子はひいきして。そうだったね、覚えてるね。

――ちょっと大人びた女の子っていう感じじゃやったんかな？

うん、そうなのかな。そうなのかな。女の子やったね。

――でも、その、体はいわゆるおちんちんがついてて……

もう、すね毛生えてきたときはもうゾーッ。あと声変わりね。一生しゃべらんとこうって思った。

――あぁ、そうなんや。やっぱすごいショックやった？

そうね、だから、すね毛の場合はソッコー剃ったのよ。そうすると濃くなったから「ぎゃー！」って、これはお勉強になったわ、剃ってはいけないんだわって。「じゃあこれ、すね毛も認めなきゃいけないわけー」「気持ちは女やのに体はどんどん男になっていくー」っていう焦燥感。そうね、思春期の頃には。ずっと何かどうしていいのかわからん。

――いつか普通に女の子になるんやなぁって思ってた？

思ってたのよ。そうね、この世界にも、どう説明したらいいのかしら。ニューハーフの世界ね、半分ちゃんと男の感性を残したいと思って残しておくタイプの子と、完璧に身も心も考え方も全部女の子になるのが筋って考える人と二手にわかれるねん。私は半分半分のそこに面白味を感じるタイプ。

（彼と）メールしてるときは、そこは完全に女でありたいのよ。彼の前ではね。仕事中なんかはめちゃめちゃ男の感覚よ。だから女ぶりができて、テクニック的に女の色気で攻めといて、男の言葉でドーンって落とす。これが昔からのゲイバーの手法よね。ちょこっと上げたり下げたりで。そこも私は面白い。だからすごい楽しんで仕事やってる。

――幼稚園のときね、すごいひいきしてた男の子がいたって言うたじゃないですか。その子とは普通に仲良かったんですか？

そうね、その当時はあんまり性別のことを考えないお年頃じゃない？　気が合って楽しければ男の子でも女の子でもね。彼はそういう風に、一緒に遊んでいて楽しい、普通の男の子とはちょっと違う。面白いっていって近づいてくるタイプやったから。その頃からちょっと何かほんわかラブラブ気分で。

――それ以降気になる人っていうのは全部男の人やったんすか？

もう全部男の人。もう見事に。（女性には）ないのよ。一緒に遊んでて楽しいのは、気持ちが女の子やから、女の子と遊ぶんが楽しいわけね、遊びの種類が一緒だから。

ところが女の子のなかには、そうやって女の子のなかには女の子のチームのなかに入ってきて、なよなよした男の子が好きな女の子っていうのもいるわけね、その当時から。大人になってもそういうタイプの男の人を選んでるんだろうけども。そういう子から、それは幼稚園の頃じゃないけども、告白されて、ドン引きして、「イヤーよ!」てはっきり言うたのね。「だって私男の方が好きなんだから絶対ダメよ。一緒に遊ぶぶんはかまへんけど、その気持ちはイヤーよ」言うて。次の日からしゃべりづらかったしね。しゃべりづらいのに女の方は平気でいるから、女って図太いわねぇ、こういうのも。

——そっか、女の人に告白されたら引いたんや

うん、ドン引きー。絶対イヤやった。私と何したいわけ? って思ってね。初体験も男の子。だから女の子との接触は一度もない。

入学したときからそんなんやったから、この子はこういう子っていう、尼崎の言葉でそれを「ごまめ」っていうねんけど。「ごまめ」どう説明したらいいかしら。鬼ごっこで捕まったとしても「ごまめ」の子は捕まらなかったことにしときましょっていうっていうことなのね。特別扱いっていう。

でもそのあたしが、その、なんていうのかな、やっぱり「オカマ、オカマ」って言ってくる子はいたけれど。それを真剣にいじめにくる子はそんなにいなかった。

中学生ぐらいになると友だちの輪も広がって、よその地区の子が珍しがって見に来る人もおった。それは高校のときもそうやし。そういう子たちがね、集団でギャーギャーつっこんだりとか、いじめにかかったりしてくるけ

ど。私は自分で、あぁ、私オカマなんだわって思ってたから、オカマって言われても「そうよ。あぁ、あんたは男の子よね、いいじゃない」とかって言ってたから、向こうもいじめがいがないわけね。

そんなんがだんだん広がって、私はだんだん自分がオカマになっていくことに、普通の気持ちでおった方が生活していきやすいなって。そんときちゃんと不安から逃れられたかな。

――不安はやっぱりあったんや？

男の子として生活してかなきゃいけないのかしら、もっと先、結婚しなきゃいけないのかしらとか。子どもを残して、その、お父さんお母さんに孫をつくらなきゃ、孫をつくるのが、長男だからね。だんだんわかってくるわけじゃない。そこは避けられないのかしらって。そういう不安も、今度はプレッシャーものしかかってきて。だからそうね、ほんまにポーンとはじけてしまうまでは、ちょっと気持ちのどこかに重たーいものをずっと引きずっとって、きっとどんな人にもあるだろうしね。私の場合はそういうプレッシャーはあったね。

いちばん苦しかったことは、恋が成就しないんだっていうのがわかった、成就するとかなんてありえないんだって思ったときに、いちばん、その生き方のなかでいちばん辛いことやなって。

若い頃やし、実はいまだにどっかでそうなんだけども。それがいちばん寂しいことなのかもね。いくつになってもそういう問題で泣いてたりするよね。でもそれも普通の人もそうよね。普通に男と女だから、結婚できても離婚するかとだってあるだろうし、結婚しない人だっているし、妊娠できない人だっているわけだから、それがわかってきたら、なんてことはないわねって。

ちょっと沈んだり上がったり。沈んだら、自分の気持ちを上げる方法がだんだんわかってくるようになってきた。それがこの生き方の面白いところでもあるんだと思うのね。

だからその、私、男の感覚も捨てたくないっていうのは、ミックスでありたい。女の人になりきっちゃわないように。ジェンダーとは、どうなんやろ? ちょっとまた種類が別なんかもしれんけど。細かくわかれてるからね、ひとくくりにするゲイのなかでもね。

――そっかぁ。さっきあの、りかさんがほら、初体験は男の人やって言ってくれたやないすか。初体験はいつやったんすか? 男の人かな?

男の人よ。中学一年の終わりぐらいかな。早熟やったね、私の年代では。私の年代の頃やったら相場って高校に入ってからの夏休みぐらいが相場やったから。早熟やった。

好奇心は人一倍旺盛やったね。控えめなふりする子やねんけど、本当はそんなタイプじゃなかった。興味津々のよってたがりやった。だから中一のときのそのタイミングに、すっごく怖かったんだけども、それ以上に、やっぱり、自分のなかでも中学くらいになったら性のこともわかってくるし、男の人の裸体に興奮する自分が、分類するとホモセクシュアルやっていうのもわかってたし。

私、女の子に、ここがまたややこしいとこなのよ。私女の子になりたかったのに、セックス覚える頃になると、同性同士のセックスに興奮を覚えるから、私女の子になりたいんじゃなくて、そのホモセクシュアルだったのかしらって。だってあの、怖かったんだけど、どうしても好奇心に勝てなくって、決心して、一体どんなことするのか試してみたいと思って。いってみて良かったね、やっぱり。初体験してから、そういう、さらに、普通のストレートの生き方をしても私はいかないっていうのを確信したの、そのとき。男の人が好きって。

女の子になりたいって気持ちがまず芽生えて、セックス覚えたときに、男の人しかセックス興奮しないんだって、そのときにもひとつわかったわけ。その二つの気持ちが融合してニューハーフっていうかたちになったの。男の人に愛されるには男性器がない方がいいんだと。だから性転換したのは遅かったんやけど、性転換するって決心するのは早かったよね。絶対するって。

――そうなんや。性転換したのはいつ頃やったんですか？

性転換は、最終的には、「工事」が終わったのは三三のときなのよ。最初の睾丸を摘出したのが二一。それからホルモン注射を打って、二三歳で豊胸。それであと一〇年は何か、仕事の方が面白かったんかな、その自分の体を女に変えていくよりも。もうすでに同期の子で、早く性転換しちゃって、もう出だしたのよ。ちょうどあたしたちの頃が、性転換が当たり前になる波の最初やってん。同期の子がパラパラって性転換しちゃったから「あら、出遅れちゃったわぁ。なら、いつでもいいのよ。先に仕事覚えよう」って。ショーに情熱をもってたから。先ショーが上手に踊れるようになった方があたしは楽しい。

性転換の費用？ 性転換の費用は自分で貯金した分と、それから、その頃ちょうどバブルの終わりごろやったのね。チップがよく入ってたのよ。それでまかなったのかな。全部で、その当時性転換てね、手術と、その間一か月くらいお店を休まなアカンていうのと、メンテナンスやら何やらで、手元に三〇〇万必要なのね。それでつくったお金で。ニューハーフもブームのまっただなかやったし、関西は性転換が非常に多いのよ。関東の方は性転換があんまりブームじゃないのね。だから店としては「あぁ、しなさい、しなさい」って。やっぱり一人でも性転換が多いと、やっぱりお客さんも見たいわけじゃない。どんどんニューハーフがきれいになってきた頃やったしね、そして。そうね。昔のおじさんのオカマさんから、「ええ、女の子じゃないの」ていう、そういう転換期でもあったし。おっきく花開いた時期やったしね。

（お店は）全然問題ない。どーんどんしなさいって。「性転換したらポーンって脱ぐのよ」そしたらまたお金はいる（笑）。

――親に言うのはどうでした？

私ね、いちばん最初の去勢、玉取手術のときね、いつも事後報告なの。やったあとに。そのときに「玉抜いたのよ」って。そしたらオカンが泣いて、「ひゃー！」って。そうよねぇ、だからそんときも、私はその世界で生きていこうって決心したし、そこは親が泣いてでも、「ゴメン、いまは泣いて」って心のどこかで。「必ずどうにかなるから」って。

――やっぱりお父さんお母さんとしては、男の子として生きていってほしかったんかな？

たぶんね、あの、成人式のときにね、きっぱりと両親そろって話し合ってね、諦めたんやと思うよ。スーツやってん。私あの、振袖着る心づもりにしてたの。で、わくわくしてたのね。うちね、もともと母親が美容師なのね。あの、二〇歳だからそのころは美容学校行って、（美容師になってから）一年経って辞めて、水商売に入って、寮生活みたいなことしてたので、実家にレンタルした着物を、母親に約束を取り付けとったから。

成人式に振り袖を入れたのねって。着付けと髪の毛してくれるかなって。で、「しゃーない、よその美容院でやらなアカンのやったら」って。で、帰ったのよ。

そしたら、お父さんとお母さん両方そろってて、箱出すのさ、こういう箱。「そこ座れ」て言われて、なんだろうなぁって。もっぺん言われるんかな、着物着るって言ったから。何か言われんのやろなぁ、と思って。座ったのね。箱出されて「頼むからこれ着てくれ。」って言われるわけさ。箱開けたらしっかりスーツやってさ。「えー！　だってー！」とか思ったのね。そしたら、お父さんとお母さんが、やっぱり親の責任を、親の責任？親の、もしかしたら思い出、うちには長男がいたと。二〇歳まで育てたと。いうことやったんやろね。スーツ着たけど、こっそり化粧もしたし。眉を細ーくしてたからね。「眉だけ描かなおかしいでしょ？」って。「眉は描かしてね」って言って描いたついでにちょっとアイラインも入れて（笑）。少しグロスも塗って（笑）。

でもその頃まだ、その、顔が、二〇歳の男の子で睾丸もまだついて、男性ホルモンも大きなところ（時期）やからね。お肌だって少しむくみもあるし。ちょっと得体の知れない存在に見えたやろね。なよなよ、すごいなよなよして女の子っぽいのに、見た感じはやっぱりスーツ着た男の子やったしね。

でもそれは納得したから。この先の人生、振り袖でもドレスでも何でも着れるんだって思って。自分で選んだんだからって。親孝行のひとつかなって。やっぱり育ててくれたから。「ありがとう、ゴメンね」って感じ。

――ええ話やな……。髪型とかは普段どうやったんですか？

そうね、私ね、癖毛なのね。癖毛だからさらさらのストレートに憧れてストレートパーマをかけたりとかいろいろ試みたんだけども。ストレートパーマをあてても頑固というか、ぱっかりへんなふうにわかれてしまう癖だけがどうしてもストレートパーマをかけても直らなくて、髪にコンプレックスを持ってたのね。だからね、若いときはわりとショートやったね。癖を上手に活かすために。肩につくぐらい。

本当に短いときは、私ちょっと中性的なキャラで売ってた時期もあるのね、「ドルフィン」で。金髪の五分刈りとかに挑戦したりして。いろいろ髪型では遊んだね。

高校時代とかはアレなのよ、学校で決められた髪型は守るタイプやったんよ。ショートの癖毛で、その癖を活かしてグリンとさせて、ショートの女の子みたいなイメージで。「何も校則違反してないわよー」先生が「お前化粧してるやないか」「先生よう見て、生徒手帳。どこにお化粧したらアカンてかいてあるかしら。私書いてあることは大概守ってるはずですよー」て言うタイプの子でね。「口ではかなわんな」「当たり前よ。女だもの」って（笑）。

中学は学ランで、高校のときはブレザーにネクタイだったの。女の子はセーラー服やったね。

——女の子の制服に憧れたりしました？

それがね、あの、私中学校くらいの頃よく洋画を見てたのよ。好きな女優さんがソフィア・ローレンだったりとかカトリーヌ・ドヌーブだったりとか、およその中学校では、よっぽどの映画ファンでないとわからないような、そういうところで「この女優さんきれい」とか思ってたから。断然ドレス姿だとか、そうね、そういうものに憧れてたのね。女の子見てもセーラー服のようなものは「こんなのはイヤなのよ。私もっとね、お姫様みたいな格好がしたいの」その頃からちょっとね、人と一緒がイヤやったのね。

自分がやりたいと思ってたら、その組み合わせは「えぇ！」って人が言っても、いいの、私はこれでいいと思ってるから。好きにさせてっていうのは、たぶん私が水瓶座の女やから。

私が最近思うことやねんけど、性転換してるわけじゃない？　私のなかにセックスって二種類あって、メイクラブとファックがあるわけ。メイクラブのときは女の子の気持ちなわけ。ファックのときは男のそれと何ら変わらへんねん。体は女やけども頭のなかで起こる欲望っていうのは男そのものやと思うねん。対象が男の人やっていうだけで。性転換をすると不思議と男の方の気持ちが鮮明に出てくるのね。男のときの気持ち。欲望とか。まぎれもなく男だった。過去形だから安心して認められるのかな。そうすると、無くしたものもはっきりわかるわけね。射精時のときのあの快楽っていうのはホモセクシュアル時代もあるし。オナニーだってしたわけだから。

性交したのは全部男やから。オナニーって言うのは自分で自分の男性器を、男性のことを想像しながらっていうことよね。だから射精の快楽とか。例えば、例えばその、タイプの子を見たときに、ファックの気持ちやったら、その日、いますぐにでもヤリタイわけよ。女の子の気持ちのときは、相手にドン引きされたくないからそういう風に思わないし、可愛く思われたいから、何か別のことをするよね。で、性転換すると男の子とファックしてるときに、たとえばあたしの方が男の子の…。どこまでしゃべんのやろ？（笑）

ごめんね、ヘビースモーカーやからね。

――一日どれくらい吸わはるんですか？

んー、多いときで二箱。

――たばこ吸おう思ったんはいつ頃なんですか？

これもやっぱり初体験と同時期くらいやわ。

――えっ、中学生？

うん、中学一年のときかな。あの、セックスも体験したんだから、次はたばこだわ、って思って。中学一年の頃って反抗期迎える頃だし、実は内向的なところも自分でどうすればいいか全然わかんなかったし、父親酒癖悪かったし、母親殴られてたしね。

――結構怖いお父さんやった？

すっごい優しい人よ。守ってくれる人で。そうね、私が世間から「オカマ、オカマ」って言われてもすごく堂々としてた。で、もっと男らしくなれって父親だったらそう願うやろうし、そう教育するだろうけども、自身を尊重してくれてたんだろうね。

――思ってたけど言わへんかった、と思う？

うーん、でもどこかにもやっぱり一部の望みが、大人になってゆけばちゃんと元の道に、っていうな期待はあったと思うよ。あったと思うよっていうか、あったよね。それは母親にもあったやろうし。やっぱりそう信じたいやろうしね。あの、夫婦揃って仕事してた、母親いわく「やっぱりあんたたちを小さいときにほったらかしにしてた」っていう思いがいまもあるのよっていうのを、二年くらい前に何の気なしにご飯食べてるときにひょっと聞いて、あぁ、そういう風に思ってたんだなって。

――思春期ってどんなんでした?

とにかく面白くなかった。面白くなかったわね。だって、どういう風に言えばいいんかな? その初体験して確信したんだけど、これから先きっと男の人とセックスをし、男の人と恋愛をしたいと思っていこうと決めたのに、はたしてそういう人たちがたくさんいるんだろうかっていう。いるんだろうかっていうのもあるし、自分が心底好きになった人がホモセクシュアルじゃなくて普通にストレートの人な場合はどうすればいいかわからへんわけやし。かなわへんやろうとかって思って。じゃ、お先真っ暗じゃない? って、ね。

中学とか高校くらいのときって恋を覚えて。んー、どうしたらいいんやろうって思って。まぁ、世間が狭かったしね、世界を知らなかったから。で、面白くなかったのと、家での父母同士のケンカもものすごい重いわけやし。何か父親がやっぱりお酒を飲む酒乱やから、家でも一緒に生活してたし、仕事場でも一緒に仕事してたし、やっぱり売り上げが思うようにいかなかったら、イライラするのをあたるところは母親しかないわけやし。

夜になったら、夜寝るじゃない? そしたらだいたい夜中の二時くらいなのかな。二時くらいになったら、タクシーの止まる音が必ず聞こえてくるのよ。「あっ、帰ってきた」って毎日のことだから思うわけね。車の戸がバタンって閉まる音が聞こえて、二人の話し声が聞こえるところから、私とたぶん弟も「今日はどうやったやろか？」そういうのんが毎日の日課。穏やかならものすごく安心して寝れるし、しばらく、父親は酔ってるのよ？　でも機嫌が良いときって楽しそうに話すわけじゃない？　安心して、どんな楽しそうな話してるんかなとも思うし、その会話を聞いてそのまま安心して寝る日もあれば、嵐のようなケンカをする日もある。泣くしかない晩もある。

――ケンカしてるのを見たり聞こえたりするのが怖かった？

んー、だって怖いもん。暴力も出るからね。

――仲良くして欲しいなぁって思ってた？

それがそのころのいちばんの願いやった。今日はケンカしてきませんようにって。

小学校五年、六年…、五年くらい。そのへん何か、いまは忘れてしまってるけど、きっと深いところで何かあるんだろうね。傷がね。私の何かのトラウマがあるんだと思う。

いまはね。この世界入って強くなったから、人のケンカも楽しめる。「やれやれー」とか（笑）。でも、男の人が女の人に暴力振るところを見ると許せない。追いつめられたら本当は弱いのは男の方やから、逆切れして、弱い人ほど手を出してしまうのが男の弱さっていうのも、男の感覚も持ってるから実はわかるんだけど。だけど、「そこを克服しないとアンタ本当の男になれないよ」って私は言うね。お店でもしそういうことがあったときは。きっぱり言う。で、女の人にもやっぱり「男をそこまで追いつめるから男は手出しちゃうの。それをあなたも学習しなさい」っていう風に言うね。

――付き合った人って言うのはみんな年上やったんですか？

んとね、年上の人は、東京のときと、京都に帰ってきたときの二つかな。年上の人と付き合ったのは。あとは年下やね。

そうね、でも最近また年上の人、色気のある年輩の人にはすごく魅力を感じるようになった。そうね、実際にデートしてもエスコートのしかたとか。若い子のなかにもいるんやけど、話してて面白い人。面白い人って、いろんなこと知ってたりとか、「良いねぇ」っていう感性が合う人とか、何か楽しいじゃない？話してて。年上はやっぱりどの方もエスコートとお話は上手やったね。遊び慣れてはるんやね、さすがやね、やっぱり。

んー、何だろ？　あのね、自分が「いいなぁ、好きだな」って思った人に、あたしのことを「俺にとってかわいいやつやな」っていう風にすごく思われたいのよね。愛したいし、愛されたいし。難しいことなんだろうけど。でももっと単純に好きっていう。自分楽しいしね。どのニューハーフの子もやっぱり好かれたいし。その人の特別な存在に一時だけでもなりたいのよね。

ニューハーフは尽くしたいって思う子が多いっていうのが、私たちの恋愛の本質って刹那的であるから、その人の女性遍歴のなかで、願わくばダントツで輝きたいわけよ。いつまでも心のなかに。男の人って、わりと別れた女の人でも良いとき思い出して心のなかにずっと大事にしまっていくじゃない？　だからそんななかでね、上位にランクインされたいなぁ。

……好きな男の前では普通に女の子なんやろなぁ。それが時々男みたいなこと言うから相手は「ええっ！」って。よくそれが面白いってみんな言うよね。普通の女はそんなこと、そんな意見言わへんって。「でもこの話はあれでしょ？　恋愛とは関係ない話やから、あなたは本当の意見を聞きたかったわけでしょ？」って。話の内容によっては男の感覚で答えるときもあるし、女としてアドバイスするときもあるよね。

こないだ陣内さんと紀香ちゃんの結婚式見て、「んー、うらやましい！　幸せそう！　やっぱり私もこんなんがいいー！」って素直に久しぶりに思ったし。その後、昨日の営業でも一回めのお客さん、そして二回めのお客さん、結婚式の二次会のお客さんがいたのね。新郎新婦がそろって来てくれていて、結婚て本当は大変なんだろうけど、式挙げたばかりのカップルって本当に周りの人たちも祝福しているし、本人たちはすごい成就したっていう達成感の幸せそうな顔してたから、あたしにもこういうイベント欲しいよね。そう思うよね。

――結婚願望はあるんですか？

あるやろけど、たぶん私マリッジブルーひどなるタイプやと思う。この人と結婚したいと思って、はたしてその、妻としてちゃんと夫の健康をちゃんと管理し、できるタイプなんやろかって。八年間同棲したことがあるのね、男の子と。そのときはほんとに身の回りの世話、お料理が全然できひん子やったんやけど、板前の娘のくせに、できない子やったんやけども、するようになったし。うん、料理するようになったよね。やっぱり責任があるのよね、私にも。こういう人にちゃんとしなきゃって。

あの八年間は本当に夫婦のような生活をしてたよね。どこかおままごとみたいなとこもあったけども。そんなん楽しいわけよ。六年めくらいかな、戸籍を女に変えれるようになると、これから先。そうすると、手続きを踏んで戸籍を女に変えたら、私はこの人の奥さんになることを法的に認められるようになると。

でもそういう夢みたいなことを真に受けていいんだろうかと。あんまりぬか喜びしすぎて、失敗し、失敗するっていうか上手くいかないようになったときに、また自分がボロボロになるんがわかってるから、ちょっと抑えておかなきゃいけないっていう気持ちもあったし。

何かあのね、私の方の先祖の墓に、その当時の彼と、私の父親が死んでからだいぶ経ってからなんだけども、母親が神戸で一人で暮らしてたから、よく私と彼とそろって神戸の母のところに月一回くらい泊まりに行ってたのね。うちの母と彼とが相性がよくって。

そのときは当然この人とずっと一緒におれるんだっていう、やっとそのまるまるのあたしを受け入れてくれる人がこの世にいたんだって、安心しきった時期もあるのよ。先祖の墓に一緒に行ったときに、父親の墓もあって、「結局あたしもここのお墓のなかにはいるのよね」って言ったときに、じゃ、自分があたしの籍に養子に入って、「一緒の墓までいきたいねん」って言ってくれたときはぶっ飛んだよね。

――嬉しすぎて。

気ぃ失いそうになったよね。固まった。そこまで安心しきっちゃったから、私の方にも別れの原因が、安心感から何か雑になってきたんやろね、彼に対する何かが。

若いときから八年間あたしと一緒にいて、八年経って、彼もそのとき別れたんが二六のときやったから。まぁ、そのときやってた仕事も手順がわかり、自分で少しは稼げるようになりゃあ、あと仕事の人間関係の付き合いとかでいろいろ飲みに行ったり遊んだり、遊びが楽しくなってくるわけじゃない？

付き合いだしたときは彼が十八で、別れたときは私が三二やってん。んで、あぁ、違う違う、ごめん。彼が十八で、あたしが三三のときに付き合ってん。それから八年間。いろんな人と付き合ったから、ごっちゃになっちゃった（笑）。

その場で恋するときもあるし。プラトニックもしたことあるし。大人になってからのプラトニックラブもあるしね。きっと女の人って恋ってエネルギーにできるのよね。男の人もそうだろうね。力になるやろね。良いパワーを。

――りかさんにとって、人生でいちばん大切なモノって恋愛ですか？　お金とか夢とか？

そうねぇ、その時々、年代によって違ったりもするけど、いまは、あたしにとって大事なことはこれからあたしがどんな女に、果たして自分の希望する通りの女に、人に、なっていくためにはもっとがんばらなアカンなって思う、今日この頃や。恋愛も大事やしなぁ。自分にとって恋愛は、大事です。でも、それと同じくらいＩ ＬＯＶＥ ＭＥやしね。もしかしたら恋愛よりも、なりたい自分になるためが大事な期間なんかな、いま。この間ちょっと手痛い失恋を経験したんよね。

――何かドスンときてって、メールでも言ってましたよね。心を石にしてって

そう、まさにそのとき。あれはちょっと、久しぶりにちょっと大人になってからしんどい失恋やったね。

私がちょっとせっついたかな？　余裕がなかったかな？　のぼせ過ぎちゃったね。ええ感じでデートもして、

いい感じでセックスも楽しんで。いい感じで毎日メールのやりとりとかあったし。男の人やからそういうのめんどくさいやろと思って気ぃつこて出したら返してくれてるのかなって思うし、「別に返事、しんどいときは無理せんでいいよ」って言ったら、「いや自分がしたいから毎日こうやってメールしてるから、りかはそんなに気ぃつかわんとって」って。

舞い上がっとってんなぁ、これがもう。せっついてもうて。「これって彼女じゃなーい」とか思って。だけどね、いま手痛い失恋をして、ちょっと自暴自棄になって、過ごしてたんだけど、こないだヒョコッと彼が店に来てくれたの。すごい嬉しかった。最初ちょっと複雑やったんやけど、どういうことなんやろぉ？って。これってアゲイン？友だちを連れてきてたから、「ドルフィン」の話になったときに、友だちが「行ったことがないから行ってみたい」みたいなことを言って、で、あたしとはそういう関係で別れちゃったけども、ショーも変わってるし、行ってみたら楽しいかなって来たんかもしれんし。

でも再会できてすごく、私この人のこと諦めきれてないんだ。じゃあ、諦めなくていいかなって。ただ、またせっついたら前と同じ失敗するから、いまみたいにその、いろんな人と会ったりしながら、彼のことを思っておけば。私ってこの人って決めたらこう（真っ直ぐ）なっちゃうのよね。だから他のことが全然見えなくなって、自分の妄想族になって。で、ドーンッて体当たりになっちゃうから大概相手がひっくりかえっちゃう。

でもいまはいろいろと気持ちを分散させて。いい感じ、いい感じ。精神的に彼のこといまでも好きやし。でも、メールしたらメール返ってくるし、前やったらメールが返ってくるのが何日もかかってたりするとショックやったんが、いまは「うるさいのよぉ、いいのよ、大丈夫。いま私も他に気になる子いるから、その子からメール来ないかな」って。で、その子からメール来たりすると「そういう肉体の関係はもってないんやけど、いまはデートとか会話とか楽しむ男の子が何人かいるので」って。

――その人は年下の彼なんや？

年下よ。

――りかさんの出会いの場ってどこなんですか？　たくさんのいろんな人と恋愛経験してるじゃないですか？　どこで出会うのかなって

私は最近ビリヤードやったりカラオケやったりとか。最近遊びだしたわけね。仕事が終わってから。

――すごいパワフルですよね（笑）

でもそれまではね、私遊ばれへん子やってん。仕事が終わったらご飯食べてお茶飲んで、家帰ってビデオ見て寝る。そして起きたら仕事を毎日繰り返すサイクルだったのね。遊びの場が少なかったから、出会いはどんどん、店に来た人。出会いの場って、自分がその気になって求めて行ったところに転がってるし、自分から手を伸ばせば向こうも話くらいは付き合ってくれるんだって、最近はそれが面白くって結構よくひと声かけていくよね。

ナンパに、ノリで良い風に言えばナンパになるんだろうけど、例えば（路上で）前から来た男の子が、自分の好みのタイプの顔で、例えばこの間その男の子はキレーな紫のTシャツを着てたわけね。「キレーな紫のTシャツ着た、お人形さんみたいにきれいな顔した男の子が前から歩いてきたわぁ」って思ってさ。いつものあたしだったら「キレーだわぁ」って思うだけで、通りすがりにもし目があったら「恥ずかしい」とか思ってシュッて下向いてそのまま何ごともなかったように通り過ぎてたけども、積極的になってみたらどうなんのかなって、その紫のシャツの子にね、「わぁ、キレーな紫のシャツー」っていうたのね。

そしたら男の子が「えっ!」って言うわけよ。「シャツの色がねぇ、その紫ほんとにきれいよねぇ」って言ったら「ホンマすかっ?」って。「すごく似合ってるよ」っていったら、「うわぁ、ありがとうございます」「そしてお兄さん、男前だしねー」とかって。結構にこにこしてくれて。そのとき仕事終わったあとの化粧のままで行ったから、朝方やから、結構朝早い時間から濃いぃの見て、人はちょっと最初は「ええっ!?」とかなってビックリしたやろうけど、別れ際はにっこり笑って「ありがとう」とかって言ってくれて。だから欲しいモノはやっぱりこっちから手を伸ばさなきゃ何も手に入らないかなっていうのを最近気づいたから、ますます積極的になっていきそうな気配ですねぇ。

——ニューハーフになろうと決めたのはカルーセル麻紀さんや美輪明宏さんを見て?

うん、そうよね。ピーターさんもそうだし。おすぎとピーコさんもそうだし。

美輪明宏さんを初めて見たのは、ちっちゃいときよね。小学校に上がって、そうね、小学校に上がったときと、それからしばらくしてカルーセル麻紀さんを見て、「11PM」(テレビの深夜番組)とか新聞に載って、小学校の間に固まった、気持ちが。固まったっていうか、「そういう生き方もできるんだ。ありなんだ」って思って。

だから、ちんちん取ったそういう生き方ができるっていうのは私にとって希望の光やし、私は間違いなくそっちサイドの人間だわって確信したの。確信したんだけども、大人になっていくにつれて親兄弟のことが出てきて。美容師一年やってみてはっきり違うってわかったし、あたしも一年やったし説得力あったもん。父母に言ったときね。

カミングアウトしたときにね、夢断たれたわけね。

――あぁ、跡継ぎの?

そうそう、跡継ぎだとか、孫だとか。うちの父親も長男なわけ。で、あたしも長男なわけ。だからそこで、脈々と継いでいかなきゃならない役割を…。いまの人もそう考えるのかしらね。あたしたちの世代くらいはそれは当然ていうふうに思われてる。男の人のＤＮＡには子孫を残していきたいっていう気持ちがあるわけやから。でもそれが私の代で途絶えさせたわけね。弟がいるから、弟のところに。でもどうなんだろね、弟のとこにも女の子二人だから、男の子は、もう一人つくってまた女の子だったらっていう思いもあるんかな?

弟は、一時料理人を継ごうとしたものの、いまは普通の仕事してる。

――弟さんは、りかさんのことをどう思ってはるか聞いたことあります?

弟は弟で、幼いときに学校に行くと、私はオカマで有名人なもんやから、三つ上のお兄ちゃんで。だから弟は「オカマの弟」って言って、彼はいじめられてたりする。聞いたことあるしね。「お兄ちゃんのせいでそういうふうに思われとんねん!」言うて。

「あらぁ、そうよねぇ、悪い気もするけど、でも事実なのよねぇ。ゴメンやけど、それは変えたくないしねぇ。私ちっちゃいときからほんとに何かＩ ＬＯＶＥ ＭＥ過ぎなのよねぇ。そこはアンタが我慢してぇ」とかって思っちゃってたね。だからね、弟が中学二年、だから弟も反抗期の頃から、彼が就職して自分で給料稼いで生活するまで毛嫌いされてた。私はもうとうにこっちの世界でハイヒールはいて踊ってたわけやしね。弟はストレートやから、理解するまで、特に同性なわけやん? 男同士なわけやのに、男の感覚を持たず、女になりたがって。その当時はまだ世間から奇異な目で見られて、陰口をたたかれ、そういう生き方を選んだ兄を理解でけへんかったし、例えば自分が誰かを好きになって結婚したいと思ったときの妨げになるやんけって、やっぱりその当時は思うでしょうね。だから、ほんとにしゃべってくれなかったね。ものすごい毛嫌いされてた。

いまはもう全然。いまはもう、乗り越えたのよね、そういうところをね。だから自分で仕事をしてお金を稼ぐっていうことを覚えたときに「兄ちゃんのやってる仕事も、仕事なんやな。仕事の職種が違うだけで」。そのへん、だから、この子は社会人になって、やっと私に対する思いを乗り越えてくれて、私の生き方をやっと認めてくれたんやなと。完全に解けきるまでは少しずつ時間はかかったんやけど、いまはきっぱり理解しめしてくれてるし、つい最近お店に来て「きゃー」言うて遊んで帰ったし。そんなにあの、頻繁に、彼も所帯持ってるからそっちで手一杯やろから、会うのっていうのは月に何回も会うわけじゃない。年に何度か田舎の機会にあったときに「どう? 元気にしてるの? どうなの、最近?」みたいな。普通に楽に話ができる。

――東京から京都に帰って「ドルフィン」で働いて、どうでした?

ヨーコママとは、私が高校のときに、化粧して学校に通ってたわけじゃない? その当時にホモセクシュアルの人たちばっかりが集まる界隈っていうのがあるのね。梅田でいったら堂山町っていう飲屋街なんかは、ホモセクシュアルの人たちが集まるのね。

高校生のあたしは、そういう場所があるっていうのをかぎつけて。好きな男の人たちがたくさん集まる場所がある。もう通い倒したわけ。高校二年生、三年生。私それぞれの出席日数がギリギリぐらい。学校行かずに、そっち遊びに行っとってん。

だから「学校行って来まーす」いうて、鞄のなかにお泊まりセットとか入れて。まぁ、学校行くときは学校行くんやけど、学校行って帰りに、吹田の方から電車とかで帰るからどうしても梅田を通るわけね。梅田で降りたら、「あっ、今日も行こかな」とかって、遊びに行って。

そしたらさ、学生服着た若い子があそこの店によく出入りしてるねん言うて、ホモセクシュアルの業界ですごい話題になって（笑）。毎日楽しかってん。いろんな人が優しくしてくれて、で、なかにはセックスを楽しんで。ものすごく楽しかったわけさ。

そんなときに、その界隈にヨーコママも。まだその頃、ミナミに「インセンサテス」ていう高級ゲイバーがあったのね。そこで何年もナンバー1を張ってたのがヨーコママやってん。昔からすごい人なの。で、ヨーコママたちにも噂がはいるわけさ。「高校生の子が、女の子っぽい子があそこのお店でいつも遊んではるねんてー」言うて。それで、見に来たりするわけよ。

それで私は初めて見たときに、サーって化粧して、紫の着物ワァーって巻いて、外人みたいな顔してさ、髪の毛も金髪で、まさに憧れのハリウッドだったりとか、ヨーロッパの女優の雰囲気。ニューハーフの人が、化粧した人が目の前に現れたわけよ。

「あなたなのね、高校生でこの辺で遊んでるっていう人は。遊んでるって噂聞いたわよ」とかつって。「うわっ、キレーな人やなぁ。この人みたいになりたぁい」って思って。

それから、その当時ね、化粧したニューハーフ、その頃はまだニューハーフって言葉はなくてゲイボーイって言葉やってんけど、ゲイボーイさんチームと、それから男のままの格好して男の人が好きっていうホモさんチーム、ホモセクシュアルチームで、体育館の別館でバレーボール大会をやってて、月に一、二度やってるから、見においでって言われたのね。それでよく見に行ってたの。

そのヨーコママ、最初はもう憧れの人やから遠くで見て、バレーボールしてはるときっていうのは化粧してないの。スッピンでしてはるの。「この人やったっけ?」って思って。でも髪の毛おろしたら金髪やったし、ヨーコさんよねぇ? 肌も綺麗やし、鼻も高いし、化粧したらヨーコさんになるんだわ。素顔見れたわ。素顔でも綺麗なんだわ。「あぁ、綺麗になりたぁい」って日増しにヨーコさんみたいになりたいって思うようになった。

で、この世界入ったときに、いきなりその、ヨーコさんが働いてる高級クラブ、そこミナミ、実は父親がミナミで割烹やっとって。同じ場所や、ミナミは。まぁ、バレーボール見に行ったりしとったから、「早い時間に、出勤前にお店に遊びに来なさいよ」って言ってくれたから、店遊びに行ったのよ。楽屋に案内してくれたりとか。楽屋にショータイムの衣装がズラズラズラッて。夢のような世界だったわけさ。私の好きなドレスだとかネックレスとか、羽根飾りだとか王冠だとか。

こういうところで働きたいとは思ってたんやけど、でも場所は、ミナミでは父親が仕事してるし、哀しいかな、「ミナミではアカンわぁ」って思って。で、チョロチョロっと、いうてみたらもっと小さい規模の店で働いとってんけど、何かこうやりたかったことと、酒飲めへんからあたし。全然アカンねん。でも強くなりたいとも思わなかったのね。父親酒飲みやったから。

だからお酒は飲みたくない、でも水商売しかないじゃない、オカマになるには。これはまた問題って思ってたときに、ある人から、「東京もこういう世界の礼儀作法に厳しくて、あなたがもしこのまま化粧する仕事を続けたいと思うなら、いちど修行に出てみたら？」って言われて。

やっぱり板前の血なのかなと思って（笑）。「職人さん、修行って大事」とかって思ったの。修行大事やわ。東京に行ってみたのね。

そこで紹介されたお店がショーをやるお店だったのね。関西のちっさいお店でもショーはあるんだけども、何かそれは一人ずつ着替えて、交替に自分の好きな曲を昔のプレイヤーにかけて、その曲に合わせてソロで踊るんやけども、こんなんせなアカンのかなぁ思ってたのが、東京に行ったときにはちゃんとした舞台形式になってて、そこのショーはセクシーっぽいのもあるんだけど、ちょっとした寸劇だとかコントだとか、そういうバラエティに富んだショーをやってるお店やってん。

元々好奇心が旺盛で、本当は内向的な性格を持ってるのにすごく出たがりな面もあった私は、演劇部にいたこともあるのね。中学のときに。だから人の前で何か演じたり、ライト浴びたりかとが大好きやったみたいで。東京のお店で、そこの舞台で、化粧したいけどあんなんせなアカンのかなって思ってたのが、こっちのお店ではものすごく興味ひかれる。「こういうことが、どうせするならこういうことがしたいのよ」っていうお店だったのよ。

東京での二年間の修行っていうのが、その後のあたしのニューハーフとしての人生を決定づけたね。二年修行して関西に帰ってきたときに、じゃドコで働こうって思ったときに、こうなりたいって思ってたヨーコママがお店を立ち上げた当時やってん。「ドルフィン」立ち上げて四ヵ月めやってん。

業界は狭いから、私が東京で二年ショー踊ってた、そんな噂なんて関西ですぐ流れてるわけね。「バレーボール見に来てた高校生の子いるじゃない？　あの子いま東京で踊ってるのよ。お化粧して」「あ、そうなの？」そんな噂がバーンて出てたんやろね。

だから帰ってきて、どこのお店で働こうとかって迷ってるときに、人から「ヨーコさん、そういえば京都でお店してるわよ」「えっ、あのヨーコママが？　それは行かなきゃ」まずどんな店か見に行ってみなきゃいけないわ、って。ママもすごく覚えててくれて「あなた東京で働いてたんでしょ？　こっち帰ってきたの？」「あ、そうなんです。昨日東京から引き上げて、今日ヨーコさんがお店やってるって聞いたから見にきたんですよ」って言ったら「他に働くとこ考えてるんなら、うちに来てくれないかしら？」って言ってもらえたのね。憧れの人に言われて、もうふたつ返事で「もう、お願いします」って。

高校を卒業して、ちょっと美容師をやって。小さいお店を三軒ぐらい大阪で回ったのね。憧れのヨーコママのミナミがアカンかったから、北新地で。新地の小さいお店で、女の子もいてるラウンジみたいなとこで、化粧した男の子が、ゲイボーイが珍しかったから、賑やかしみたいな感じで、うちに来てくれへんかっていうので、普通の女の子の店にもいっかい賑やかしで入ったこともあるし。もう一軒行った店は、すぐつぶれちゃったお店なんだけど、しょぼーいところで。何かせっかくなりたいと思ってこの世界入ったのに、面白くなかったかなぁって思った矢先に。それであとはもうポポポーンと。

でね、それまでなんか私集中力無くて、何かヤなところが見えりとか、こんなんじゃないよねって思ったら、すぐどっかよそ行こうかなっていうタイプやってんけども、ヨーコママっていうのがすごい面白いことを考える人で、業界をずっと引っ張ってきてるような人やし、例えば、お店がすごーい暇なときにどないしたらお客さん来るかしら？　って、突拍子もないこと考えたりするのね。「パイ投げしたらどうかしら？」（笑）「えっ、パイ投げですか？　誰が？　でもニューハーフがしたら化粧落ちますよ？」「ニューハーフはダメよ、そんなコトしたら。男ちゃんがいるじゃないの。ウェイター」で、「パイ投げってどうなんやろね？　そんなんお客さん食いつくんかなぁ？」思ってたら、結構食いついたのね。

とか、それまでありきたりだったショーを、大道具っていうものを導入して業界に話題を呼んだりとか、常に何かショー風景でもよそのお店ではやらないような新しいことをどんどんやっていって。まずニューハーフ業界で「ドルフィン」って、小さいお店なんやけどすごいことやるお店よって、そこら中のニューハーフみんな見にくるの。そうなったらおもろうて、よそなんて行く気せんわけね。頼まんでも向こうから勉強しにくるんですもの。「はぁ、こんなんなんや」って。「勉強なさってね、ショー見て」って。ヨーコママってすごい人なのよ。だから、もう私通算二二年働いてる。いまだに面白いもん。

あれは尊敬できるよね。すごい。あの人に出会ってなかったらあたしどうなってたやろ？　ニューハーフになってたやろか？　違うタイプのニューハーフになってたかもしれん。刺激されたよね。ヨーコママに。

嬉しかったのはね、前からちょろちょろあるんだけど、セクシーのショーをそろそろ任されるようになってきた。前はショーつくるときでも、この系をお願いねって言われても、何かいろいろ規制があったりとか、前のイメージを壊さないようにとか、あの子の立ち位置はここにしてあげてとか、衣装はこれでいってとか、言われたことをそのままやるだけやったのね。

ショー出て自分が演じるのも大好きだけど、自分が演出したり創ったりするのもすごい好きだし、ゆくゆくはそっちを力入れてやっていきたいと思うから、それまでのいっぱい規制あったのが、最近は「りかちゃんの好きなようにしていいから」最初に言うてくれるようになって。それでそれが最近いちばんおいしかったこと。で、それで自分がプロデュースしたショーが評判良かったりとか、拍手がドーンッてきたときとか、これ喜びよね。それでお客さんが「元気出た」って言ってくれたら、「あぁ、やっててよかった」ってすごく思う。

――いちばんイヤなお客さんて、どんなお客さんですか?

いちばんイヤなお客さんねぇ。あんまりその、そこまで「いやぁん、もうこんなぁん」っていうのは、もうあんまり思わなくなってきた。何か例えば、「えー」っていうようなことでいちゃもん付けたりとか、文句言ってきたりしても、若いときはね「この人いちゃもん付けてるだけじゃない。きらぁい、こんな人ー。叩きたぁい」とか思ってたけども、最近は、「ストレス溜まってはるんや、当たるところがないんや」とかって思って。だから他のうちの従業員の子とかが当たられてたら、きっとこの子はそういう風に感じ取られへんやろうから、そのときあたしがしゅーと入らせてもらって、この子、はずさせていただきますから、話聞かせていただきますからって。できるようになったわね。冷静に話できるようになったし。

それでもたまに、カッとくることがあるし、どっかでプチッときたらわりと負けへん。向こうが言うてくれてるんやろうかもしれんけど、気迫とか、目で威嚇したりとか、目力とか。だから最近は大丈夫。もうりかは怒らなぁい。

怒らないって言うか、ちょっと感じ悪いわって思ったら、先に「ちょっと感じ悪いわぁ」って冗談っぽく。でもあの、言われた本人も笑うし、周りも笑うように、また上手にフォローできるようになってきたのよ。腕上げた(笑)。言いたい放題言ってもテーブルひっくり返してね、あとで怒ってはるかもしれんけど。「最後おもろかったわぁ。メチャクチャ言うなぁ、君」とか言うから。そんなことができるようになったん。だから最近仕事が楽しい。

――りかさん自身は自分のことをどう思います？

自分のことなぁ。大丈夫なんかなぁ？　とかって。

何て言うんやろ？　自分に興味あるしねぇ、面白く考えれる、機転がきくとことかおもろいなって思うし、だけど自分自身にドン引きするようなことを言うたり思ったり、「もうイヤ！　もうイヤ！」って思うところもあるし。賑やかな人やなぁって思うね。

あたし友だちは、あたしのそういうだらしないとことか悪いとことか、そういうの全部ひっくるめて、それでいて「それでもアンタのことがね、気にかかるのよ」って言ってくれる、どっぷり甘えられる人を友だちにするのね。どっぷり甘えさせてくれる人があたしは好きなのね。不思議と、そんな人の心のなかをゴゴゴって入っていってしまうようなところがある、あたしをも許す心の度量のあるやつを、あたしは選んでいくのね。そういう子も、何かそこまで「あんたホント変わってて変よね」とかって言われると、変よねって言われたら、すごいくすぐったくて、何かちょっと嬉しいのね。

なんやろね、どんなんでありたいんやろね。

でもね、あたしは最近思うに、普通の人たちも、例えばセックス面において、何とかフェチだったりとか、癖だったりとか。私らはそれが同性愛であったりとか、お化粧したりだとか、体を変えたりとか、これも癖のひとつよね。みんな癖を持ってるよね。だから、ストレートの人たちは私たちと分けたがるけども、私から見てみると「一緒やん」て。でしょ？

――僕もそう思う。僕は何ら変わりないなって思う

私もそういう風に思うね。だから、差別視されることはやっぱりしんどかった時期とかもあったんだけども、こういう生き方をして、特に水商売、ニューハーフのお店やから、いまでこそみんなちやほやしてくれるけども、入店して当時なんて、もっと下に見られてたし。卑下されてたし。「しょせんオカマは」みたいなことを言われてても、それを探ってきて商売するのが、昔のオカマさんの強くて、しぶとくて、賢いところ。それを金に換えてきたから。

あたしがデビューしたのがそういうオカマさんの最後くらい。しぶとーいの。あとはもう、あたしから下あたりは女の子として生きていきたいわけやから。素直にね。私らは、私は女の子として生きていきたいわけやけども、私がなんでそこまで、女の子として生きていきたくとも、子どもを産めないもんね。戸籍を変えて性転換して子どもが産めるんやったら、籍変えて惚れた男と結婚してその人の子を孕みたい。だからいまのままであたしは幸せ。子ども生まれへんのやったら別にいいよって。いまの生き方あたし気に入ってるし。（自分のことを）病気と思ったことはないのね。哀しいかな現実と思ってたね、わかりだしたときはね。心は女の子やのに体は男の子で。自然と神様が間違えたんだ。それが、自分のなかで納得する最初の答えなわけ。リボンの騎士っていうマンガも、私たちの時代にはタイムリーであったから。あれは逆バージョンで女の子の体のなかに男の子の心が入ってるお話やから。私もそうなんだろなぁって思って。

ちんことか出てこないのかなって。「私を女の子にするためにいたずらしたちんこちゃんがいるはずよ。早くちんこちゃん出てきてちょうだい」（笑）。

手塚さんにも救われてるとこあるのよね。未来をよんでるね、あの人。私の感覚のなかでは、世の性はＳＭを通り越して、これから先はバイセクシュアルの時代になっていくんだ。男女の性の境が無くなってきて、そういう世のなかになってきてるなっていうのはちょっと思うね。だからジェンダーとか出てきたんだろうね。

昨日も何か、ホンマ見事にどこからどう見てもゴリラの兄ちゃんやがな、って思うようなオナベの女が来とってね、ホルモン注射でここまで劇的に変えるんだなって。

こういう業界がゴロッと変わったのは、精神科で女性ホルモンを投与するように、ホルモン療法するようになってからやね。見た目がゴロッと変わって、綺麗になってきた。美意識もだいぶ高くなってきてるし。整形っていう飛び道具も私たちは容赦なく使うしね。やっぱり男の人と恋愛を手っ取り早く成就させるには、元々相手が「こうや」ってわかってても、それを乗り越えるだけの美貌だったりとか、魅力、人間性だったりとか、そういうのが大事なわけやけど。

使える武器は何だって手に入れて、やっぱり後悔しないで素敵な恋愛を刹那的でもいいから、常に自分を高めてくれる相手と出会って、いい恋愛をして、相手も高まって欲しいし、関わってくれはったわけやから。

そうやって年を重ねてって、最後は何か妖怪みたいなばあちゃんになれたらいいなと。そこまで自分のなかではイメージができあがってるの、ビジョンはね。最後私はインディアンの呪術師みたいな得体の知れない、男とか女とか人間とかを超越した、そういう人に「なんでなりたいんやろぉ」とかって思うことあるんだけども、でもそれって格好良くなぁい？　っとかってね、思うよね。

なれそうよ。ホンマ二五、六ぐらいのときに、例えば四〇過ぎたときに、「あぁありたいわ」って思ってたビジョンに近いからね。念じて頑張ればなれるんだわって思うよね。

小学校のときに、将来なりたい自分の絵を描いて下さいって言われたときに、私は迷わずチュチュを着たバレリーナやってん。女の子の絵を描いてね、チュチュを着て、冠をかぶって。こうやってステージの真ん中でスポット浴びて踊ってるところを想像して描いてたの。

そのときに先生は「○○君は男の子やからこのお洋服は着れないんだよぉ。バレリーナがいいの？」って言うから、チュチュと冠と、踊りも好きやったし、「この服を着たバレリーナになりたい」って言って。「でもそれはなれないんだよ。パンツをはいて、男の人もバレリーナはいるから、○○君は男の人のバレリーナになれたらいいね」って言われたときに、「何言ってんねん。いいえ。わかってへんわこの人。なーんも人の話聞いてへん」って思ってたね。でも近いモンになれたわ。

大人って夢を壊すのね。

――そやね。ってか、知らん人がいっぱいいるんですよ。僕も友だちに、いまこういう勉強してるんやって言うと、『あの人たちって病気なんでしょ？』とか、そういうこと言う人がいるんですよ

そうよ、性同一性障害っていう新しい分野が確立したときに、そこは精神の病のひとつに入れられてるのね。だから「仕方ないからこの人たちの戸籍を変えてあげましょ。でないとこの人たちはよう生きてかれへん」言うてんねんから、「病気やから仕方がない」っていう感覚で認められてることに、私は「病気じゃないのよ」って。

――僕もそこにカチンときて、病気じゃないねん。なんで病気っていう風に捉えるんかなっていうのが凄いカチンときて

モノの考え方の柔らかさで捉え方違うし、病気としか思えない人は、そこまでしか考えられないって言ったら失礼かもしれんけど、哀しいかな、そこに関してはそこまでしか理解できひん。

でも何かのきっかけでそれがバンッと外れたりとかするから人間て成長していけるし、どんどん変わっていけるし、ちょっと歳とって仕事長く続けてると、あのときあんなにとがってた人が、二〇年ぐらいチョビチョビでもずっと長く来てるお客さんが、だんだんだんだん角が、私はだって角がいっぱいとれてったし、お客さんの方も角がとれて、「お互い昔はツンケンしてたけどね」「若かったよねぇ」とかって。「柔らかなったよねぇ」てかって。だから人っておもしろいよなって思える。

別にあたし偏見もたれるとかは平気だったりするわけね。平気なんだけども、でも、もったいないからいっかい見てから考えて物言うてごらんて。一度見てよ。それで好き嫌い言ってって。何の説得力もないよね。生理的に嫌いっていうのもあるやろうけど、それでも一度見てみろ。べきじゃない? そう思う。それが、同じ人間よぉって感じね。

——どういう世界になったら嬉しいなとかあります?

そうねぇ、どういう世界になったらって。すべての差別がなくなればいいなぁ。なくなったらまた何か困ることでもあんのかなぁ? だからなくならへんのかな? でも何かね、昔から北と南は仲悪くて、東と西は仲悪くて。

——すべての差別って言うのは、性的なモノを超えて、例えば人種も宗教も、いわゆる部落みたいなんもすべて?

うん。差別がないと競争意識っていうか、そういうモンがなくなるもんなんかなぁ？　だから、あったらうっとうしいけど、あらなアカンのかなぁって思ったりすることもあるんやけど。

やっぱり、そろそろいじめられて残ってる傷とかも、いまはもうかさぶたになって治ってたりするんやろうけど、受けた傷っていうのもあるやろうし。私は、自分が差別された側やから、人は差別はしないわって思い続けたいのね。知らず知らずにしてることがあるのかもしれんけど。いらんことやなぁって思うわ。

――お店の子をはじめ、ニューハーフの人ったちってどういう事で病んだりするんですか？

ダントツ多いのはやっぱり恋愛やな。うん、恋愛やな。

やっぱり性転換して、女の体になって、戸籍も女に変えれて、ここまでこれるようになったのに、最後の最後で男は天然の女を選ぶのかぁと。求めすぎると必ずそこの壁にぶつかって、体当たりした子は大けがするのよ。

哀しいかなやっぱり、途中で「リタイア」する子多いよ。自ら逝っちゃう子ね。私の同期もたくさん、同期とか同期から下の子。ちょうど私より上の世代のオカマさんは、「オカマだから仕方ないのよ、そんなものは。楽しんでたらいいのよ。ヤリたいときにヤレばいいのよ。毎日ご飯作らなくて済むじゃない」ってぐらいの割り切った考え方をして、ホントは寂しいんやけどね。そうやって自分に言い聞かせて、強く生きてきた。

だから私らの生き方って踏まれても雑草みたいに、強くもう一回立ち上がらんと生き抜けない。そこがいちばん大事やねん。この生き方を選んだからには。あんまり夢見すぎると、どんなに愛しても、所詮はそうなんだわって思うと、どっぷり失望してしまう。

そうするともう生きてても、次にどんな恋が巡ってきても、また同じような目にあうんだって思うと、そう思うとやりきれないやろね。私の場合は、「ひとつ終わったら、また次の人に出会えるじゃないの」って思ったらね、「一生恋できるんだわ」と思う。「楽しく考えましょうよ」って。思うなぁ、思うけど押しつけてもね。もうちょっと強くなって欲しい。私も強くなるから。

キミはストレートで男の子なわけじゃない？　自分のなかに女の気持ち、娘みたいな気持ち持ってるのわかってる、自分で？

——娘みたいな気持ち？　どういうことですか？

どういうことですかって、どう説明したらいいんやろか？　あんねん、男は。みんな実は心のなかに娘がおんねん。娘。少女。乙女。女のなかには、オッサンみたいな強いのがおんねん。人ってだから、ホントは両方持ってるのよ。

——へぇ、そうなんや。全然知らんわ、俺。気づいてないだけかな？

どこかで気づいたりとか、これがあの時りかさんが言ってたことなのかなって思うことがあるかもしれない。それはゲイとかそういうことではなくてね。

でも、男気とか女気とかっていうのは、女らしさっていうのは、男の人が希望することやからね。「こうあって欲しい」でしょ？　でもそれは女の子にはわからんことやから、男が望むことやから。逆に女の子から言わせると、「あんた男やねんから、ここはちゃんと男らしくしてよ」って言っても、「男らしくって、俺は男やからどないせいっちゅうねん」みたいな。ね？

マユ——病い、尊厳、回復

マユ ―― 病い、尊厳、回復

二〇二一年十一月三〇日

えと、父親と母親と姉の四人家族です。父母六十……二？ 二ぐらい、二、三ぐらいで、姉が二こ上、三三歳で、私は三一歳。

一言で言うと、家族はすごく仲がいいです。ひとりで関西にずっと出てきてるんですけど、こっちにいる友だちよりも、家族の方が会ってるっていうか、月一回とか。

いまはちょっと、祖母の介護をしてるから来られないんですけど。前はもう月に一回ぐらい母親が車でこっち来て、みんなで遊ぶとか、それぐらいすごく仲がよくって。

姉も、えーといま近所に住んでるんですけど、お互い何も予定がなければ、常に一緒にいる（笑）、ような感じですごく仲がいいです。喧嘩はもう、全然しないですね。昔は、子どもの頃とかはしてましたけど、成人してからは全然、ないです。仲良しです。はい。

あー父親も、はい。摂食（障害）の話っていうのは全然そんなしなかったんですけど、もう（「症状」の）まっただなかのときは。でも、普通に仲良くやってました、やってますいまも。

——こども時代はどんな感じだった？

小学校とかで良いんですか？　めちゃくちゃ、人から言わせれば、明朗活発っていう言葉をよく言われて。やんちゃ。うん、ていう感じですね。めちゃくちゃ遊んでた。外で。近所の子らと。人ん家勝手に入って行って遊んでたりしてた（笑）。で、物取ってきて。

——ははは。それ泥棒だな

シャンプー（笑）。

——シャンプー（笑）なんで

わかんない（笑）。

——それは友だちの家じゃなくてほんまに他人の家？

ほんとに怪しい家があったんですよ。もう怪しい家があって。これはなんやろってみんなで言ってて。じゃあ私が入ってくる。周りみんなで待ってるんですよ、外で。一人でこう入って。そーっと入って。

――ははは

もうひとりで。（みんなは）前で待ってて。シャンプー、なぜかシャンプーを取ってきて。あははは。取ってきたぁーみたいな。ほんと悪い子やったと思います。やんちゃっていうか、そう、アホで。うん。やんちゃ、やんちゃやった。

――お友だちとかもすごく多かった？

多かったですね。（仲良しの子）は、うん、いました。女の子、男の子とも仲良かったです。

――いまでも交流とか？

あぁ、まったくないですね。

（摂食障害になった）きっかけ、きっかけ、えーと、いつもどうやって言ってますっけ、きっかけって（笑）？

――何かそのへんぽやかすよね

そうなんすよ、だからはっきりと、こっからやっていうのは、自分でも曖昧で。いわゆるその「症状」っていうのが始まったのは、高校からなんですけど、その前から痩せたい、中学校ぐらいからでも痩せたいと思ってたし。小学校のときに痩せ薬を買って、母親にすごい怒られたこともあったし（笑）

――（笑）どういう、雑誌広告か何かで？

そう、『ピチレモン』とかあの裏にある、あははは、そういうのの裏のやつを。自分の家に届くと怒られるっていうのはわかってたから、友だちの家に届けてもらって。でもやっぱそこのお母さんが、

――あ、買ったんだなほんとに。お金を払って

買ったんです買ったんです。

――現金書留か何かで

そうそうそうそう。で、でも、もう小四とか五とかやったから、そこのお母さんが、こんなんマユちゃんが買って、っていうのを、うちの母親に言ってきて、でバレて怒られてっていうのとかもあったし（笑）。だから痩せたいっていう気持ちは、昔からあったんですけど、症状が始まったのは、高校……です。

――中学校のときも何かあった？

中学校は、食べて吐くとかは無くって、太ってくる時期じゃないですか。だから何か、気にしてたっていうのもあるし、中学校後半は人間関係の方が何かすごい何か、嫌やなと思ってて。だからまあ……症状は無かった、食べて出すっていうのは無かったです。

――友だち同士で、人間関係が

うーん……あんまり、その、いちばんイヤやった、イヤっていうか、うーん、って思ってた子と一緒の高校にあがって、ずっと三年間一緒やったのも、けっこうおっきいんですけど、ずーっとこう、それが辛かった。仲がすごい良くって親が、家族ぐるみで仲が良くって、だから、離れられないというか。イヤっていうか……うーん……正直「いなかったらいいのにな」とは思ってました。別々の高校に行きたかった。っていうのはあるかも。中学のなかごろから、まぁ……。外目ではわからんけど、自分のなかでこうモヤモヤが出てきた頃が中学なんです。

――モヤモヤ?

なんでしょうね。その当時は全然わかんなかったですけど。うーん、なんか。小学校の頃、めっちゃうまくいってて。(中学ではじめて)うまくいかんなって感じ出した頃です。(いじめとか)じゃなくって。わかりやすい言葉で言ったら、たぶん自分がいちばんじゃなくなってきたんですよ。ずっといちばんで来た子やったんですけど。うん、いちばんじゃなくなって。いちばんなんやけどもう一人いたんですよ、いちばんの子が。その子とのいろいろでこう、うん。モヤモヤが出て。

仲はめちゃくちゃ良い、めちゃくちゃいい子がいて。

――いちばんじゃないと、という不安?

不安ではないですね。

――いちばん仲良い子がいちばんライバルやった

そうそうそうそう。一緒ですもう。私とまったく同じ子がもう一人みたいな感じに思ってもらったらいいと思う（笑）。

――オールマイティーな

はいはいはい。（その子は）バレー部。バレー部の、主将じゃないけどエースみたいな感じですね。

――周りから見て、似てた？

あぁもうよう似た二人で、ってことを言ってる。二人で、仲良くて。そうそうそう。家族同士もめっちゃ仲良いんですよ。軽い衝突とかはあるんですけど。喧嘩みたいな、でもそれは全然関係なく。ほんとに仲良く。親友っていう感じ。

――でも心のなかでその子に対して、

そうですね。なんか嫉妬したりもあったし。でもめちゃくちゃ好きなんですよ。そんなごちゃごちゃして。

――嫌だったんやはっきり。仲は良いわけでしょ？

仲は良い。

――仲良いけど一緒の高校は嫌？

うん。でもね、一緒に落ちたときはやっぱホッとするんですよ。ライバルやから。この子だけ受かったら嫌やったんやけど。

――受けた高校も二人一緒やったんですか？

一緒一緒。おんなじような成績だから。めっちゃ女子（笑）。

――もともと一緒が辛かった？　それとも受験のときから？

なんかモヤモヤはあったんですけどね、うん。別に受験があったからではなくってやっぱ（もとから）漠然と、なん、なんだかなぁ。なんだかなぁっていうのがあって。あぁ一緒になっちゃったなぁと。で、クラスも一緒になっちゃった。っていう感じ。

――もう会ってないの、その子とは？

いや、ほんとに、全然いまでも普通に、会おうって言ったら会えるけど、連絡は取ってないですけど、親同士がいまでもつながってるから、こっち（実家）、子ども連れて帰ってきたときに見に行ったりとか、そういうのは。同じ高校スべって同じ高校に入って（笑）、二人とも第一志望落ちて、でおんなじとこ入って。

――高校生活は

高校はねぇ。たぶん表面はめっちゃ楽しい高校生活を歩んでる子なんやけど。いちばん辛かった（笑）。高校はたぶん。うん。高校から大学の前半がいちばん辛かった気がする。あぁでもわかんないけど。

――まわりの人から見たら辛いってのはわからない？

ぜんっぜんわからないと思います。まったく。

――その高校は共学？

はい、共学です。（家の）近所。

――同じクラスになった子とは、そのまま関係が？

そうそうそう。クラスも一緒。三年間一緒やった。いつも一緒。
そうですね。なんか、なんやろ。高校とか行くと、なんやろな。だんだんその子の方が目立つようになってくるんですよ。こっちの子の方が。
あとなんやろ。派手な学校やったんですよ。すっごいきゃぴきゃぴな派手な、派手な子が目立つような、よしとされるような学校やったから、私はそういう子じゃなかったので。そうそう。だからこっち、この子はすっごい綺麗な子やったのもあるし、あの子と仲良い子ってすごいみたいなのがある、あった子やったんですよね。
鳥取のちっちゃいとこやけど、なんかモデルやったり、雑誌のモデルとかやったりしてるような綺麗な子やから。そうそう。んで、明るいしおもしろいし。その子と仲良いマユさんもすごいみたいな。そういうのも嫌やったんですけど。

――自分もそういう芸能活動やモデル活動とかしたかった?

あぁなんか。そんなんじゃないんですけど。なんか、なんやろな。腹立つ、嫉妬するし。でも自分から離れていくのも寂しいし。

――葛藤してるんですね

そうそうそう。自分がいちばん仲良かったのにみたいな。

――その辺で変わっていく?

あぁ、うーん。ひねくれていく。ひねくれてはなかったかもしれん。なんかひたすら辛かった。辛いなー辛いなー。早く、早く離れたい。離れたい。お笑いに走った。はははは。そうそうそう、昔からで。

――クラスのなかでおどけてた?

そうそうそうそう。おどけて笑って。自分がこうお笑いのネタになるように。

——お笑いに走ってるときでもずっと辛いなぁと思ってた?

漠然とモヤモヤモヤモヤしてた。してましたね。

——成績とかは

あぁ、落ちてきました。着実に。(仲の良い友人)もたぶん。ずっと同じぐらいなんですよ二人。でも落ちてた(笑)落ちたと思うし。うん。

——何してたの? 仲良しグループで帰り遊んでたりとかそういう感じ?

うん、たまに。けっこう(一緒に)帰った。

——アルバイトなどは

全然してない。どんなことしてたかな。どっかでお茶したりとか。誰かん家で話したりとか。駅前行って、あの駅前でたむろ。そういうのがすごい嫌だったんですよね。嫌やった。なんか駅前とか行って他の高校の子らと「やぁー」ってなるの。女子も男子も。なんか他の高校との目立つ子らと集まって(遊んでた)。そういうのもなんかもうすっごい嫌で。でも行かないことの方が多かった、そういうのは。

仲良い人らでこう集まってこうキャピキャピして。でも、なにやっとんねんと思ってる端で、やっぱ入りたかったのもあると思う。

――寂しいね

うん。それはあると思います。それもまたいろいろ。

――目立つ子らと、駅前でもわぁーと喋ってる?

がやがや、わぁーって。プリクラ撮ってわぁーって(笑)しんどいね。

――当時、表面的には楽しそうに見えるけど心のなかではそういう葛藤みたいなものを誰かには?

ああ、言わない、全然ぜんぜん。全然ぜんぜん。

――母親とかにも?

まったく言わない。言わない。

――姉にも?

ユカ(姉)にも言わない。親同士も仲良いし、言う選択肢がまずなかった。(発想が)なかった。

――他の仲良い友だちとかにも?

あぁもうまったく。全然言いわないですね。

――その仲間うちのなかで、他に同じように思ってた子もいたのかな

たぶんみんな少なからず思ってると思うんですよ。思ってると思うんやけど言わないんですね。それぐらいすごい中心の子やったんですよね。この子と外れ、外れたらって言ったらおかしいけど、うん、そういう中心ではあったから、文句、文句っていうか言えない。言えない状態。なんやろ。すごい自己主張が強くて良い子なんやけど、悪い言葉で言ったらすっごい自己中な子やったし、でもそれに誰も反対しない。私もへらへら笑って。

――そのテンション高い仲間うちの全体が嫌だったの?

やっぱその子がいちばん（嫌だつた）。その子がネックやったんやと思う。（全体も）嫌やった。（テンションが）高い、なんか。ちゃらちゃら、ちゃらちゃらっていうか。

私は（他のグループとも）まんべんなく仲良かったんですよ。なんかいろんな人とちゃんと、なんやろ。こっちだけ傾くっとかじゃなくてこっちとも仲良いし。でも基本いるのはこっちみたいな。

――高校でいつぐらいから（過食を）はじめたん

高二……？　高二の初めには始まってたかな……？

だから小学校とか、全然太ってないんですけど、なんでそうやって思ったんやろうなっていうのが。

——最初の、吐いたの覚えてないん？

最初の？

——最初の……過食？　拒食の時期は無いんだ？

ダイエットの激しい版（笑）。入院するまではいかないけど、もうずっとキノコとコンニャクずっと食べて、ずーっと、お弁当もそれ持って。高校。中学は、普通に給食。高校なって、弁当なってから。そうそうそうそう。バナナと、何とかと、みたいな。それでぽっちゃりしてたのが、ちょっとスリムになったから、あ、別にそんな、（そのときでも）ガリガリとかじゃないから、ちょっと痩せたんだなと。全然、心配されてたことない。（学校では）元気。何か、元気。何か、明るい子で、面白い子で（笑）。成績は中学の終わりから下がりはじめて、でも全然、高校は全然です。中の下ぐらいをこうずっと。はははは。

——進学校やったね？

そうですね。だから部活もできなかったし。七時限めとか、はい。八時限めとかまであったり。朝来て何か、何とかってやったりとか。全然落ち着いてないです（笑）

——成績悪いことは気にならんかったん?

気になりました。すごい、コンプレックス。やったです。うん…。

——彼氏できひんとか、

それは悩んだことがなく、彼氏、あ、好きな人のことでは悩んでたけど、彼氏ができないからっていう悩み方をしたことはないです。あとは何か、太ってるのと、勉強できないのと（笑）、何かその、人間関係。女子グループの、人間関係。その子を中心とした女子グループの、人間関係に、辟易しながら三年間。

——最初の嘔吐っていうか噛み吐き、なんでしたの?

始まりの、……わからん、それはもうわからない。ほんっとにわからないです。なんででしょうね。そうだから吐けなくって、私は吐けなくって。「チューイング」（「噛み吐き」ともいう。飲みこんだあと嘔吐するのではなく、咀嚼だけした食べものを飲まずに吐きだす行為）。そうそうそう。そうです。それも度をあげだしたとかわからんのやけど（笑）、それ、ずーっとそれです。

——嘔吐はしてないっていうことですか?

はい、してないです。だから最初は自分が摂食（障害、以下同様）じゃないと思ってたから、なんなんやろうって、じゃあ私はなんなんやろうって思っとった。

――何を食べてたの？　晩飯は普通に食べてんだよね？

普通。痩せ、痩せメニューを食べて、普通に食べてます。はい。やけど、ほんとに多分一緒やと思いますけど、菓子パンとかコロッケ、ほんとは食べたいけど食べれないものを学校帰りに買って、自分の部屋の引き出しに全部それを隠して、勉強してるふりして、ずっと、あははは。はい。

袋。吐か、は、何か、うん、ビニール袋に、何袋もやって、後から捨ててくる。（部屋に）置いてあった。それがバレたんです（笑）。あはははは。それが姉にバレて、引き出しに入れといたのがバレて、バレたんです家族に。それが高……二。どうしようと思って。とっさに、いやダイエットしてるやんみたいな、だから食べたかったから、食べれないのを出してただけで、普通にもう全然そんな、（こんなこと）せんでもいけるから、明日からしないって言ったんやけど、やめられない。あーやめれない、て、初めて自分で（気付いた）。

――親とかに、何か、あんまり言われない？

あー言われてましたもっと食べろって。もっと、ご飯を食べろ、白いご飯を（笑）。そうそうそうそう。お弁当に詰めてくれるご飯の量が気に食わなくって、「多すぎるー！」とかって。「これぐらい食べろー！」って。

自分でもやめれると思ってたんで、で、でもやめれなくて、どうしようどうしようってなって、自分から親に、「どうしようやめれん」って泣きついていったことがあって、そこで初めて一緒に、鳥取の県立病院っていうのがあるんですけど、そこに一緒に行こかってなって。で行きましょうと。

――自分から相談したんだ

自分が、はい、やめられんっていう風に、言って。

――一回バレた後はもう、やってないことになってたわけ？

そそ、んまあわからない、そこらはわからない、どう思ってたのかはもう昔のことでわかんないですけど、あやめれんやめれん、って自分のなかで思ったのは覚えてる。

――そのときの医者って、精神科とか心療内科とか？

そうそうそうそう。
一回行って、それ以来行ってないですけどね（笑）それ以来行ってない。んー……、やっぱ医者が合わなかったから。「あ、ダイエットの予備軍やから、（そういう女の子は）ここにはいっぱいいるからねー」、みたいな感じの。すごく軽く言われたんですよ（笑）。何この女医、と思って（笑）、もうそっからいかん。ですぐ薬の話になったから。

――それはめちゃめちゃ悩んでるわけだね、本人としては

すごい悩んでます。そんなもんじゃないみたいな。ダイエットの予備軍、女の子やからみたいな、確かにそう

やったかもしれないけど（笑）、そんときはすごい、んー、と思って、腹が立って。

――お母さん怒らへんかったん？

怒りは全然無いです。うん…。しゃれで怒られたことは。喧嘩はしますよ、二人であーって。それはやりあったけど、一方的にこう怒られ、やめなさーいとか、そういうことはない、です。

――医者に通っても治らない？

治りません。

うん。高校にはもう戻りたくない。いちばん戻りたくない時期。

塾行ってたんですよ。毎日のように塾に行ってたんです。「かよちん」ていう親友（前出の「ライバル」とは別の友だち）をはじめ、五人グループでいつも一緒にいたんです。かよちんとは中学も高校も違ったんですけど、毎日のように一緒にいました。一緒の塾で、塾ですごく仲いいグループがあって、だから毎日、学校、終わったら塾。成績悪かったのに（笑）。だから全然勉強してないです（笑）。

そう、（友だちと）喋りに行って、好きな先輩がいたから、そう、ずーっとまあ一緒におる。

――別に好きな先輩とは何ともなかったん？

全然何とも。

——そんときは友だちと一緒に飯食うてへんのかな？

いや食べてないと思います。なんやかんや多分（理屈つけて）、そう、詳しくは覚えてないけど、絶対食べれてないと思う。

だからまもなく（大学に入って）一人暮らしに入るから、（家族から）離れるから、もう（噛み吐きも）やりたい放題。やりたい放題（笑）。止められない、あはは。

——そんで推薦で大学、

うん。それ、がすごいイヤでした。推薦で行った、っていうのもすごい嫌やったし自分で。（大学で一人暮らしをはじめて）やりたい放題。食べられない。

——もう初日から？

いやもうそんなことはないけど（笑）。ずーっとしてました。それも袋。袋のときもあるし、その、何だろ、洗面所、洗面所というか、台所の排水溝に吐いてました。

——コンビニで買って？

コンビニで買って。スーパーとか行って。なにわスーパー（笑）そうそうそう。なにわスーパーでめっちゃ。そうですよ。なにわスーパー回って、買って。歩いて家まで帰って。遠いです。遠かったです。

――そいや歩いてたよね？

そうです。ずっと歩いてました。高校んときから毎日。

――異常に歩くんだ？

もう歩くって決めたらもう絶対。雪が降ろうが、雨が降ろうが。

――下宿でずっと吐いてて。

うん…。自分のなかであれしたいこれしたいっていうのはあるんですけど、もう、それ（噛み吐き）したら、いらない。サークルしてないです。入りたかったけど、入れない、し、もうずっと大学と、家の、往復だけ。そのゼミ、ゼミっていうか、の、だからちょっと学校でいる人たちやと、この子といるっていう人は、もちろんいたんですけど、積極的に遊びにいくとか、そういうのはなかった。学校終わりに遊びに行くとか。

――お昼とかって、どうしてた

（食べない）色んな言いわけを。あはは、多分一緒やと思うんですけど、お腹空いてないとか、さっき食べたとか。人と、学食行くんですけど、行くんやけど、食べてるものは明らかに変、変て言うか、みんなと違うから。そうサラダと、カロリーメイトとヨーグルトと、とかやから、それが一日だけやったらおかしくないけど、ずーっとやから、たぶんまわりも、なんだろうてたぶん思い出したんじゃないかなと。思ってたんやろうなって、案の定思ってたんですけど。うん……。

——寂しいと思った？ 友だちが欲しいなとかって

友だち欲しいなとかはあんまり思わなかった。んー。思わなかったです。そうさっき言ってた子と（大学になってやっと）離れたことの、何ていうかすっきり感ていうか。いうのはあって、離れたらたぶんもっと楽しいはずやと思ってこっち来たけど、そうじゃなかったから、期待どおりじゃなかったから、はー（ため息）っていうのはあった。

——学校つまらんかった？

もう全然授業、何言ってるかわからんかったし（笑）、ははは、いまやったらあの授業すごい面白いやろなって思うのはあるんですけど、全然聞いてなかった。人権論？ んー人権論（って何？）みたいな。あはは。あはは。んー、みたいなこう、全然あんまり、興味が持てないっていうか、授業とかに。全然興味が、持てることがなかった。

——家で、何してんの？ 土日とか

もうテレビみながらずーっと……

――噛み吐きしてるんか……

何か自分のなかで、摂食っていうか食べたり吐いたりすることの方がメインっていうか、そしたら隠し事も多くなるし、何かそのいちいち言いわけするのもめんどくさいし、ってなったら、全然一人でいることが苦じゃなくて、むしろ一緒にいたらもう早く帰ってそういうのをしたいって。もう頭から離れんくなって。ずーっとやってました。一回生二回生三回生四回生。

――それは、まったく友だちができてなかったの

え、そんなことないですよ。それなりの友だちは、いるし、んー、でもいま、じゃあ関係が続いてますか？（と言われたら）続いてはいない、ぐらいの。

うん、（いまは大学のときの友だちは）いない。いないです。（当時も飲み会とかは）行ったり行かなかったり。

――行ってサラダだけちょっとつまんで？

そうそうそうそう。飲み物と。そういうときは、うん、飲んでたと思います。はい。

――何かちょっと告られたりとかそういうのはないん？

無いことはないけど（笑）でもそんな、別にそんな、何にもないですよ。うん、何にもなかったです。全然好

きじゃなかった。

――何か、歩いてたよな一人で

うん歩いてた。もともと、もうずっと、えーっと、そう、あのー、阪大とかの方に近い、生協マンション。うん。あっちです。学生マンション。

――バスもあるけど、ずっと歩いてたん？

ずっと歩いてました（笑）。

マンションで、やっぱ、夜歩くと怖い目に遭ったり、もうやっぱするんですよ、だから、夜中はもう家で、ダンベル持って、こう、家のなかでやってたら下から苦情が来て、で、あヤバイと思ってベランダでずっとやってた（笑）。あははは。音聞こえたんやなーと思って。

そうそうそう夜中に。台所で（吐瀉物を）出してたのでそれが詰まって、水がボコボコボコっと上がってきて、その、下水が、お風呂場にも繋がってたんかな、何か。で、お風呂場の水の流れもずーっと悪かったんですよ。あー、もしかして、と思ったんやけど、でずっと両方が詰まってきて、で、どうしよう、ってなって、で、スッポンってしたんです、トイレ。やったら、ボコボコボコって出てきて、それがぶわーって部屋に上がってきてどうしようー？ってなって（笑）。

（パニックになって）電話したんですよ。夜中に。鳥取の母に。そしたら車飛ばして、夜中二時。（母親が助けに来た。）

――それは部屋にだーってこう逆流して、汚水が？

そうそうそう。廊下に水がばーって流れて、だからもうバスタオルとかで、ぱってやって（笑）。そう、あれはもう忘れないですね。二回やったんですけどね（笑）。もうあかんと思って、もうそっからはちゃんと袋。でも毎日やから捨てに行くのも、大変なんですよ。量があるし。バイトもしてました。はい。二回生のとき。

――そこはでも可愛がられてたんだ

はい。

――大学んときの繋がりっつったらそこぐらいなのかあ

そう。バイト先の人間関係は今でも続いています。

――お好み屋さんやったっけ？

そう。そこの出会いは、恵まれて、楽しく。

だから、まかないがあるから、ずっとバイトできなかったんですよ。それがあると思ってたから。で、バイトなんか絶対できないと思ってたんですけど、よく行くお好み焼き屋さんがあって、そこでバイトすることになるんですけど。しょっちゅう行ってたから、大阪の地元の子やと思われてたらしくて。で、母親が遊びに来たときに、行って食べてたら、バイトしない？　って声をかけてもらって、そんとき即答はしなかったんやけど、どうしようってなって、まかないがあるって思って（人前で食事をすることが恐かった）。でもま、せっかくやで、やってみたら？　ってなって、後日、じゃあやらせてくださいって言って、だから、（もし）声かけてもらえなかったらもう、バイトはしてない。四年間。

（まかないは）食べてましたよ。もったいない。食べた食べた。吐かずに、だから、食べた後絶対歩いてましたよ。もう、十一時とか、その、夜中に。

就活も全然しない。

――どうしようと思ってたん？

わかんない、全然。でも何か自分が就職する、とはなっから思ってないっていうか、すごいあまちゃんやなと思うんですけど、多分学校でも行くんやろなぐらいの（笑）。まあまあ、あんまり、そう、うーん。恵まれてたんやと思います、親が、仕送りしてくれて、好きなこと、（姉妹の）一番めやからもう好きにしていいみたいなポジションやったから……。

――……どうやったら治るんだろうね？

何か全然、根拠のないことはあんま言ったらダメですけど、ずっと私もそう思ってたので、十、何十年も。絶対無理、治らない、下剤も絶対やめれない（と思っていた）。食べ吐き、食べて出すのが、やめれる日なんて想像もできなかったんですけど、それがいま、現実になってるので。めっちゃ時間かかりましたよ。時間かかった。

うんー。治るっていうのがわかんない。回復論じゃないけど。回復に関する、症状が消える、イコール回復ではないと思いますね。治った、治らない、っていう言い方はようしないんです。私一人、元気ですっていう言い方しかできないっていうか。じゃ何をもって治ったのって言われたら自分いまでも答えられないから。何を回復って言うの？　じゃ、症状が無くなった人は回復してるんですかって言われたら、症状が無くてもしんどい人はいっぱい、見てきたから、症状じゃないなって思うし、うん……。

うーん……回復……じゃ逆に、回復っていうのはどう、どういうことなんですかね？　あはは。

――大学時代は暗かったんだ

そこそこ。暗かったなー。やっぱり、なん、あれですねえ。

「ひよどりの会」（参加している自助グループ）は、院生室の前に、チラシが貼ってあったんですよ。摂食障害で悩んでませんかって。高田さんって、自分が受けてた授業のＴＡをしてる人やって、それをやってるのが。

えー？　と思ってびっくりして。でそっから、すぐ行ったわけではないんですけど、そのチラシを見てるのを高田さん本人が見てて、よかったら来てくださいみたいな。そんときは当事者って言ってないんです。当事者？　って聞かれて、や違いますって言ったんですけど（笑）。

いやなんか、とっさにこう違いますって、あはは。でよかったら、みたいな。それで知って、初めて知って、自助グループっていうのを初めて知って、行ったのが大学三年生。

——一応本は読んで勉強はしてんの?

してます、摂食の本。そう、でも、だから吐いてないから、これじゃない、何やろう、っていうのはずっと。

——ひよどりにずっと通ってた?

最初は毎回ではなくって、でも喋るよう、高田さんと喋るようになって、ひよどりも毎回参加するようになりました。で、ひよどりがない日も高田さんには毎日会ってたみたいな。院生室遊びに行って。うん。最初は、いちばん最初はもうだから、何だろ、どんな人がいるんだろうみたいな（笑）、こんなことして治る、良くなるの? みたいな感じでした。おんなじ学校にいるんやーみたいな関大のって。

——そうか学生も来てたんやんな

うん。

——じゃあ摂食障害のことをずっと勉強していくわけやな、学生のとき

そうです。卒論もそうです。

ゼミの先生が、すごく、家族原因論の話やから。わたしは家族が原因ではないって言ってるのに、「いや僕はでも家族やと思うけど」みたいなそういう。

（そのときPSWが）そうほんとに、始まったばっかりみたいな。じゃ、だから、頭悪いから、大学院にいけないっていうのは、あったから。ほんとはその、心理、臨床心理士みたいの、なれたらいちばんよかった、いいなと思ってたけど、それは絶対無理と。で、こっち（PSW）がある、となって、そっちにいった。

「△△△の会」（摂食障害の当事者や家族、支援者などの集まり）とは、もう（以前から）関わってます。

――高田さんに連れてかれる感じで

そうそうそうそう。だから、医者、何か医者やとだから体を治そうとするけど、その先生（摂食障害の有名な専門医）は、どっちかというと何やろ、何やろ？　患者を尊重じゃないけど（笑）、自助グループのなかで、こう、当事者同士で、ピアで治す、なんやよくなってく、みたいな路線の人やったから。けっこう医者からは逸脱した考えを。体（だけ）が治っても（意味がない）、っていう感じの先生。やったから、そうそう高田さんと繋がりがあって。その人は。

それは当事者が主体となってやる集まりです。

――で事務局的な仕事をしてた？

そうそう。

――結局、専門学校は出たけど、ワーカーの試験は受けなかったよね

いま受けとけばよかったと思う（笑）。いまちょっと、ねえ、大人になって、ああ受けとけばよかったなあ、何か、（専門学校の）先生にも散々言われて。なに先生やっけな、うん、にも、授業出れなかったらすごい（笑）呼ばれている…。

――なんで受けなかったの？

実習とか行ったりするじゃないですか。するんですよ。専門学校で。（でも）「ひよどり」やってると、色んな医療機関に出入りすることが多くて……それですごいワーカーが嫌いになって（笑）。嫌いになって……いまやったら形だけでも取っとけばよかったなとは思うんですけど、そんときはもう、もういいわってなってしまって。うん…。馬鹿やったなと。

――いま受けられへんのかな

いま受けれますよ、その、何か（書類）もらいにいって、多分。

――卒業した証明書みたいなのね

うん。そうそうそうそう。

――で、そんときもずっと、摂食障害の最中やったわけ?

真っ最中でしたよほんとに…。もしかしていちばん酷かったかなっていうぐらい。

――うちの連れ合いが最初だよね、噛み吐きで、自分以外のひとと会ったの

そうそう、初めてでしたよ。うん。あ、いた!と(笑)。本には書いてあったけど。人に会ったのは初めて。

――専門出てすぐ大学院やったっけ。一年ぐらいぶらぶらしてた?

うん。ぶらぶらしてました。一年間。

――なんでまたほんで大学院行こうと思ったの?

え、だって、だって(笑)。

――俺が行けって言ったんだっけ?(笑)

そう、あははは。こんなんできる(って)、そう、あはは。こんなんある、NPO作って、やって、ちょうど○○(前記の有名な専門医)ともう分裂したときやったから、

――社会運動家なるって?

そうそうそう。でこの社会人大学院あるしと思って。

——そうかそうか。あ俺が行けって言ったんだ。そかそか（笑）

は？　と思って（笑）。

——何かもうメンタルな問題じゃないなとかって言ってたよな

んーそうですそうそうそう。はい。

——何かもっとこう社会運動的な感じに

そう、はい。はい。

——何かその、いまこうやって吐いたり過食とか拒食とかしてるのも、何か、回復への道のりみたいな、書き方あるよね

はははは。え、その考えが、ダメってことですか。ダメなんですかね……。その考え方を、反論したのが、私の修論です。反論じゃないけど何だろ。

——きみの修論、独特な、マルクス主義摂食障害論みたいな

あはははは。でもそれ（回復論）が嫌やったんですよ。回復、苦しんでるのもプロセス、回復のプロセスやから、

必要なことだみたいな感じ。人生論みたいな。宗教っぽい。そういうのが、えー（うんざりしたような声）って。

――自分はいまどう思う、治ってると思う？

多分第三者から見たら治ってるっていう状態なんだと思います。うん。自分では、あえてそういう（「治った」という）言い方をしないだけで、っていう……。

――結婚は大きかった？　そう変わらん？

（その）ひとつっていうだけ。それがおっきいってわけじゃなくって、やっぱり高田さんであったりとか、岸先生だとか、色んな人に出会っていくわけじゃない、そのなかで価値観が変わってってって、うん……これで治った！とかこれで！　っていうのは無くって…。って言われたら回復のプロセスってどうかっていう話やけど、そういう言い方ではなく。

――しんどさは減った感じする？　若い頃に比べると

しんどさは減りました。確実に。別に人から何言われても何も思わない。自分の、芯がもうある、できたので、それは、左右されることはないです。

すっごい偏見、何かこんなこと言ったら申しわけないかもしれないけど、（高校のときに）体育会系の部活に入ってたわけじゃないですか。そういう、団体、そういうグループの人って何かそういう、仲間意識が高くて、何か、何だろ……よくスポーツ選手が言う言い回しとかあるじゃないですか。何か、何だろ、「みんなのために」とか。何か、うん……で、全然、うまく言えないけど、例えばじゃあ震災があって、そしたら震災があった後みんなが何か、遠くにいてもみんなのために何とかとか、だからそういうのをすごく実は、気持ち悪いと思うんですよ。

——あはははは

すごい薄情やなって思うかもしれないけど、そういう気持ち悪さと一緒な感じで、回復するためには、そういう、何かこういう苦しみも必要やったとか、そういうのが、何か、何だろ……どう言ったらええのかな、そういう嫌悪感があるんです。

——あの、パワーストーンとかさ、水からの伝言と同じような……

そうそうそうそういう嫌悪感です。そうそう、そういうのが嫌な感覚です、回復論が嫌なのは。うん…。何か、説教されてるみたい。何かそんな感じに。

——当事者とその親が、医者もそうやし、みんなそういう何か、迷信の占いみたいなの好きだよね。それが、逆にすごくいいこと、本人のためのように語られてて

うんうんうん。そうですよね。治れば。その人が楽になるならそれで（「たとえニセ科学でも、本人がそれを必要とするなら許容する」という考え方）。（でも、そういうものも）まっこうから否定はできないけど、そ

うそうそう。そう言われればそうなんだけど、っていうのがずーっと、ありました。でも絶対、そこに行ってしまうのは、絶対行ってしまうんですよ摂食。んー、辛いから、これはやる。でも何か、んー……。でもそれで治ってるかいうたら微妙やしーみたいな。

――ただそういうのにハマるひととすごい嫌悪感持つひとがいるよね、おんなじ摂食障害の当事者のなかで

何なんでしょうねそこはどう、どう、どう違ってくるのかなと。

――その、いまの自分をどう考えてんの？　治った、じゃないなら、一言で言うと

……「元気になった」。はい。

――さっき何か自分にも芯があるって、

芯があるっていうか、ブレないですよね。人に何言われても、例えば太ったって言われても、太ったんだなーって思っても、それによってダイエットし始めるとかはないし。うん……例えばですけど。例えばひとつ。こんなこと言ったら嫌われるかなっていうのも、嫌われたらそこまでの縁、って思うようになったりとか。うん……そういう感じですね。人の様子を伺って何してたとか（ということがなくなった）。

――普通にご飯食べてる？

普通に食べます。

——むかしは飯食わへんかったからねー（笑）

白いご飯とか（笑）。

——どうやったらそうなったの

えーどうやったらー？　歳を重ねたら、あはははは。

——でも、歳を重ねても、な人もいっぱいおるもんなー

歳だけじゃない。歳もある、かもしれないけど、絶対それだけじゃない。

——やっぱりアロマセラピーとかで一時的に紛らわしてる人って、

そうそうそう、何ともなってないと思う。何とも、なってると思ってると思うけど本人は。何か封じ込めてるだけですよね。でもなんでみんな……

——あやしい療法にだまされるよね。

そうそう、ほんと、わりと姉ともよく、ほんと、こないだも言ってたんですけど、何か（姉の）職場の人と、

こないだ（姉が）ご飯食べに行ったときに、みんな真剣に占い、星占いか何か持ってきて、いまはこの年、年回りやからとかって言うんやけど、えーどう思うー？　って（姉から）言われて（笑）。

なんでみんなそんな信じるんやろうって、私もわからん。散々そういうのを見てきたけど、でも今でもそれが主流じゃないですか。それがいいと思われてるし、

――血液型とかね

そうそうそう。普通にみんなそれが、うん……それを拠り所にして、生活してたりする。それはおかしいとは思われないじゃないですか。占う人が。なんでかなー？　と思う。

わからない…。それってでもほんと何、何やと思います？

――そういう世界を目の当たりにして、

で徐々に、外に目が向いて行ったんやと思う。外に、はい。思います。外に目がいくの、大事やと思う、うん、自分は、よかった。うん。

――心のことだけでやってても……

うん、そんな、ねえ、ちっちゃいときの話カウンセラーとしたって、そんな（笑）。うん、思い出さなくていいようなことも思い出して、逆に家族と関係こじれたりたか、そんな内に内にだけ向かってても、うん……過去が

変えられるわけでもないし。

――もともとそうだった？　もともと意識が外に向かってたの？

いやそんな発想無かったです。ぜんぜん社会学部にいながら、ぜんぜんそんな。だからすごい、（大学を卒業してからの専門学校での社会学との）出会いがおっきかったです。

あ、あー（納得した感じ）。って。そうなんやって。そら痩せたいとずっと思うわこんな世の中にいたらと思ったり（笑）。だから自分が悪い、自分のせいやと思ってたけど、こんな世の中にいたら女子が痩せたいと思うの、その、普通っていうのはあれかもしれんけど、その、そうやったんやろうなって。

――自分のせいになっちゃうねんな、心理主義になると

そうそうそうです。家族のせいとか、

――誰かのせいになっちゃうねんな

はい。はい。

でも誰かのせい、人のせいにするのはダメっていう、何かそういう綺麗事もあるじゃないですか。で結局治すのも、自分自身やっていう言い方もあるから、自分が治、何か、しっかりしたら治るとか、いやそこじゃないんやってっていうのはずっと。何か全部うちに返ってくるっていうか、心理学系のなかにいたら。カウンセリングとかそ

んなとこにいたら。

――結婚したことも回復のひとつ？

えーでもだって、それもそうやって（笑）あはははは。そうですね。一部やけどそれが（回復のための）すべてじゃ絶対ないんで、でもやっぱ結婚イコール（回復）とは言いたくないところもやっぱありますよね。誤解を招くっていうのもあるから。

――男がいないと治らないのかってことになっちゃうもんね

結婚してもしばらく噛み吐きしてたし。

――あ、ほんと

はい。多分（夫も）わかってると思う。でもそんな話を別にしない。だから全然、結婚イコールではないですよ（笑）うん。しんどくてやってるって感じじゃないですけど。もう、タバコ吸うみたいな、癖で（笑）。

――結婚したのはいつ？　六年前？

五年。丸五年経ったかな？　五年ぐらいですね。

——例えば結婚した後に食事制限はしてるわけ？　何かダイエットみたいなことを

食事制限まではいかないかもしれないですけど、朝昼兼用で、果物とヨーグルトとか、そういうのは、すごいある。今でもありますよ。

でも昔はそれをも治さないといけない、朝昼晩ちゃんと食べなきゃって思ったけど、そんなきっちりちゃんと、食べてる人もいないかなって、その、一日二食が悪いわけでもないなって思って。

——だんだんルールが無くなっていくわけ？

そう、ルールがもう全然ゆるくなってきて、そのルールによって生活に支障が出ない。昔は支障がもう出まくってた。けど、全然、ご飯食べに行こっつったらいま行けるし、

——……何かユーモアのセンスも関係ある？

だから、それも絶対その、さっきの気持ち悪い気持ち悪くないに、絶対繋ってると思います。センスっていうのも、絶対、繋がってくると思います。そういう感覚絶対大事やと思う。だから真剣に言って何かその震災以降の、何か、色んな、それは立派だと思うんですけど、私絶対そういうこと言えないって思う。何か。

——何だろうね。でも生まれつきなんかな、笑うっていうのは

こういうと家族原因説になるかもしれないけど、でもそういう部分はあると思う確かに。うん。そういう家族に育てられて、こういう感覚が養われたなとは。占いとか全然信じなかったし昔から。影響はある、だからそういう、例えば部落問題とか在日コリアンの（社会的な）問題とかも、詳しく話したことはないけど、何となくそういう話も（母親と）したことがあったし。

――お母さん高校の先生？

だからそこに対する差別とか偏見みたいのは、無かったですね。養護学校とかも勤めてたから、障碍ある子とかとも関わりあったけど。

でも久しぶりにこんな話しました。摂食の話なんて、まあ、ひよどりは置いといて別として、日常生活で全然しない。でも、自分でも忘れてます、もっとうまく言えるだろうに、もうちょっとうまく言葉にできたら。

――いま何したい？

いま？　何したい……。

――子どもほしい？

あ、そういう、そういうのももちろんあるけど、なんやろ、活動意欲もやっぱ人と会うと出てくる、出てきますねー。だからたまにデモとかイベントがあって、話聞いたりとかフランス行ったりとかするとか、もっと社会的な何かやりたい。

――わざわざフランスに行って何か、デモに参加したんだよね

あはは。

――フランスの機動隊に追いかけられたよね（笑）

すごいなんかびっくりしましたもん。あんな経験もう二度とない。（社会運動の研究者である夫と）一緒に、はい。彼は仕事で行ったんやけど、ついていって。デモの、これから、来年度の授業に関する上で来てもらう人のところに会いに行ったりとか。

人と会ったり話したりすると意欲が湧いてやりたくなるけど、でも何か昔は大学生とかっていう所属があったりとかしてやりやすかったけど、いまやっぱそれ難しい。完全にフリー。やるとしたらひよどり（笑）、で何か。とかなんか、いまは……

――社会に関わっていこうと

うん。

ほとんど遊びに行かないからほんと食費と、家賃、家賃も補助（大阪市の新婚家庭家賃補助）がいまは出てる。もう今年一年で終わりですけど。出てるし。

よしの――シングルマザーとして、風俗嬢として

よしの ―― シングルマザーとして、風俗嬢として

二〇〇四年一〇月

もしもし。

――あ、もしもし

おはようございます。

――おはようございます。よしのさんでしょうか

そうです。

――あ、どうも、あのはじめまして（笑）朝から申しわけございません

いえいえ。全然そんなことないです。

——あの、岸と申します。えっと、で、ま、いろいろその

うん。

——あの、こういうお仕事の方にインタビューさせて頂いてて

あ、はい。

——たまたまご縁でお願いすることになりましたので

はい。質問に対して答えればよろしいんですよね。

——ええ、あの、自由にですね。

うん。

——いまのお店って、どこですか?

盛岡です。

――だいたいどんな感じの、お店なんですか。これは

えっとですね、デリヘル、なんですね。本番行為はなし。

――派遣されるわけですか

そうですそうです。ラブホテルやら、ビジネスやら、一軒家つうか、あの、自宅？そういうところには、行ったことないですか？

――僕はそうですね。利用したことはないですね

あ、そうですか。

――わりと基本的なところで無知なので……

ああ、そうですか。

いろいろ、あるんですよね。短い時間もあるし。四〇分からになるのかな。四〇分、六〇分、五〇分とかもなんか、ほんとに一〇分単位で。区切られてるんですよ。で、長い時間になっちゃうと、一二〇分とかも、あるんですね。

デートコースっていうのもあるんですよ。そういうの（外）にも、出かけられるパターンもあるみたいですね。わ

たしは行ったことないんですけど。

でも免許証とか、ちゃんとお客さんの、ね、確かめるものを、出してもらって。なんかあると困るんでね。

それで、派遣で。

――派遣される事務所みたいなのがどっかにあって、待機してるわけですよね

そうです、そうです。

――で、車で送ってもらって

ええ。

――けっこう怖いこととかありません?

怖い、こと……シャブ中とかいますね。

――あ、ほんまに(笑)

ふふふ(笑)。

あのですね。あの……指名でなれてくるとね。そういうの出してくるお客さんがいるんですよね。

――注射とか?

ええ。そうなんです。いるんです。それで、やらない? とか言われて、する人もいるんですけど。わたしはそういうの一切やらないんでね。事務所に行って、もうなんか、こういう人がいましたよって言うと、もう、その人をシャットアウトしちゃうんで。ほかの女の子付いたときにまたね、そういうなんかトラブったことがあってもこまるんで。

あとは、そんなに、ないですね。目の前で(シャブを)やってても、わたしはあんまり関係ないんで。

――ご自身はされないってことですね

ないですね。若き日はやってたんですけど(笑)。

――あ、ほんまに(笑)

うん、ほんとにね。いまはもう、子どももいますしね。

――いまのお店っていうか事務所っていうか、もう、長いこといらっしゃるんですか

いまのとこは一年ですね。同じとこで一年。もっと長いひといます。最高四年だって。あはは(笑)。

――この業界自体は、長いですか?

あ、あたしですか？　わたし、は、そうでもないですよ。

最初ね……あの、ちょっと旦那の借金とかもろもろあって。それで飲み屋さんで働いてたんですよ。ええ、そうです。スナック系、で。時給制なんでやっぱり。金額的なもんは決まっちゃいますよね。それでお客さんとか、いろいろ、来てもらって、どんどん（売り上げが）あがっていくっていう感じになりますよね。でもほら、三〇過ぎちゃうと、おばちゃん扱いされちゃって（笑）。それで、なんか、イヤって。それが連続的に続いた日があったんですよ。で、あまりにもなんかね、そういうのがあって。若い子だったら、じゃあ好かれるんだな、っていう感覚があったんですけど。

ねえ。で、友だちがたまたまこういう仕事やってたんで。そうそう、友だちが。で、来てみないって言われたんだけど、わたし、人のものをね、なんかいやじゃないですか。一般の主婦をやってて……いきなり、なんかそういう、ね、展開になっちゃう自分が嫌だったんで。やらないって、ずっと言ってたんですよ、半年ぐらい。こういう、行為をすること自体が許せない。自分に対してよ。その人に対してじゃないのよ。

で、それでもう、やらないってずっと言ってたんだけど。たまたまじゃあ会って面接だけでもって言われて。そういう、ほら、飲み屋さんのときでも、ね、男性の方に。そんな、おばちゃん扱いとかずっとされちゃったりなんかして。それでふっと、行ってみようかな、っていう感じかな。

――行ってみようかな、と

行ってみようかなって。

――それが、最初にこの業界に入ったときですよね

そうです。二年、ぐらい前ですね。

――じゃあわりと最近ですね

そうですね。

――スナックっていうか水商売の方が長い?

うん、長い。長い、っていうことでもないんですよね。離婚したのが、もう三一かそれくらいなんで。それで、その後三二のときに入っちゃったんで。飲み屋さんに。

ええ。で、今度、そういう業界に入ったのが、三四なんです。ええ……それでもう、なんかお金もたまったんで。で、いったん、やめたんですよね。なんかほら、お金のけじめがついたんで。それで、もういったんやめたんですよ。

――要するに借金を返されたってこと、ですね

そうです。うん。

――結構ありました?　借金

そうですね。二〇〇万ぐらいあったかな。

——でかいですね、わりと

ええ。自分の借金じゃないんで。主人の借金なんで。うん。でも自分の名前にしてかけちゃったんで。ま、しょうがないなって。

——二〇〇万返すのにどれくらいかかりました? もう風俗ですか、全部

いや、飲み屋さんか、うん、そうですすそうです。

——じゃあちょっとずつ返していって。

ちょっとずつ返していって。そんなには。いや……二年ぐらいで返しちゃったな。

最初の頃はね、あの、盛岡っていうのは、そういう、デリヘル系がなかったんですよ。数が少なかったんで。そうすると、ほら、女の子も少ないってことで、流行りますよね。

うん。だからもう、月に、月っていうか、一日に、もらえるお金がけっこう、あったんです。三万四万は当たり前に。うん、夜だけで。

うん。日中は仕事をしてたんで。その、一般の仕事を。ええ。OLちゅうか(笑)パートなんですけどね。ええ。会社に入って。

——デスクワーク

いえ、労働ですね。

——あ、労働ですか（笑）労働（笑）

そう、ほとんど体を動かす仕事？　ね。配膳についたり。そういうのも。サービス業。あの、つい最近は、ホテルさんの方で。やめちゃったんですけどね。そういう、ホテルさんにも入ったり。

——なるほど。うん、労働は大変ですね（笑）

体をちょっと動かす（笑）。もう机についちゃうと、寝ちゃうんで。うん。きっとね。夜もやってたんで。

——そのとき一日三、四万ですか。すごいですね、これはお店と折半ぐらいになってるんですか

いまはそうです。昔はロクヨンで。こっちが、もらえる方、わたしが六で。店が四で。だから金額もすごい高かったんです。

うん。一本につき、うん。金額が、高い状態で。だからもう、もらえる金額がけっこう。

——これ日払いですか

そうです。いまも日払い。

――基本的にずっと日払いで

そうです、そうです。こういう店は。

――昼間普通にパートされて。夜に何人か、お客さん、つくわけですよね

うん。そうですそうです。当時は一時まで。九時から、うん。九時から一時まで。いまの方が長いんですよ。

――しんどくなかったですか。これは

……すごい疲れますね。

――最初にすごい、自分に対して嫌やったわけですよね。こういうお仕事

そうですね。でも、慣れですね。やっぱり。

――慣れですか。

ええ。

最初、口、口で受け取るんですよ。それがね。もうなんか、お客さんのおなかの上に「げっ」って吐いちゃったり（笑）。そういうことないじゃないですか、夫婦生活ん中で。ねえ。うん。だからなんか。そういうものを、受け取るっていうこと自体が、もう抵抗……体が抵抗してるっていうか。そんな感じなんですよね。もうすごい、拒絶、しちゃうんですよね。

――体が拒絶をする

もう、体も、口の方も、全部。で、最初はもうなんか、いちばん最初についたお客さんが、すごい優しい人で。もうなんか、自分が「嫌です」って泣いちゃったんですよ。そういうことにも抵抗あったし。そう。なんかね、それでもう、そしたらいいよって。言ってくれて。でも、時間まで、いれる？ って言われて。しゃべれる？ って言って話して。だからもう、なんにも仕事はしてないのに、お金はもらっちゃって。っていう感じだったんで。いちばん最初のお客さんは、すごい何かいいお客さんについちゃったなって。

――うん。この、この人が乱暴な人やったら、もう、やめてたかもしれない？

ですね。きっとね。もう強引になんか、手足、押さえつけて、っていう人だったら、ねえ。うん。そういうひとも、なかにはいますんでね。

――これ最初に研修とか、いろいろあるわけですかないです。

——何にもなしですか？

ええ。ほかの店は、あるみたいなんですけど。とりあえず、主婦をやってたって。男経験あるだろっていうことで。じゃ、いいよって。

——人手不足だったんですかね（笑）

あ、そういうのんも、あるのかな。でもほら、やり方はわかるでしょ、って。うん。そんな感じで言われて。何か、男経験、男性経験がない人は、やっぱり……やるみたいですよ。そういう。研修っていうか。うん。ラブホ行って。こういう風にやるんだよ、っていうかたちで。するみたいですね。

——サービス内容ってね、プログラムみたいなものが、決まってたりするんですか

決まってます。

——じゃ、その説明だけ受けて

はい。

――行ってこい、と

行ってこい、と。いうことです。

――それは大変でしたね

うん。あと、お金、ほら。盗むお客さんもけっこういらっしゃるんで。それに関しては、けっこう、強く言われましたね。

――シャワーとか浴びてる間にとか

そうそうそう。抜いちゃうって。お金抜いちゃう。いるみたいですね。（自分は）それはないんですけど。

――慣れるまでどれくらいかかりました？

……慣れるまで、かあ。いや、二、三週間ぐらいで慣れるんじゃないですかね。うん。二週間かそのぐらいで。きっと。最初は手順が自分で、ほら。わかんないんで。手順だけを全部、頭のなかに入れて。そう。もう、一生懸命、やっちゃったっていう、感じなんで。

で、だんだん慣れてくると、今度、余裕が出てくるとお客さんとお話ができるようにもなるし。時間も、あ、このくらいで終わりだな、っていうのもわかっちゃうし。うん。だから、そんなに、は。うん。

――三四ぐらいで、入られて、いったんやめたっていうのが、どれくらいですか

一年半、かな。

――三六とかそれくらい、まで

うん。はいそうです。

――いま三八ですよね

いま三八です。(三六歳ぐらいでいったんやめた)その後? その後ね……居酒屋さんで働いたりは。うん。やっぱり余裕がほしいんでね。母子家庭、なんでね。

あのー、金額が同じ金額しかもらえないじゃないですか。同じ金額っていうか、あの、生活保護を受けてるんで。こんなこと言っていいのかどうか、ちょっと……(笑) ははは(笑)。

でもなんか、子どもが私三人いるんですね。で、それで。あのほら、小学校あがったり、中学校あがったりっていう段階がけっこうあるじゃないですか。子どもって。そういうときって、中学校までは生保の方、生活保護が出してくれるけど、高校は出してくれないんですよ、全然。(学費以外にも) 制服代だ、なんだって、そういう、最初のお金、ばんって入れないといけない、高校って。そういうお金は一切出してくれないんですよ。そう。親が全部負担しなきゃならないんで。だからお金は、どっからも出てこないですよね。

――それはおかしいですよね

うふふ。それで、やっぱり働かなきゃいけないってことで、働いて。

――いったん風俗をやめたのは？　お金も返したし？

うーん……店の女の子とのいざこざがけっこうあったんで。そう。そういうのも、いろいろ、もう、ぶつかっちゃって。あ、もういっかなって。自分のなかで踏ん切りがついたんでね。それで、やめちゃったんですよ。

――なるほどね、ま、ちょっと面倒になったって感じですかね

あはは。そうですそうです。もう疲れたなって。ちょっと休もうかな、っていう感じかな。

――お疲れ様でした（笑）

うふふ。いえいえ。

――まあ、いろいろお金がまたかかるっていうことで、再開？

うん。あ、子どもが大学行くんですよ。

――あ、そうなんや

あははは。そうです、そうです。もう、決まるっていうか、いまもう、あれなんですけど。

――おめでとうございます！

いえいえ、ありがとうございます。

――推薦ですかね、この時期っていうことは

そうです。推薦です。そうです、（岩手）県内で。

本当は東京に行こうって言ってたんですけど。旦那がいるんで。……うん、旦那、主人がね。横浜の人なんですよ。横浜でわたしも、暮らしてたんで。うん。でも、なんか、（息子の）先生がこっち（県内）の方をすすめてくれたんで。

――あの、ちょっと立ち入っていきますけど

（笑）うん。

――ご結婚されたのが、

十九ですかね。ええ。十八の頃から同棲しちゃってるんで。もうなんか、集団就職（笑）じゃないけど。（高卒後に）就職で。ちょっと（盛岡から）東京の方に行って。そうです、東京に。

それから、あの、ちょっと、いとこがいたり、友だちが、ほら、けっこういるじゃないですか。で、なんか一緒に遊んでて。で、旦那と知り合った。もう、すぐ同棲っていう形、とっちゃって。

あのですね……できちゃった、っていうか。お腹に入っちゃったんで。それで、なんか。うん。

――やめた？　仕事

そうそう、なんかね、ぶらぶら遊んでたりなんかして。

――相手は横浜の人で

そうです。うん。

――で、東京から横浜に

うん、そうです。ええ。ずっと。

東京ですか。うん。楽しかった、若いし。遊ぶとこもあるし。で、なんか……寝ない街、っていうのがあるんだなって。盛岡だともうほら、ねえ。八時ぐらいで（店が閉まる）（笑）。その程度ですよね。

もうあっちだとすごい、もうね。日中が、にぎやかで。うん。人もいっぱい出てて。それでもう……なんていうかな。うん、もう流しいくにしても。もうすごいじゃないですか。車がばーってならんでたりなんかこう。もうすごいなんか、目がキラキラしちゃって（笑）。っていうのはありますよね。

――いや、東京は楽しいですよね

楽しいですねー。

……子ども、生まれてからですか。子ども生まれてから（夜遊びに）一緒に連れて歩きました。うん。でも二人めがね。二三でできたのかな。もうそんときは、うん。

――引退みたいな感じですかね（笑）

引退してっていうか、そうですね、もう、なんかね。主人も、もう全然遊びに歩かなくなったし。うん。（夫は）いっこ下です。

――じゃあ両方ともすごい若かったんですね

そうですね。

――旦那さんは高校は

行ってないです。

――じゃ、中卒で働いておられて

そうですそうです。

――三人めのお子さんが、

えっと、二八、かな。ま、そのときは、もう、離婚……しようかなって思ってたときなんで（笑）。それでなんか。その前にそういう、あれが。離婚しようという、決意はなってたんで。でも、なんか、たまたまやっちゃったのができちゃった。

――あははは

ふふふ。

――それは、ご夫婦でそういうお話があったんですか、実際

んーん。あたしが（ひとりで）思ってたの。いろいろあって。
自分で自営、自営っていうか、高級な腕時計屋さん？　やろうかなって言い出したんですよ。で、最初は使われて（雇われて）て。すごいもう、お金も、バブルのほら。すごいもう、絶頂期じゃないですか。で、もうすご

いお金が入った時期があったんですよ。で、もう自分でじゃあやるってことで。自分でやり始めて。なんかもう……帰ってこなくなっちゃったんです。家に。仕事、か、なにかよくわかんない（笑）。わたしもわからない。そういうのをほら、見せる人じゃないから。うん。でもほら、あんまりにも帰ってこない。自分で、お金がさ。どんどん、どんどんあるからさ。もう、ね、ベンツ三台買ったり。

——そんなにもうかってたんですか？

そうそうそう。もう、すごい儲かりようで。（自営業を）始めてね、ちょっと経ってからね、もうなんか、すごいお金が転がりこんで……。うん。もうベンツ自分で三台持って。

あとロレックスでも、もう、この辺になんか、虫のように、じゃんじゃら、じゃんじゃら（笑）

——あはははは（笑）

すごいんですよ、もう（笑）。で、ほら、副業として宝石、の、そういうのもやってたし。うん、そうですそうです。もうなんか、すごい、どんどんどんどん、仕事をね。こなしていく人？　商売でもなんでも。あー、って、なんか、もうどんどんどんどん、あ、こういう仕事やったらもうかるんじゃないか、こういう仕事をやるともうかるんじゃないかって、言う人だったから。

もうそれに、なんか。お金がついてきちゃってる？　時代があったんですよ。一時期。うん……それで……終わっちゃったんですね（笑）。はじけちゃって（笑）あはは（笑）

――まあね、しょうがないですよね（笑）

うん。

すごいなんかね。最初はすごかったんだけど。そのときはね、二十ね、三かそのくらいでね。そういう腕時計屋さんに入ってね。それでもう、すごい……うん。

（そのときは）まだね、すごいよかったんだけど。二六か、うん。二年か三年ぐらいしたら、もう、いっきに、どん底に。……突き落とされたような状態？

うん。だんだん腕時計は売れなくなるし。ね。支払いもあるし。そういう、もろもろのことで。

うん……で、もう、ほら。なんていうの、そういう、お金を儲かったっていう時期があったから。自分でも、もう、どうしていいかわかんなくなっちゃったんだろうね。きっとね。うん……で、飲みに行っても、二〇万三〇万あたり前に払って飲んでたものを、ね。こういう風にはじけちゃって。売れなくなって。もうお金がにっちもさっちも行かなくなって。

うん……もうそうなったときにはもう、自分がもう、また、苦しく、アウトになっちゃって。生活費も入れてくれなくなっちゃって（笑）。だから、別れようと思ったんです。

生活費入れてくれなかったらね。どうしたらいい？

――どうしようもないですよね

ね！

そう、それでもう、ファミレスで、ね。ずっと働いてたんだけど。一年ぐらい我慢してたんだけど。で、そのうちに子どもができちゃったりなんかして。

で、もうなんか。産め、産めっていうか、できちゃった、どうしようって言ったときに、産めば？って。言ってくれたんで。

でもほら、この生活、なんともできないなって思ってて。生活費も入れてくれないし。自分で夜、十二時から、朝の六時までファミレスで働いてた。で、やってたんで、生活。子ども寝かして、それやってたんでね。うん。で、なんか、その生活がだんだん疲れてきちゃって。堪えるわけですね（笑）。

うん。で、帰るわって。ひとこと言った程度で。

――帰るわ、って盛岡に？

そうそう。ほら、家にも帰ってこない状態だったから。弟が長距離のトラックやってたから。うん。必要な物だけを、ちょっと、乗せてもらって。

――トラックで。

トラックで。

――トラックで横浜から盛岡まで。

そうです、そうそうそうそう。

――子ども三人と弟さんと

うん。帰ってきちゃったの。ふふふ（笑）

実家に、もうずっと前から相談してたんで。だから、もういいよ。帰ってくれば？ って言われてたんで。もうアパートを全部、母が用意してくれて。

もう前からほら、そういうのをほらずっと、成り行きっていうのがあるじゃないですか。もうダメになってんだよ、とか、お金がすごいんだよ、っていうのを（母親に話していた）。

――実家のおかあさんとは、ずっと連絡を

うん。取り合ってましたね。んー。でも、仲いいのかわかんない（笑）。とりあえず助け舟を。うん。出してもらって。

――離婚が二九か、三〇ぐらいですか

二九、かな？

――で、その、盛岡で水商売みたいな感じになっていくわけですねうん。二九、三〇近いんじゃないかな。うん。三〇ぐらいだね。

――離婚するときにもめたりとかそういうのはなかったですか

んー……はんこは押しませんでしたね。……そうそう。だからその、離婚っていうか。（別居から法的な離婚まで）一年間のブランクがあるんですよ。離婚はしてくれないで、一緒の籍に入ってて。それで。三〇、一かな。それくらいに離婚してくれたのかな。

――盛岡に行ってからも籍はしばらく入ってた

そうそうそう。入ってたんですよ。それでほら。いったん旦那が来て、その、借金の申し込みをされたっていうか、なんかな。

――え？　旦那が来て借金の申し込みをされた？　離婚の話じゃなくて

そうそうそうそう。こんだけ大変だからって。離婚の話じゃなく、お金の話を先にされて。きっとね。相当大変だったと思うんですよ。それで、なんか、うん。お金の話、されて。

……ほら、今まで大変だし。っていうか、夫婦でやってたから。わたしも馬鹿だよね、そんときにお断りすればいいのに。たまたまね。なんかかわいそうだなっていうのが、ちょっとあって（笑）。いいよ、って言っちゃったんだよね。

――それが二〇〇万の、借金なんですね

そうそうそう。うん。

――これは最初からご自分で返していくわけですか

うん。最初旦那が返すからっていう約束で入ったんだけど。

――ま、最初はそう言いますわね

うん。でも、返してくれなかったから、自分でずっと。……んー。ま、いろいろあったけど、いろいろ経験できたからよかったかもしれない。

――若いときにちょっとクスリやってたっていうお話がぽろっと、出たような気がするんですけども

あー。あの、ですね。旦那がね。あの……旦那のお父さんがね。元ヤーさんなんです。うん。それで、お母さんも離婚されてるんだけど。旦那もそういう、のに。足、はつっこんでないんですけど。入ってはないんですよ。私が嫌だって言ったから。うん。でもそういう友だちがいっぱいいたんですよ。で、持っていったり（持って帰ったり）なんかはしてたんですよ。家に。大麻でもなんでも。いっぱい。で、お前も（シャブ）やってみるかって言われて。

最初一回めは、えーって。どんなもんかなっていう、好奇心？　なるじゃないですか。で、やったことはあるんですよ（笑）そうそう。

でもほら、一回や二回じゃつかまるわけないじゃないですか。ばれない限り。そうそう。それでやってみて。

——どうでした？

いやー……こんなもんかなっていう。

——そんなもんですか（笑）

んふふふ。そうそうそうそう。そんなもん、ほんとに。うん。やったらわかりますよ。こんなもんかって感じ。

——へえ。何回かやってくと、また中毒とかになっていくんですかね

なると思いますね。きっとねー。抜けるまでにけっこうかかりましたもん。たったね、一回か二回しかやってないのに、抜けるまでにけっこう、一週間ぐらいかかったから。あの、効いてはないんだけど。……体が反応、して、合わないんだろうね。反応しちゃうんだよね。

もうほら、なんつうの。腕から、入れちゃったから。その腕が、ずっとしびれてる状態とか、うん。なんか、頭もふらふらになってる状態だから。そういうのが、あったんだよね。

うん。なんか、ぬけるまでになんか、うー、って具合悪いような状態。二週間ぐらい続いたかなー？

――あんまりいいもんじゃなかったんですね（笑）じゃあ

んー。そうだね、だからもう、ほんとにこんなもんかなって。あ、やんなくてもいいもんだな（笑）っていうのはありましたね。だからこんなもんに夢中になる人間がちょっと。おかしいじゃない？　って感じ（笑）。

――なるほどね

――よしのさん、の、親御さんのお仕事は、

うちですか？　うち農家です。農家……。うん。家畜も飼ってるし。
そういうのも嫌で、遠いとこ行っちゃったんですよ、わたし。

――都会に

そうそうそうそう。
もう嫌じゃないですか、なんかもう、イモ掘りとかね（笑）。そういうの。だって普通の、ねえ、盛岡市民っていうか、なんか。そういうほら、家に生まれない人はそういうことやんないんだから。
もう、なんか小さい頃からそういうの、ずっと手伝わされてきて。

――盛岡でも田舎の方ですか？

……そうですね。もう嫌で嫌でね。うん。しょうがなかったですね。うん。三人兄弟で。真ん中です。

これって、なります？

――え？　あの、

話になります？

――あのー、かなり面白いっていうか（笑）……うん、ま、あのばっちり、ばっちりですよ。ばっちりっていうか（笑）

ふふふ（笑）

――ちょっと、これ答えにくいかもしれないんですけど、いま、お金いくらぐらいになります？

お金、ですか？　いまの仕事で？

――いまのお仕事で。いまお仕事はこの業界のお仕事だけですか

そうですねー。

――昼間の勤務ですかね

……んーん。いま、夜、と昼間。うん。昼間暇だったらたまに出たり。あと、うん。夜は、それでまた、出たり。

シフトはね、二四時間体制なんですよ。だから何時から来てもかまわない。
毎日ではないですね。体の、状態によって。出たり出なかったり。そうですね。それで、金額ですよね。そんなに稼げないです。やっぱりおばちゃんなんで。

――いやいや

ふふふ。うん。夜で行ってもね。……二〇も稼げるかな? うん。

――月でですか、これは?

月で。……だからもうほんとに、友だちがね。あのー、名古屋のソープで働いてるんですよ。で、名古屋のソープもだんだん働けなくなったって、いま博多行ってるんですね。それで、博多の……
……なんだっけ。

――あ、いいですか?

あ、うん。大丈夫です。……で、そっち側で働きに来ない? っていう話が出てるんですけど。うん。もう稼げるよ、っていう話は、けっこう聞きますね。
……そうですね。ソープは本番ありじゃないですか。(笑)じゃないですか、って言ったらあれやけど。うん。でもゴムつけてね。エイズとか流行、流行ってるっていうか、うん。

——月三〇万、いかへんぐらいですか

ねえ。少ないときだと二〇万もらえるかな……。ゼロのときもけっこうありますし……

——あ、一日、ゼロ？

うん。

——完全歩合ですか？

そうですね。でも、昔もいまも、あの、（最低収入の）保障ってないですよ。書いてますよね？　なんか、そういうもんに。ね。募集するときに。ないですよ、そんなの。

そう思って（保障があると思って）入ったんだけど。ないですね（笑）

——（笑）でもほかの仕事で月三〇万っていうのは、やっぱり難しいですよね。女性の方は

難しいですねー。やっぱりあの、男女雇用ができてどうのこうのって、言いますけど。ぜんっぜんですね。おんなじスーパーに勤めてても、やっぱり大学生と高校生では違うし。んー。男性と女性とはやっぱり違うし。すごいもう、差があって。腹立ちますよ？　働いてる人間としては。ふふふ。

——いったん一年ぐらいやめて、で、その、居酒屋とかしてるんですよね

うん。

――その、それからまた入ってくるときには、自分で探して入ってくるわけですか?

そうです。

――その、情報誌かなんかで

うん。もう大学行くって、行きたいって子どもから相談受けて。それからじゃあ、(もっと)働かなきゃって。うん。で、免許も欲しいって言い始めたから。じゃあがんばるよ、お母さんって。じゃああんたたちもさびしいけど頑張って(笑)。うん。頑張ってって形ですよね。

うん。下の子がかわいそうだよ、まだ四年生だから。まだ甘えたいっていうか。そういうのもあるし……上は大きいんですけどね。

――じゃ、夜は子どもさんだけになってるわけですね、家は

そうですね。うん……誰にも言えないし。こういう仕事やってるなんて。

――もちろん、もちろんお子さんもご存じないわけですよね

ないですないです。うん。

――なんか、再婚とか、彼氏とか、そういうのは

彼氏はいます。うふふ、います、とかって（笑）うん。

――あはは。その、再婚とか考えないんですか

考えないです。邪魔くさいもん。

――そうですよねえ

邪魔くさいっていうか、またおんなじことの繰り返し？　っていうか、ね、なれあいになっちゃうと、お金のことでもなんに対しても。そういうなん、なんかいざこざになるのも嫌だし。ね。籍入っちゃう、たった紙切れ一枚で。そういう……うん、ネガティブになりたくないし。（いまなら）別れたいんだったら、切ってもかまわないですしね。そういう感じかな。（笑）私はね。ほかの人はどう見てるかわかんないけど。

――彼氏はおいくつの方なんですか。これは

彼ですか？　これはがっつり若いです（笑）二〇代です。後半です。後半っていうか、真ん中かな。真ん中だね。真ん中にしとこう。あはは（笑）

――これ、どないして知り合っていくんですか、これは

おんなじ職場だったんですよ。

――あー、なるほど！

うん。それでたまたま気が合って。で、ご飯食べに行ったり、飲みに行ったりしてて。それで何となしに。付き合う感じに。……そうそう。

その後も、なんか（彼が）浮気してたりなんか、してたから。ついたり、離れたり。ついたり離れたり。いう形かな。私もそういう感じもあったし。

……んーん。もう、いちばん最初、入った仕事……。（付き合って）もう長いです。長いです。すごく。

――結婚の話とか出ません？

……あー。……あー、したいっていう話はしますけど。んー。年齢も年齢だしね。

――向こうはしたがってるけど、よしのさんが、っていう感じ？

……そうじゃないですか。やっぱりね。若いんだもん。ふふふ。

ギャップは激しいですね。もう年齢の、差もあるし。あっち側は、たかが、ほんとに、少ない給料で。（笑）

なんか、ね。で、給料使っちゃうと、お金貸してとかなんか。うん。そんな感じでたいへんです。なんか、そういう（結婚の）気分にはなれないかな、って。

うん……もっとね、結婚するとしたら、ちょとぐらい我慢してもお金持ちを。あはは。うん。今までほら、大変な思いしたから、やっぱりお金に苦労してきた人間は、お金、で、解決できるわけじゃないけど。それなりに、ね。愛情は後から付いていくじゃないですか。お金さえあればね。そう思うんですよね。

――もとの旦那さん、別に暴力があったとかそういうことはないんですよね

あ、主人ですか？　そういうの一切ないですね。

お母さんに対して、お母さんっていうか。あの、旦那のお父さんが、すごい、お母さんに暴力を振るってたんで。それを見て育ったんで。男は絶対、女に手を上げるもんじゃない、って。自分で、言ってました。だから、一切ほんとに、けんかしても、（私の）バッグ破って、洋服切っても。手を上げない人。

――いまはもう、まったく連絡とかないですか

……いまお金ない、貸してくれって電話くるんで（笑）もう携帯も全部変えちゃったんですよ。

うん。それで、このあいだ、っていうかけっこう前なんですけど。どっからか電話（番号）、入手したのかわからないけど、電話かかってきましたね。

また一緒になろう、って。うん……わたしはいやですけど。うん。また一緒になっても、またおんなじことの

繰り返し。またお金持っちゃえば、そういう、お金に溺れるっていうの？　そういう感じの人は、あんまり好きじゃない（笑）……好きじゃないっていうか。やっぱり、お金はお金としてほら、ね。受け止めて。あと、こつこつ貯金するとか。そういうのも、やっぱり人間として。老後のことを、前を見ないと、しょうがない、から。うん……考えない人はあんまり好きじゃない。好きじゃないっていうか、なんだけど（笑）。

――いま、元旦那さん何されてるとかご存じですか

いや、知らないです。うん。でもなんか、うん。なんかやばいことやってるんじゃない？　んふふふ、そうそう。わかんないけど。

うん。けっこう前に来たときは、もう、一ヵ月二ヵ月、かくまってくれって、黙って家にいたことも。

――あ、やばいですね、それは（笑）

うん。いまはもう、なんも（笑）そうそうそう。だからあまり付き合いたくないの。

――しかし、バブルがなかったら全然かわってたかもしれないですよねー

そうですねー。あのまんまの状態だったら。

んー、東京の、世田谷区の、ちょっと、住宅街があるんですけど。うん。あんとき、二億で家買おうかっていう話も、出てたんで。そうそうそう。

――あははは（笑）

もうきっとそこに住んでましたね（笑）。あの状態でいけば。うん。あの状態でいけばね。人間って変わるもんだよね。あはは（笑）

――お子さんは、えっと、男の子？

そうです。みんな

――全員男の子。男の子三人、大変じゃなかったですか？（笑）

んー、いや、大変じゃないですよ。楽ですよ、逆に。うん。女の子よりも楽かもしれない。女の子が、非行に走ると、ほら。ね。手がつけられないってよく言いますよね。

二番めがそうだったんですよ。若干……うん、グレ、たかな。で、上はもうすくすくと。通常に育っていってくれた（笑）。んー。（次男は）もう中学校二年ぐらいになったらもう、……学校も行かないし、なんか、警察沙汰にはなってないみたいなんですけど。うん。電話とか来てないんでね。

だから、うん。学校にも行ったあと、たばこ吸ったり。校長先生とかにも呼ばれたり。反抗期ってありますよね、子どもって。いまはもう高校入りましたけど。うん。もう……二年間。中学校二年と三年、もう、すごい、悲惨な時期が。たんすは殴る。親は殴ってこないけど。口応えするともう、家じゅうのたんすに、穴が、ぼこって。いう状態で（笑）うん。は、ありましたね。寂しさ、からもあるんじゃないかな。

——いまは落ち着いておられます?

うん。とりあえず、高校も行ってるし。本人が行きたいって言ってるから行かせてるんであって。うん(笑)行きたくないんだったらやめれば? みたいな(笑)。わたしも言うし。

——じゃあ大学卒業ぐらいまでって感じですかね、いまの風俗のお仕事は

二番めがどの状態になるかよくわからないんですけど。これがまたね。……専門学校行こうかな、とか。そういう形を、とるんだったらまた、働かなきゃないし。うん……と思ってますね。でもそんなに長くやってく仕事じゃないんでね。そう、ですね……自分のなかではそうやって、区切りをつけて。やめようとは思ってるんですけど。うん……

——母親は大変ですねえ……

(笑)でも、ほらもうね。三八っていう年齢も、際どいですよね。普通のほんとに二〇代だったらね。どこいって働いても、本当にいいと思うんだけど。

実際にほら、子どもがいるわけだから、子どもにも、やっぱり不安にさせない、ような。そういう環境も作っていきたいなっていうのも、あります、ね。うん。

なんか、どのくらいまで働くっていうめどはついてないです。とりあえず……、んー。もうちょっと。うん。一〇〇万以上たまったら。あはは(笑)うん。そうそうそう。

でもほら、なんつうの、使う金額ってもうほら、来年の四月に七〇万持っていかれる。あと、車のお金で三〇万持ってかれるっていう、そういう計算が、もう入っちゃってるから。そのお金が、今度なくなっちゃうでしょ? で、また一から出直すでしょ? 出直しっていうか、またためなきゃないでしょ? 一から。

そうしたらまたね。そのお金使わなくても。うん……そのお金をためなきゃっていう、自分の、なかにあるから。(笑) そう。そのお金が、たまったら、やめる。っていう目標を立ててる。

——がんばってください……っていうのも変な話やけど

いやいや、そんなことないですけど。とりあえず自分の目標を立ててるから。

——えっと、生活保護を受けておられるってことですよね、

うん。受けてます。来年には引かれます、一人分。来年に、(児童手当の分が)一人分引かれるの。いまは四人体制で生活保護もらってるんですよ。でもほら、高校のお金は一切出してくれないって言いましたよね。だからあの、生活のレベル、的なもん? 食事とか、ねえ。

——最低限、っていう感じですよね

そうそうそう、最低限の。

――これ受給はいつから、

平成、九年？　一〇年？　何年だ。

――っていうことは……えっと、離婚してこっちこられてすぐぐらい……

そうですね。

――生活保護だけで生活はできないですか？

そうですねー。

――いまのお店は、女の子何人ぐらい？

女の子ですか？　女の子は、けっこういます。

――けっこうでかいとこ？

でかい。いっぱいいるよ。いっぱいいるよっていったらあれだけど。

――いまのお店の人間関係はけっこういいですか？

……んー。……女の人って愚痴を言い合うじゃないですか。すごく。その愚痴を聞くのがわたしはあんまり好きじゃないな。うん。男に生まれたかったんで、あたし（笑）。あんまりね、人の愚痴とかね。わたしは、かまわないんだけど、悪口を言われるのが、あんまり好きじゃない。うん。あの子がどんなした、この子がどんなしたって。で、ほら。実際に本番してる子もいる、わけじゃないですか。うん。店の中で。

——あっ、なるほど、客と直（じか）で

うんうん。五千円もらったりなんかして。そうそうそう。で、ほら。そのお客さんが言わなきゃいいのに、そのお客さんがまた、その違う女の子に、あの子五千円でやらしてくれるからお前もやらせろみたいな。そういうのあるじゃないですか。そういうのを、今度店側っていうか、女の子側が、聞いて。あの子やらしてたんだってよ、っていう、なんていうの、

——陰口を

ね。そうそうそうそう。そういうのを、聞くのを。

その子はその子で、ほらお金欲しいからやってるんであって。あんたには関係ないっしょ、っていう感じ（笑）。あんたの体が大切、なんだったら、やらせなきゃいいって。私はそういう考えだから。

その子がほんとにお金、大変だったらやらしてるのであって、後からどうなっても、って。ばれるとクビになるんですけどね。うん、そう（笑）ばれるとクビになるんだけど。でもほら。自分もそういうかたちをとりたい

なら、それで、かまわないじゃないですか。うん。避妊だって自分でしてるし。

夜はそういう人が多い。強い人、気が強い人。日中はね、そういう人はいない。ほんとに、あの、あそこのラーメン屋さんおいしいよ、とかさ。そういう、なんつうの。ごく普通の話。一般的な。でも夜は、すごい、愚痴をはく人が多い。

——その、お部屋で待機してるわけですよね

そうですそうです。

——そのときに愚痴が

ほら、暇になると女の子がいっぱい、だーって集まっちゃうから。もう、すごい、ですよ？（笑）

——盛岡でデリヘル業者増えました？　けっこう多いですか？

……増えましたねー。んー。競争、あるんじゃないかな。でもほら、小さいグループだと、つぶれるとこも多いんだよね。

——入れ替わりが、激しいんですね

そうそう。うん。

――割合が六対四から折半に下がったっていうことですよね

そうです、ここの店に入ったら。単価もぜんぜん下がってます。すごい安いですよ。うん。もうなんか、七〇〇〇円、とかもあるんで。七〇〇〇円。客単価が。そうすると（取り分が）三五〇〇円。

――三五〇〇円ですよね（笑）

そっから消費税引かれるんで。

――あははは

ははは（笑）いや、もうほんとに、一万円をもらえる日がね。すんごい少ない。

――……そうですよね。月三〇万とかって、そういうことですよね

そうそうそう。たった一本で、帰ることもあるし。三〇〇〇円ちょっとで、帰ることもあるし。ちょっと、店のいいとこ？　値段がいいとこ行くと二万以上いくときもあるし。うん。ギャップがすごい激しいですね。だからどんどん指名をつくんないと。

――固定客みたいなんなのは、あるんですか

うん、そうそう。固定客を自分でつくっていかないと。うん。

——よしのさんも、何人かいます?

何人か、います。ええ。

——いちばん嫌なことって何ですか

いちばん嫌なことですか? ……あのー、マニアックなお客さん。あの、ビデオの見すぎ?……って言うのかな。もうなんか、ほら。髪をつかんで。……なんつうの。自分のものに、もう……ぐいぐいやらせるとか。そういう客? は、いますね。

うん。声を、なんつうの。そういうのを。エロチックに……こうしたら、こうしたらどうのこうのとか、なん、なんつーんだろうね。

すごいなんか、もう、ビデオそのものにやってくれっていう。

——あはは

やってくれっていう要望じゃないんですよ。そういう風なかたちを、(無理に)とらす客。は、嫌ですね。

——わりとそういう客っておんなじようなこと、言ってくるんですか……おなじ、ことを言ってきますね。

――同じビデオを見てるんですかね……

ねー、なんかねー。頭おさえつけて、ぐいぐい。やられるのはいちばん嫌だ。中に……ものが、入っちゃって。おえってなっちゃったり。

あと、もう無理くりやってくる客もいや。無理くりやってくるっていうか。そういうときはほら、蹴飛ばしても何してもかまわないんで。わたしたちは。警察沙汰にならないように。

――そういうときって、たとえばドライバーの人とかが待機してたりするわけですか、近くで

……いや、しないですね。まったく一人です。

それでなんか、ほら。あのー、途中で。本番行為、を強要されたから。帰りますって言うことはできるんで。うん。携帯を横においといて。

で、もしそういう、しつこい客？　わたしは三回まで言って。あ、こいつだめだなって思ったら電話するけど。それ以外は、なるべく、お客さん、なだめて。やんないんだよー、って、仕向けて。

――うまいこと、なだめていくわけなんですね

うんうん。やんないと。お金もらってるんでね。

――怒らせないように、みたいな

そうそうそう。店の雰囲気を、悪くしないように。ふふふ（笑）

――大変ですね。なるほど

そんな感じかな。

なんか、頭もたれると、もう、すごいむかつく、かな。髪の毛もぐじゃぐじゃになっちゃうし。あとプロレスごっこみたいな形？

――ぷ、プロレスごっこ？

そう。プロレスごっこみたいな形でなんか、なんつうの。素股を、しまくると。素股っていうか。あの、男の人を、まあ寝て。で、女の人がまたいで。こするんですけど。

――あ、素股はわかります。はい

うんうん。その、それでなんか。転がす人がたまにいるんですよ。

――転がす人がいる（笑）

そうそう。ごろごろっと。入りそうって、言うんだけど。もう構わず、うん。わたしはほら。いったん、はい、入っちゃったら、抜いて。もう。もうやんないー、って。もう一切しないからって。だから。

――やめるわけですか、その時点で

うん。そうそう。その時点で、それをやめちゃうから。うん。だからもう、手でやっちゃう？　ローションつけて。うん。で、やんないからって。うん。ローションつけて出していい？　って。感じ、感じっていうのかな。

――お客さんの客層なんていうのはいろいろですか

いろいろですね。今週は若い子、三昧ですね。ふふふ（笑）。

――けっこう、おじいさんとかも来ます？

最高齢ですか？　八二歳です。最低は十八。

――仕事しててよかったなっていうことはあります？

ああ……最後の言葉。それは、盛岡の人にはありえないんだけど。あのー、地方から来てる、東京とか。名古屋とか、大阪とか。地方から出張にきてるお客さんもいるんですね。

で、会って、今日の時間を、こんな形で過ごせてよかった、って。言ってくれるお客さんが、まれにいるんですよ。ありがとーって。

で、たまにチップなんか一〇〇〇円でもくれたら。もう自分で、いいのかな、みたいな。一生懸命やってて、よかったなって。は、思いますよね。

――地元のお客さんはそんなこと言わないですか

地元の客は言わないですね。やってあたりまえ。

――ありがとうとか、最後に

ぜんぜん、ぜんぜん、ぜんぜん、ぜんぜん。うん。もう、何回呼んだから、じゃ、本番やらせてくれ、とかさ(笑)。そんな形だよね。うん。なんか、遊び慣れてないお客さんが多いから。そうなんだろうね。あっち側の人は、ほら。ああいう風俗にも慣れてるし。

遊び慣れてるお客さんが多いから、そういう、ね。ちょっとしたことでも、自分がちょっと気にした、うん。好意とか、話とか、してくれると、そういう言葉が出てくるんじゃないかな。と、思うんだよね。あたしの気持ちのなかだけど。

うん。なんか、そういう、ありがとって、言われることは、すごいうれしいことかもしんない。で、また呼んでくれる人もいるしね。

――すごい失礼なんですけど、

うん。

――年齢のことで言われたりとかってあります？　客とかに

あー、事務所側がね。ほら、私が一本もついてないときに、どうしても入れてあげたいっていう気持ちが強いんだろうね。で、「いや～」って。女の子すくないんで、って。ちょっと、年配の方でもよろしいですか。って。ってか、三〇代の方でもよろしいですか、って言って入れてくれるのはかまわないんだけど。なんか、そういう、回答が返ってきたことがあるんで。「若い子、ほんとはつきたかったんだけど」って。うん。

――なるほど、終わってからね

そうそうそうそう。でも、あなたでよかったって、いうこともあるしね。よかったって、ほら。若い人だと話をあんまりしないじゃないですか。お客さんに対して。どういう話していいか、わかんない？　でもほら、わたしたち、年配だと、合わせようとするから、そのお客さんに。うん……だからもう、なんか、今日天気よかったね、とかさ。ほんとにくだらない話？　から持っていって。あ、って。観察力も、ほら。どんどん、どんどんやっぱりできてくるし。そうすると、なんかね。パチンコやんないの、とかさ。だから、ほんとうにくだらない話から入っていって。その人を和ませて。それからプレイするから。話、の持って行き方が、うん。よかったっていうのもあるし。

あと、ちゃんと、しっかり仕事してくれてよかった、って。いうこともあるし。うん。これはね、飲み屋さんだと、ほら。ママが、こっちついて、あっちついてっていう指示があるでしょ。

年齢、ほら。二〇代がいいなっていって（客がいたら）わたしが行くから。そういう年齢のことに対しては。お客さんがもうほら、嫌だなって、顔見てほら。ね。タイプじゃないなって思ったら、チェンジとかキャンセルとか、してくれるから。それは、ぜんぜんわたしはかまわないと思う。うん。みんなそうだと思うんですよ。ちょっとほら、ぽっちゃりな子がいいとかさ。胸のおっきい子がいいとかさ。そうそうそう。

そういうのも、あるからさ。飲み屋さんよりも楽かもしんない。逆に言えば。飲み屋さんだと、ずっと話をつづけてかなきゃない？　政治のことでも。野球のことでも、ほんともう。全部？　うん。でもほら、ここは、そんなことがあんまりないかな。

うん……答えになってます？　ふふふ（笑）

――いや……ありがとうございます。……なんか印象に残ってる客とかあります？

印象に残ってるお客さん？……あんまりね、顔ね、見ない方なんですよ。それでね。あ、前についた、ついたでしょとか言われるんだけど。おちんちん見て、で、してるときに、あ、そういえばこのお客だ、みたいな。

――はははははは、ははははは（笑）

やだよね（笑）なんかすごいなんかもう、ほんとに。ちんちん慣れしてるっていうか。

――ははは（笑）

ちんちんを見て、あ、この人だってわかっちゃうんだよね。人それぞれ、やっぱり、個人差があるでしょ、ちんちんに。そう。ちんちんを見て。

――顔みたいなもんだ

そうそうそう。すごいですよ！　産婦人科の先生が、ほら。おまたを見て。あ、この子だって、わかるように。わたしたちは、顔よりちんちんを見て。あの人だった、みたいな。
印象的な、人は、いないかな。あんまりいないな。
付き合ってっていう人多いですけど。うん。

――そういうときは、断ります？

お友だちになるっていうことはあります。そういうんで、一緒になろうと思ってないし。でほら。彼氏もいるし。
浮気しようとも思ってないし。
話だけしたいっていう人もいるし。うん……もう、お酒飲んで、話して。お風呂一緒に入って。プレイしないで。三時間いたことあります。

――へー！（笑）

あははは（笑）……うん。そういうお客さんも多いかな。さびしいお客さんが多い、っていうのか。その人はたまたま奥さんなくして。まだ一ヵ月もたってなくて。で、もう話がしたいって。うん……そういう人だったから。

――そうかー。

うん……でも、けっこうプレイしないお客さんも多いですよ。うん。……そう。話だけ。そういうお客さんも多い。あとほら。もうすぐ抜けちゃう人は、ほら、抜けちゃうから。そうするとサービスとして、マッサージをしてあげるの。

――あはは（笑）いいですねー

うん。じゃないとほら。時間もったいないし。話だけだと、つまんないし。マッサージしてあげながらも、なんか話ができるし。うん。そういうことしてくれると、疲れがとれたとか、そういう風に言ってくれると、ちょっとうれしいよね。

――そういうのは、こう、ご自分で、

そうそう、自己流だから。そういうのは。自分で考えて。指名がいっぱいつくように。そうそう、もっていかないと。

――初心者の頃に誰かに教えてもらったりした?

わたしは自己流ですね。旦那が、そういう、ほら。なんつうの。なめるの好きだった人だから。なめるの好きだっていうか、なめられるのが好きだったから。こうしてくれ、ああしてくれっていう、すごい要望があったから。それに対して慣れてた、っていうのも、あるかな。うん。

だから最初から上手だね、ってお客さんに言われる、のもあるしね。うん。だから……それに対してはぜんぜん。抵抗がない。教えてもらう、こともない。

うん……で、やってるうちにだんだん、こういうのが気持ちいいんだ、っていうのがわかってくるじゃないですか。何十人、何百人ってもう、相手しちゃってね。それで。いかないお客さんはね。あのー、ほんとにエッチしないといかないお客さんだから。いってもいかないでも構わないの(笑)。

――待機中に女の子同士で、仕事の話とかするんですか、やっぱり

しますします。こういう客にあたったとか。おしっこ飲んでほしい、っていうのとか。

――うわあ……(笑)

そうそう。なんか、お尻の穴なめてほしいっていう客にあたったとか。そう。実際にはほら、なめる子もいるけど、わたしは一切やんないからっていう、お尻なめとかも。洗っても汚いじゃないですか。うん。だから、それはわたしはやんない。

ただ、もう、お尻、穴つっこんで、って言ったらゴムをつけて。指入れしてあげることはできるけど。うん……それはやんないかな。

でも放尿とか、ほら。そういうのはオプションになるから。二〇〇〇円もらえるんですよ。ストッキング破りでもなんでも、もうオプションで二〇〇〇円二〇〇〇円で全部とっちゃうんです。うん。わたしの分になっちゃうんですよ、全部。

――あ、折半じゃなくて？

そう。オプションは自分の取り分です。ＡＦも、お尻の穴におちんちんつっこむのも、一万円なんですよ。私は、その、やんないんですけどね。

――それは本番にはならないわけですね

それは本番にならないです。うん。もう、バイブ入れたり、ローション使ったり。そういうのも二〇〇〇円で、自分のものになっちゃうんで。

――じゃあ、ある程度あった方がいいんですね、そういうのも

そうですそうです。だから、使う？　って聞いたり。

――あ、営業、したり

うんうんうん。そうそう。こういうのあるんだよ、見てみない？　すごいんだよって。んふふふ（笑）そうすると使ってみっか、みたいな、お客さんもいるから（笑）。やっぱり自分の取り分だと、ほら、どんどん、お金になることは、とってかないと。

――休みの日とか、何されてます？　家事ですか

ほとんど、そうですね。押入れのなか片付けたり、たんすのなか片付けたり。

――なんかリアルですね（笑）

そうそう、ほんとに、家にいるときはずっと。あともう、疲れきったらずっと寝っぱなし、とか。寝っぱなしが多いかもしんない。んー。九時ぐらいから寝ちゃうとか。そういうのも、あるし。
子どもと一緒にじゃあって、サウナ行こうかとか。そう。お風呂行こうかとか、そういうのはありますね。
子どもと一緒に過ごすのが、もう、主だから。彼氏がいても。彼氏はいらない。いらない方だから（笑）だから……小学校行ってる時は、彼氏と過ごすけど。そうじゃない限りは、家にたまってます。

――子どもが休みのときは、一緒に？

んーん。日曜日、土日がすごい稼げるんですよ。

――あ、そうか、なるほど

そう。だから出ちゃってるんですよ。仕事に。で、普段、ちょっとほら、暇な曜日ってありますね。そのときに休んで、子どもの面倒見てますね。面倒っていうか。うん。一緒にゲームやったり。ビデオ見たり。うん。ゲーセンに行って遊んだり（笑）。そういうことはします。

――いいお母さんですね

や、よくないよ。

――いやいや

風俗してんだから（笑）。

――あはは（笑）いやいや……

んー……。子どもがかわいそうだから。いちばん子どもに負担が行ってるんじゃないかな。うん……しょうがないけどね。

――すいません、なんかよくわからんまま言ってますけど

うん。いやいや、そんなことないですけど。

子ども捨てようなんて思ってないから。子どもがいて、こういう仕事もやってるから。で、いまの人ってみんな、わたしの友だちもそうなんだけど。子ども、人ん家に預けて、男のとこに行っちゃったり。ていうことを結構やってるんで。そういうのはあんまり、やりたくないかな。

昔風の考えだよね。

――いえいえ。

あはは。

――一緒に働いてるひとは、三〇代はけっこう多いですか?

……少ないです。やっぱり二〇代、一〇代。

――一〇代?

一〇代。十八から働けるんで。うん。一〇代二〇代。三〇代……は、そんなにいないですねー。昼間は多いです。主婦が多いので。うん。夜はそんなにいないです。(昼間は)四〇代もいますし。五〇代はいまのところ、

いないですけど。でも、そういう、ほら。四〇代？　三〇代っていうお客さんも多いんでね。助かってます。そういうお客さんが多いから。うん。ちょっとはまあ、いてくれるから。助かってるかな、って。

せいぜいやっても……四〇、前にはやめたいなと。（笑）ふふ。思ってるんですけどね……うん。

――でもこれから次男さんの学校とか、

んー。でも行かないですよ、きっと。もうなんかね。学校ね、無断で休んだり。けっこうしてるみたいなんでね。で、彼女も、いるんだけど。彼女は普通の人なんだけど、でも、うん。ちょっと、髪の毛は、染めてないんだけど。なんていうの。もう、出て行ったら帰ってこない子だから。うん。それに対して、親が、あたしは言わない、言わないっていうか。「何やってんの、帰ってきなさい」、とは言うけど。いや、何何してるからって。なんか、そういう理由つけて、帰ってこないときもけっこうあるんでね。

うん……ね。警察沙汰になってもお母さんはもう、拾わないしって。うん。言ってます。で、高校、学校やめたら、家から出すから、っていうのは言ってるんで。自分で働きなさい。アパート借りて。そう。わたしは一切面倒見ないからって。うん。あなたがもう、学校やめた時点で、生活保護が切られるからって。

そうすると、ほら。いま上の子が切られるでしょ？　二番めも切られるでしょ？　なら二人だけの生活保護の、しかもらえないから。そうすると、いま、十二万かな？　っていうのがいいとこだっていうからね。

そしたらね。もうあんたたちにかける金はないからって（笑）

――（笑）

ねえ。で、言うわけじゃないんだけどね。うん。結婚の費用とかは出してあげるけどって。それ以外のものはもう。ここまで育てたから、やる必要はないよねって。言おうと思ってます。

うん……でも、ちゃんとやる子は、上の子は、ほら、ね。大学行く、とかそういうお金は自分で、親だから。やってあげようかなって思うけど。うん。途中で、断念する子？　は、やる必要はないかなって。別にうち、ほら。高校卒業しても、プーなんだから。お小遣いも、やんないよって。だから、自分でお金ためてアパート、借りなさいって。言おうかなって。

うん。なんかね。はっきり物事しないと、気がすまない方なんで。あたしがね。性格的に。最初からもう、家の状況も全部言ってるし。こういうことがあって働かなきゃないんだよって言ってる。全部、子どもには言ってるんで。家の状況もなにもかも。

だからそれに対してそういうことをする子は、もうそれだけの子なんだなって。なんていうかな。過保護の親が、ほら。多いから。いまの世の中。うん……だから、お金は一切、私はやんないって。あはは（笑）もう言っちゃってるしね。

うん……だから、そうじゃなかったら高校に行ってた方が楽だよって。あと一回休んじゃうと、もう、学校やめなきゃない、羽目になってるんで。

――あ、そこまで出席が足りない

うん。もうそういう風になっちゃってるんで。学校の先生から何回も何回も、もう電話がかかってきてるんで。

――あ、そうですか

そうそう。

だから、やめようが何しようが。あんたの努力が、足りなかっただけであって、って。そこまでお母さん、責任みきれないって。先生にも言ってるし。本人がやめたいって思うなら、やめてもかまわないしって。その後はわたしも、どうなるかわかんないけどって。

うん……旦那のとこにやってもかまわないって。おばあちゃんがほら。横浜にいるから。旦那のお母さんが。うん。そっち側に連絡つけて、息子やっちゃってもかまわない（笑）

――長男さんの大学はこれ、盛岡ですか?

うん。そうです。寮も、借りて。うん。寮借りて。

――じゃ、まだ負担はそんなに

そうですねー。うん。三万ぐらいだって言ってたから。このあいだ見学に行って。ほら、安いから。金額も。あの、すごい膨大にかかるお金じゃない。先生が、母子家庭だからっていって、ここを選んでくれた。うん。だからすごい安いんです。

――よかったですね

うん、よかったです！　先生もなんか、ほら。本人もずっと頑張ってきてたんで。うん。ずっとほら、上の方、保ってたから。上の方っていうか、成績がずっと上だったから。そうそうそう。だから、それだけ本人も頑張ってきてるから。それだけ、うん。

そういうのはあるかな……だから、頑張る子はほら、やらせるけど。頑張んない子にはわたしは一切（笑）手をかけない。かけないっていうわけじゃないんです。本人が、そういう志望でやっちゃってるから。

――まあ、本人のため、ですよね、そういうの

そうそうそうそう。わたしはそんなに、うん。気にしたもんじゃないかなって。旦那もそういう風にやってきたし。

――なるほど。お時間、もう、どうですか。そろそろですかね

そうですね。なんか、変なことがあったら（笑）

――あははは（笑）

うん、あとでも。また。

――あのー、長い時間、どうも、お忙しいところありがとうございました。

いえいえ。

西成のおっちゃん ―― 路上と戦争

西成のおっちゃん ―― 路上と戦争

聞き取り　二〇〇七年八月ごろ

（おそらく一九三一年か三二年の生まれ。インタビュー時には、本名も生まれた場所も不詳。話は十七歳で満州から引き揚げてきたところから始まる。本書では仮名で「矢根さん」と表記する）

俺もここにきたときは……ホームレスなると思ってなかった。働いとったときはね。みんな不景気でやめた。不景気なったもんね。全然ホームレスなるの仕方なかった。

働いてな、ところがな不景気になって、「もう悪いけど今日から仕事ないから帰ってくれ」って言われてな、で、ある程度、ある程度いうても一〇万も二〇万もでんがな。退職金、じゃなくて、これでちょっと三日くらい生活せい、やってな。

で、辞めてこっち（釜ヶ崎）来たんや。前から知っとるでここ。もう古いでー。いろいろな人とも付きおうたし、ヤーさんとも付きおうたしオカマさんとも付きおうたし（笑）ほんとに。オカマさんに惚れられたこともあるし。それをな話すると長くなるから言わんけど（笑）。

さっき言ったようにな、ホームレスの人は、俺が大阪来たときはそんな、ホームレスなんてなかった。

――ここ、釜ヶ崎に来たのは何年くらいか覚えてる？

昭和三〇何年や。それからあちこっち行ってるよ。大阪へ、金沢いったり、ね。仕事で。福岡に行ってたんだけど、両親がな。俺のお袋の、あのー兄弟がおったんや。引き揚げてきたときに……。

俺、病院に入院してな、何ヵ月くらい入院しとったかな。もう古い人はな、決まった決まったって俺、何言っとんかいなーと思ってた。全然介護（生活保護のことを混同している。以下同様）のことききかんから。で、俺退院したんや。退院したときはまだ働いとったからな、給料あったから、その給料もろておとなしくしとりゃーいいけど、俺あほやからすぐパチンコいったんや。そしたらものの三日くらいで、あれ、スーっと負けてまう。

俺大阪城公園おったことあるからね、ああそうだ、大阪城で炊き出しやってたなあーって、食べにいったんや。そしたらここ（福祉マンション）の人が「おたくさんいくつですか」って、ちょうど七〇やったから、「七〇ですよ」って言ったら「ああーそうですか、それなら大丈夫ですよ」って。

俺最初なんでこんな喜ぶんかなーって、「やあ来てください」っていうからよ。そしたら「こんなとこやけど入りますか？」って。「いいですよ」って（福祉マンションに）入ったんや。

人間っておかしいもんや。いまはもうそんなことないで。布団と畳とな、布団がちゃっとおいて枕元に何かおいてテレビはついとる冷蔵庫も、ああ今日から安心して寝れるなーって思ったもん。布団のなかに寝るってどんだけ嬉しいかったかあんとき。いまは文句たれてるけど（笑）人間慣れっておかしなもんやな。あのときは、ありがたいなあよかったなあ畳の上にこんな寝れてって。

で、あんときはまだ介護（生活保護）も大きかって、七〇歳以上は二万くらい多かったんやろ。仰山金もろてよかったなーって思ってん、最初は。いまはなんじゃこれーって。向こう（福祉ビジネスの業者）はやっぱりなっとるで。こっちが思うようにむこうもね、事務所もな。だんだん対応が悪くなってる。みんな平均に悪くなっとる。前やったら相談してくれたりいろいろやってくれたり、いまはもう。あなたはあなた、事務所は事務所です。ほったらかしってことはないけど。前みたいに力はいってへん。ただ（生活保護のなかから、家賃分の）四万二千いれてくれたらいい。極端に言えばやで。だから区役所から自動的に振り込むわね自動的に。おいちゃんたちにもたしたら使ってまうから。だからそれだけもらっとったらいいと。俺のひがみかもどうかしらんけどな。そういう風に思えてならんわ。むこうも慣れた、こっちも慣れてきたらそうなる。最初はここだけやってんで。いや、二つか三つくらいあったんや。

こういうあのーなんちゅうか、生活保護受けて、な、こういうマンションが三つくらいあったかな。同じ系統の三軒くらい。いま増えて八軒くらいあんねんで。だから、前は対応よかったけどな、おおきくなりすぎて、それだけでも大変やと思うよ。最初は増やそうとするやろ。一軒のところ二軒三軒て。ひとり四万二千五百円入っとったら、一〇〇人入っとったら四二五万入ってくんねやから。ここすわっとっても四二五万入ってくんねやから。こういう商売も、こういうことやってます、いろいろとやってます。前は（入居者の生活相談などを）実際やってたけどないまは全然関係なしわれわれはな。

結局ここの社長と前やったらおはようございます、どーも、お客さん。前は泊まってる人はお客さんやから大事にしなさいっていろいろ社員にいいよったんや。事務員にも。いま頃そんなんきいたことないわ。

俺？　それまでは仕事やっとったんや。病院入るまで。梅田の銀行、三菱銀行、あそこの銀行。戸籍謄本、住民票全部とりよせないかんねん（銀行の警備員は雇用される際に身元調査が必要らしい）。あの頃どうやったかなー八〇〇〇円くらいかな。夜勤したら一万ちょっとやけどな。

ガードマンもいろいろやったよ。立ってるのがいちばんいややった。話し相手もおらず、時間長いし。だから俺溶接もしたしな。日立にはいって、あれがあるやろバスがある、市バスがはしっとるやろ。あれの内装工事で。窓際に、いまはないけど前はこう、窓枠があんねや、その型をとらなあかんねん。だけど、よごれもせーへんし楽やったけどな。そういうとこに限って悪いやつがおんねや。矢根さんあんた麻雀すきらしいなー、今晩いこーって。契約。契約って、金沢におるときな。下請けがおるんや。職種何十回かえたかな。石屋にもいったで。墓石。俺の人生はいろいろあるわ。まだまだあるんや。それを正直に話したらあんた向こうむいて逃げるわ。

——あたしが？　そんなことせーへんよ

こんな人相手しとれんわって。

——なんで。そんなことせーへん

しょんべんガードってしらんわな。ここ行ったいちばんめの左まがったいったとこ。線路のこっちから言えばむこっかわ。あの頃やったらな、怖かったで。いまはあれやけど、女の人も歩いとるけど。前は薄暗くてな。シノギ屋もおるわな。ヤク中がだいぶおるわな。だから組員の人も歩いてるわね。オカマも歩いとるやろ。俺最初は、「なんとこわいとこやな」って思った。そいで（釜ヶ崎に来て）二日め（に）暴動がおきた（おそらく一九六一年の第一次西成暴動）。ワーワーいうとるから「うるさいなー」って降りて。二階おったから下降りてな。外でたらワーワーいうとるねん。「なにいうとんかいなー」って「やれやれーどうじゃこうじゃ」って。「にぎやかなとこや」って思ったもん、最初は。

——怖くはなかった?

そんなん好きやからな（笑）ワーワーいうてんの。交番署も火つけて。駅の近くのパチンコ屋もいかれてな。だいぶあちこち五軒くらいパチンコ屋焼かれたんやで。ほんで上から、あの、線路の石があるやろ。じゃり石みたいな。あれをひとついくらって、いくらーって、ひとつ五〇〇〇なら五〇〇〇円ってな。道端で。まとめて買っとんやろ。それをな。それをまた投げとんのや。

——それは誰が商売にしてんの?

俺は知らんで。俺は知っとるけどな。ここの社長の系統の人がな。△組ってあったんや。これ（ヤクザ）が。この（福祉マンションの）人もこれ（ヤクザ）やで。元はな。その人が先導してじゃないけど（組が）やってんねん。潰されていっぺんなくなってもうたけどな。だから、こういうことやってんねん。

——すごい経験してるよね

そんな経験してないけど。

三日めおもしろかった。はよ帰らな逮捕しますよーって。帰ってくださいって。関係のないの帰ってーって。で、三日めなったらブワーっていっとんねん。どっちいってるかっていったら警察が群集をめちゃくちゃに(殴っている)。もーそれは帰れいったって帰らんから。なにもない立っとってもひっぱって(拘束して)いくねやから。

どつかれてな、警棒あるやろ？ あれでおもいっきりどつかれてな。警察につれていくねん。そういうとこがあんねやろ。こういう路地があったんや。そこに逃げ込むやろ。そしたら警察が来てな、踏んだり蹴ったり叩いたりで、おもいっきり。警察も二日ばっかしがまんしとったんやもん。群集が石投げようが何しようが。そしたら、あちこちの警察から応援に来よったんや。名古屋とか広島とか。応援にきたらしいわ。何千人てな。ほんであくる日になってちょっとはましになったんや。

……群集心理っていうんかな。あれからももう二回か三回やってるけどな、全然あんときといちばん、最初と違うわ。迫力が。

——こっから逃げたいとかこっから離れようとは思わんかった？

ここは楽しいもん。慣れてみたら。普通のとこいったら、三日も休んでごらん。あそこの男いっつも何してんねやって、いつもブラブラしてって。たいがい噂になると思うけどな。ここやったら隣で何してようが寝てようが起きてようがどこいこうが干渉せんやろ。お前はお前、俺は俺。だから、生活はしやすいわ。仕事があるから。その頃は一万五千くらいもらったんや、日給。

いまこそこんな八千とか九千、バブルはじけてのうなっとるけどな。あの頃は猫でも杓子でも、できてもできんでもいいんや、仕事。頭（頭数）だけ連れていけばええんやから。一〇人やったら一〇人ハイって。親方はもうあとは下手やったら下手で、あくる日あんた悪いけど帰ってくれるかって。会社からいわれとるからあんた、あかんらしいけど、ほかんとこいくかって場所かえられたりな。結局いえば飯場や。一週間の飯場とかひと月住めるとことか、一〇日間とかあるんや。毎日行く人もいるし。だけど、親方は知っとるで。こいつはあんまできないと。俺でもわかるもん、だいたい下手くそやなって思うもん。

だからいろいろ溶接もせないかんし、低い建物やったら足場も組まないかんし。土方ってばかにしたらいかん。土方ってなんでもできないかんねん。そやないとつかいものにならんねん。

手配師がな、一回行くと一〇〇〇円とお酒一本くれよってん。あの頃はやで。あくる日行く人やで。その日に行って酒のましていっとったら酔うてまう。だから、飯場でもいったら一〇日なら一〇日いくとするでしょ。ありがとーて。あの頃は山ほど仕事あった。

で、不景気なってどうしようかーってときに神戸の地震があった。（大阪）万博か最初。万博も人がたらんかったらよかったんや。万博でだいぶもうけた人おるやろ。で、次に不景気になったなーってときに神戸地震があって。阪神大震災。人の不幸こういったらあかんけど。あんときまた人が、寝とる人までつれていくんやもん。悪いけどいってくれるかー頭数や。一〇〇人なら一〇〇人つれていけばいいんやから。

——あんときは仕事おおかったんや

そら多かったで。大阪もそらあったけど。少なかったもん。

——震災のころ仕事してた?

しとったよ。競艇場しってる? 住之江競艇。その横にな阪神、いまはもうたってるけど二七階のビルがたった。

——建てたん?

俺が建てたわけじゃない（笑）建てたって（笑）そこに仕事いきよったんや。あと一週間くらいでしまいやなーっていいよったんや。ここおわったらもう引き揚げないかんなって思ってた。そんとき阪神（大震災が）グラグラーって。

——阪神の前に仕事いってたんや

そうそう。そんときあの、なんていうか、ま、ドヤにおったんやけど、もう仕事いかないかんなって起きてズボンはこうとしたらガラガラーって。俺座ってもうてん。とりあえずほんで電話だけしとかないかんからなっと思って。こんな地震やけどないすんのって、いやいや仕事すんでっていうからよ。結局ひびが入ってないかいろいろいるんや。地震で。建てたばっかりでわからんでしょ。そんでまた行きよったんや。できるまで。

——震災の日?

震災いうかずーっとよ。一ヵ月くらいいったかな。そんでだいぶ震災も落ち着いたときにいったんや。

——どこに？

阪神の神戸へ。三宮元町。仕事そのものは困ってなかったけどな。なんでもってことはないけど、人から言われたらはいって。そんで阪神もだいぶ落ち着いてな。こんど他の仕事ついてな、そこでぺしゃんこなって。そこでぺしゃんこなったんや。（復興需要がひと段落して）仕事がなくなって。で一〇〇人おって五〇人へらさなあかんと。じゃ、前から古い人やめるわけにいかんから新しいほうからやめさせようかってなって、半分くらい俺……やめさせられた。やめたもいっしょやけど。

ほんで大阪きて、金なくて、テントかな、テント生活とかね、全然（炊き出しなどの情報を）知らなかった。そんでさっき言うたみたいにな。どこいって飯くい、あっちいって飯くい。寝るときは夜ダンボールのなかで寝てたんや。駅のベンチで寝てみたり。いろいろしたよ。だから俺経験してるからな。

そらー寝とる、気持ちよく寝たーっと思ったらポンポンたたくやろ。ふっとみたら（夜回りのスタッフが）元気ですかって、元気やよっていったら、あーそうですかって。じゃあきをつけてってそらー……、せっかく気持ちよく、寒い、何をおこしやがってって、もうおこすなーって。ほいであそこいけば今日は温かい味噌汁とおにぎりくれると、だからあそこいこかって。あそこでねてるやろ、やっぱり夜にきよるわ。だから頭のなかに、あそこにいったら何曜日の晩はあそこいったら晩はおにぎりと味噌汁をくれると。だからあそこいって寝ようかってなる。

だから別に俺は別にここでアオカンしてる人みたらかわいそうになーって思うよ。自分は何もできんから。自分がかわいそうねっていわれてるんやから。実際にいろいろなこと経験しとるからな。

たまに風呂いくんや。真っ黒けになったら誰も相手してくれんもん。なにこいつって。だから風呂とかな。夏はトイレいくやろ。手洗い場がなかに、そこでじゃーって、夏は。あそこにホースつっこんでダァーって洗う。冬は死んでまうからな。服だけはあらっとかないかんねん。じゃないと汚れると相手してくれへんねん。テント生活同士があいてせんもん。汚れると誰も相手せんねん。テント生活のなかでも。

だからあの、天神祭りでもええわ、祭りあるやろ。あんとき待っとく、終わるまで。終わったらおでんとかなんとかお好み焼きとかいろいろあるやろ。あれがダダダーって、なんぼでも持ってけって。(好意で)出してくれるんじゃない。捨てるのめんどくさい(から)。大阪城公園かみんな待ってんねんもん。持ってってもしゃーないやん。おいてある、ダーって。

仰山とっても夏の暑いのにあんな三日も四日もくえへんやろ。だからそんな適当にもってきてな、食べるんやけど、そういう生活もしたしな。

俺もテント生活、どうやこうやいうても俺もテント生活したしな。テント生活気楽やと思うけどな、隣の人間とな、対人関係が、これ難しいよ。付き合いもあるしな。ワーワーいうてな。金あるうちはいい。お互いに。金なくなったら人間ひがみがでてくるからな。「あいつだけ酒のみやがって。俺も飲むのわかりやがって知らん顔しやがって」って。だからたまにお酒も買いにいって「元気かい」っていうてな。だからなかったとき「おっちゃん、おっちゃん。うまいもんできとるから食べにこんか」っていってな。

そいで同じ仲間同士でもな、かたっぽがな、缶拾いするやろ。かたいっぽが二〇キロかたいっぽが一〇キロひろたとするでしょ。そしたら二分の一やなくて半分やな。最初はいいわ。でもだんだんだんそれが重なってくるとな、俺が二〇キロ集めたのにお前何、一〇キロや、って。だから金半分にするとか喧嘩すんねん。喧嘩くらいやったらいいで。刺すんやから。かたいっぽも何いってるんやって喧嘩するんや。やっぱり難しいでテント生活も。

話すってどっから話していいかわからへんな。どこまで話したんかな？　重複したら…

——別に構わないですよ

引き揚げてきたところから話そか。

——はい。満州ですよね？

うん。

——どうやって引き揚げてきたんですか？

こういうことをきく（笑）船やなかったらどうすんねん（笑）

あ、最初から？　いやー終戦になってな、終戦で二〇年八月十五日。だからいまから何年なるんかな。昭和四〇何年まであったからね。

ちょうど（昭和）二〇年に。丸々一年、終戦なって、丸々一年後に引き揚げやね。引き揚げ。引き揚げに対して……最初はね、パーロー（八路軍）って、いまのあれや、いまの、怖いことは知らんけど、共産党の軍隊があったんや。

で、台湾におる、蒋介石って人が国府軍として、な、その人たちが、今日は国府軍が来た。で、一晩かわったら八路軍って、パーローっていうんだけど、八路軍が……。何だろうなって思ってたときに、そんな時代にね、日本人が全部引き揚げる。で、引き揚げに対しては結局団体で行くからね。それうちの、父親が、どういうわけかしらんけどもそこの責任者として二〇〇〇人くらいで一緒に引き揚げた。

ほんで引き揚げる途中にはいろいろなことがあったりね。汽車が止まったり、な、まあ危ないから一晩ここにおらないかんとか、戦争しとるから。

——まだ戦争してたんですか？

パーローと、共産党と…軍と政府のあれ、何軍いうたかなー。中国軍かな。中国軍、チャイナ軍と結局事件のあれで戦争しとったんや。

——共産党って？

毛沢東知ってるね。あの人と、蔣介石って知ってるね？　その人がこっちが共産党こっちが何軍かな…で、お互いに結局それが戦争しとった。そのときに、われわれが引き揚げることになった。まだそのときは国軍がね、強かったんや。強かったんやろな。ほんで、八月の何日やったかな。約一年経って終戦から一年経って、われわれが引き揚げるようになった。日本にな。

それでまあ、俺ら子どもって、十七（歳）か。だからある程度は、引き揚げに対してなんかいろいろなことがあるだろうなあと、暴徒が列車襲ったり、な、することもあるだろうなって、子ども心に思っとったんや。十七のとき。列車、貨物列車やで。日本でも走ってるやろ。貨物列車にな、何両あったかな、結構長かった。

一〇両くらいあったかな。お互いにこうわかれて乗って引き揚げてきたんや。

子ども心に何かあるだろうなーって、何か暴動でもけーへんかなーっ思いよった。そしたらそんなにないんや、最初のうちはな。かえってな、駅に止まるでしょそしたら、チャイナ、いうたら怒られるけど、向こうの原住民がいろいろと物を持って売りに来るわけや。いろいろとね、食べ物を。あれ買ってくれこれ買ってくれやって。まだ日本人金もっとったから、ようみんな買って食べよった。

俺はそんな持ってなかったけど。それがな親父がな、負けたときに何かあったら困るから、あんとき、あそこの価格で一〇〇〇円か。兄弟に、これ持っとけよと。間違いあったらこれで生活しろよって。で終戦になって金を貰たんだけど、その金をな、性格通りあほやからな、その金をな、いらんことに使ってもうて。

持ってへんかったけど、引き揚げの最中は金要らないから、一銭も俺らは。結局弁当買うのにも何買うのにもまんじゅう買うのにも親父が出してくれよったからな。だから、金使うことはなかったけどな、最初はそういう調子やったからな、「ああ引き揚げってそんなたいしたことない」って思っとった。

そしてあるときな、途中で、一晩列車のそばで寝たことがある。列車が動かんから。で、中国の兵隊さんが来て、今晩一人女をだせっていうてきたんや。それで初めて「負けたんだな」「負けたらこういうことがあるんだな」。

女だせったって、簡単にあんた行ってくれ、こっち来てくれって言えへんやろ?

そしたら、引き揚げる前に遊郭をしてた、ここでいう飛田みたいなとこ、そういう子が、まあどんな話をしたんかしらんけども「じゃー行ってきます」いうて、一晩中国、中国軍の政府軍の兵隊の、こう、夜伽みたいなもんで一晩泊まったわけ。「ああやっぱりな」っと思ってな。

結局たいしたこともなくて暴動もなくて、そのかわり汽車が、止まったらどこが悪いここが悪い言うてくるわけや。な、ここが悪いから止まると。

——運転手が？

運転手がな。大人やったらどういうことがやりたいかわかるやん。だからみんなで一〇〇〇円でもいい。あんとき一〇〇〇円やったかな、全部集めてな。五〇人の団体で集めてなそうすると四〇〇〇〇円か五〇〇〇〇円か金額はわからんけどなお金わたして、ほんでまた出発。

暴動はなかったけどな、そういう嫌な思いはな。で、どこで乗り換えたんかなあ……。瀋陽か奉天か、新京いってもわからんわな。満州国の前の首都やったんや。いまでもあるかな、いまでもそういうとるかな。そこで、こっから先は自分たちの行けるとこじゃないから、列車乗り換えていきなさいって、そんときまだ屋根はあったんやで、屋根はある貨物列車。で、その新京かどっかで乗り換えたときは、もう、ふちがあるだけ。雨が降ったら濡れるやつ。いま日本でも走ってると思うよ。

そうそうコンテナとか、まああのころはコンテナか知らんで。物入れて運ぶやつやけど、俺が乗り換えたときには結局天井のないやつやから。あんときまだそんなに寒くなかったからな。結局むかえの天井がないやつでも、雨一晩降ったかな。そんときはカッパじゃないけど毛布ぐらい頭からかぶってな、そんとき「負けた国はみじめやなあ」って思った。

で、あんとき、港がある、満州に。そこに二日くらい野宿したかな。そして、船が来たから船に乗れって、日本に行く船に。それはアメリカから、何船っていうかな、輸送船ではないけど、日本の……もー忘れてもうた。

それに乗り込んでな二〇〇〇人、まあほかにもあったで、俺らが二〇〇〇、団体乗り込んだ。乗り込んでまあ、どこにいくんか新潟にいくんか、どこにいくんかおもっとった。そしたら着いた先が大村湾って、大村っていま飛行場がある。あそこのとこで船が着いて、そういう難民宿舎っていうんかな。こういう昔の軍隊の練習場の跡、部隊の跡な、そこでね、船のシラミとか、ノミとか体につくでしょ？ それをな頭から粉をな、かけられるみんな。結局防疫のためにな。んで、ＤＤＴまかれて宿舎に泊まりよった、分かれて。

飯は自分たちで、もー記憶ないんやけどな、自分たちで炊けたのか、それかパンとかあんなんもうて食べたのか記憶ない。配給あったな。そのとき僕は体よわーて寝とったからな。突然熱がなんかでてな。そんな何食べたかな……記憶ない、俺。

また小さな船でな、目的地のところに引き揚げるときに、いまから乗れいうて乗ったんや。いま考えたら九十九里浜か、いいとこや、なんともいえんな。ま、なんでもええんやけど静かなとこやった。で、どこで泊まったかな……。俺たちどこ行ったんかな。長崎に行ったのか、長崎市やで、ほんで大村湾ってとこがある、大村湾。だから大村湾のところで結局みんな降りて引き揚げだしたあるでしょ、有名な引き揚げやからな（当時の引揚者の多くが大村湾から上陸し、復員列車で各地に運ばれていった）。あれに乗って福岡に来たんや。

なぜ福岡に来たっちゅうとうちのお袋の親戚が福岡におったんや。だからうちの親父は故郷（くに）はもうないからな。もう和歌山から飛び出しとるから。だから故郷（くに）には誰もおらんわけや。

――飛び出したって縁切ったってこと？

ま、そうやろーなー。どういうわけかしらんけどおばあちゃんはうちに来たんだけど。うちが小料理屋しとるときにな。

——満州？

うん。おばさんも一緒に来たし。おばあちゃんを連れて来たんやけど、あれやなあ、別にそのおばあちゃんもおばさんも故郷（くに）には知り合いっちゅうんかな、あんまなかったような気がするよ。

ほんで長崎に行ったんだけど、あのとき原爆で何にもない。のっぺらぼう。で、どこへ行くかっていうと今度は引揚援護局何とかかんとかっていう、そういう人がばっかり生活するとこがある、宿舎が。そこで、まあ粉ミルクとか、パンとか。あまり米ちゅうのは。で、芋、さつま芋、あればっかり食っとった。どないしたかなあのとき。そこで生活するときこのこういう木造宿舎ができた。ま、福岡市の裏。そこに、そういう引揚者がおる、ずーっと住んでる、家。

そこに親が行って、そこでかつかつ生活し始めたんや。ま、行ったけど年齢的にな、福岡には親戚が俺の親戚が住んでたから、そのおじさんのツテで福岡造船って。まあいうてもあれやね、そこで工員としてはいったわけ。

——あ、そうなん。働きだしたん？

なんで働かん（やつ）みたいに（笑）

――違う違う（笑）いくつやったん？

え、十八ぐらいときやと思うよ。働かなしゃーないがな。飯食えんから。福岡の造船所で働いてたおじさんがそこにおったから。ほんで、いまは俺のことばっかり言っとるけど兄貴が二人おるねん。で、俺入れて三人やった。まだ一人おるけどその人はわからん。長男はな、あとから引き揚げて来たんか知らんけどな。

後から引き揚げてきたかわからんねん。兄貴はもーやんちゃやから。一番上の兄貴は。長男は憲兵隊に追われるぐらい。長男は憲兵隊に追われるようなやんちゃやから。だからそういうやんちゃな兄貴やから、だからその、一斉に引き揚げた覚えはないんや。俺はね。別に引き揚げてきたんかな。それは知らん。で、おじさんの世話でわれわれ三人が、下の三人が福岡造船で。

――あ、三人兄弟で、一人だけどっかいってたん？

そう長男がな。四人兄弟は間違いないけど、四人。だけど一人な母の連れ子がおるんや。

――あ、違うの。「腹違い」なんや

結局まあ、母親の親戚の子か誰かしらんで俺は。急に兄貴一人来たなーって思うぐらい。どこの男の子かとか、母親の親戚の子どもか誰かしらんで。

――いきなり連れてきはったん?

そらーどういう話で来たんかしらんけど、終戦前に来てな、あんとき小学校六年生くらいのときに来たんかな。で、俺らが五年生でいっこ上やったと思う。で、俺たち血の繋がった人間はみんな悪さばっかりや（笑）俺も悪さようしたで。おるときはな。で、親戚の子これまた真面目なんや、クソ真面目って。勉強はできるしな、まあまあ、できるで、気品は別で真面目なやっちゃ。で、三人でそういう事情で造船所入ったんや。

――それはみんな血の繋がってる人?

いや、だからその連れ子って、親戚から預かった養子した子も三人やろ。いちばんうえおらんやろ。で、ほで真面目に働いたで最初は。何年くらい造船所で働いたかな。こう試験受けてな。

中で試験受けへんかったらこの肝心なとこできひんやろ? 結局上級中級ってな、試験があるわけや。こういう溶接ならどんだけの腕があるかとか。それを試験受けて。俺は頭がボケやから中級しかなられへん。で上の兄貴二人は上級までいったんや。だから、やっぱ肝心なところはさせてくれへんわな。資格がないから。

五年くらい経ってくらいからかな。どうも、「胸のあれがおかしいな、咳もでるしおかしいな」って病院の、会社の病院にいったら、あんたろく膜になっとると、ろく膜って病気があるねん（胸膜炎）。結局ここにあれやで、膜を張る。ほんで、結核やないけども、肋膜っていってな、結核のひとつ手前かもしれんけども、病院にどげん……二年くらい（通院）しとったかなずーっと。二年くらいずーっとろく膜わずろうて、仕事もせずに、もう一年くらい入院しとって後は自分で療養しなさいって。

それからが大変や（笑）。ほんで、福岡に引き揚げてた同級生がおったんや、福岡に引き揚げとったとき。病院でぶらぶらしてるときに同級生と会ったんや。おぉーって、それも悪いやっちゃから（笑）、やんちゃなやっちゃから。ほんで二人でな、毎晩毎晩な、用もないのに出て行ってな。晩になったらそーっと帰ってきてな、「お前何してんねや夜おそうまで、毎日毎日」「いやいや遊びいっとるだけや、友だちと遊んどる」「誰と遊んどるんや」っていうからいやあれ、ま、悪さしとったらわかるわな。「もうちょっと友だち付き合いいい人と付き合えや」って（笑）。で、どこ行くかって言うと福岡で、いまで言う飛田。新柳町と中洲とあったんや。そこにな、毎晩毎晩遊びに行くわけじゃないんだけど、みんな女の子とワーワー言って遊んどったんや。

――遊んでたんやん（笑）

そら男の子やもん。遊ぶわいな。金があればやで。そんな金どっから入ってくるねん。そんでなんかしよーやーっていいよったんや。そしたらそーだー、あのときまだあの、ヒロポンって知ってる？　覚醒剤。ヒロポンな、薬局行ったら売ってたんやで。……いまはやったらいかんっていってるけどね、俺たちの若いころはね、取締りがなかったんや。で、薬局行くとな注射器っていうんかな、あれとかな結局おいとるねん。

薬局なんかでもヒロポンとかいろいろあったんや。五種類くらいあったぞ。ヒロポンもあるし……一本一〇円やったと思うで。で、回し打ちってしってる？　同じ注射を回して打つんやけど、そないしてな、金があるときはヒロポンの注射器の液をな一〇本くらい買ってポケットに入れて夜行くんや、中洲へ遊びに。

そしたら女の子が「兄さん遊んでー」とかいうわ、「何いってんや、金もたんがに」って、「嫌やー」っていうから、注射器の音を立てるわざと。パシャパシャするがな、ポケットで。そしたら女の子でもヒロポン中毒おるがな。ここ（釜ケ崎）でもおると思うで。麻薬中毒な。その音きいたら打ちたくてしゃーない、女の子も。だから「あ、兄さん今日はそのポケットで鳴ってるやつでええわ」って泊まって。

――悪いやっちゃなあ（笑）

悪いことちゃうってな、それが…（笑）

――みんな打ってるものやったん？

それは知らんけど、俺たちのグループはあほばっかりや。ヒロポンとかなんか打ってな、夜は夜で夜遊びしてな、そういう生活もしばらくしとったけど。

――へぇー知らんかった

そら当たり前や。知らんわ（笑）知っとったらへんや。酒はメチルアルコール。メチルアルコールって飲みすぎると眼が潰れる。眼が見えんようになった人いっぱいおる。たばこでもよもぎ（の葉っぱ）あるやろ、それを潰してな。新聞紙あるやろ、なんでもええから吸いたくてな。だから新聞紙吸ったりな。たばこはな中学二年ときも吸ってるからな。みんなそんときの学生、同級生同士、デパートの息子おったんや。パン屋の息子とかな、お風呂屋の息子とかな、うちは小料理屋、もー（みんな）寄ってな、花札をしたりな、終戦、それは引き揚げる前やで。学生時代やから。んで、日本が負けたから学生することないや。だからみんなで寄ってな、ま、親の金くすねたんかどうか知らんけど、みんなで寄ってな遊んどったんや。そのときにたばこを吸っとから「なに美味いのかい?」っていったら「うん、おいしい」いうからよ、んでたばこ吸うようになったわけや。だから早かったよたばこ吸うたの。中学二年とき(笑)。

で、ときどき親父に怒られよった。「お前が入った後なんかたばこ臭い」トイレ入るやろ、「お前が入るあとなんか知らんたばこ臭い言うとるぞ」

——隠しとったんや(笑)

そら親の前で(笑)な、親父が言うた。「たばこは吸うなとはいわん。自分で吸うのはいいけども、人の前で吸うな」と。「吸いたかったらの自分の家へ来て俺の前でも誰でもええ家の前で堂々とせい」って親父がいいよったんやで。

昔はやっぱ親父いろいろ遊びしたんやと思うで。いや、頭は良かったけどな親父は。もう英語でもあんとき一年、二年ときか、英語を廃止になって良かったと思うけどな、それまでは英語ばっかりやった。親父が今日家でなんやいらんこと書いてるやろ、ピャーッと入って来てな「これはなんだ」っていうわけや。英語をな。教科書でな、これ読んでみろって、読んでみろっていったって英語がな、大嫌いやから勉強なんかするかいや。いや、わからん。お前学校になにしにいっとるんや。厳しかったは厳しかったで。親父そのものは自分が頭ええもんやから、こいつも頭ええんやろーって思って考えて、俺なんか頭ぼんくらやから。いつも今日、三学期あるやろ?月末なったら通信簿くれるやろ?学校で「ちょっと職員室こい」って、いくんや。「お前はいつなっても赤やー。赤が多いのー。お前もうちょっと勉強せー」って言われたんや。そんぐらい子どもの頃はぼんくらでむちゃくちゃしとった。

ほんで引き揚げてきてな中洲いったり新柳町いったり夜遊びばっかりしてるから仕事ができんやろ。帰ってきたら朝、昼グーグー寝とんやから。親父は日本生命かどっか入ってたんや。外交員。セールスマン。いま考えたらあの頃いいとこ入っとんなと思ったけど、いま考えたらなんや外交員かって思ったんや。いまごろなって初めて、俺が三〇歳ぐらいのときな親父日本生命っていっとるけど、なんや外交員かって思った。

あの頃はある程度給料良かったんちゃうかな。で、いろいろな人と話付き合うたみたいやけどな。引き揚げてからや。俺は……堅物の頭カチン人間やからな。七三八部隊ってしってる。毒ガスとかな作ってるとこ。いまでも問題なる。六三八部隊、七部隊か（七三一部隊）。そういうとこに軍属として店はやってるけど軍属でも偉いさんなったんやろ。でうちの店に師団長とか旅団長とか……

——わからへん（笑）

まあ、そういう人が遊びに来るように、うちは親父が信用されたのか、まあよう来よった。一杯飲んだり。だからうちの親父は偉いなって思ったもん。こんな偉いさんとつきおうとる。

ま、それは抜きにして、頭は神戸……神戸商大（現・神戸大）の卒業やから、頭は良かったらしいな。英語もベラベラしゃべるもん。頭ええなって思うけど俺なんかぼんくら頭やからなもー。

で、そういう生活を約一年くらいしてた。で、あるときヒロポン呆けってしってるやろ？ 二人ともシャブ呆けなったんや。俺ら親しいやつと。これ誰にもいわん、初めて言ってるねんで。

シャブ呆けなってな、博多の街をな、夜中にあっちウロウロこっちウロウロしとったんや。新しい建築、建造中の建物あるやろ。木造でその上屋根あがってな、（景色）見とるんちゃうで幻覚見てな、ガーってみてんねや。これはあかんって思ってな、すぐ降りてな交番所へいったんや。で、交番所で誰かが俺の後をつけとるっていったらな、警察もわかっとるわ、だいたいこいつシャブ呆けやな。ヒロポン呆けやなって。数多いねやから。そんなことないぞ誰も来てないぞ。で、誰も来ないからしゃーない駅までいって、駅、駅の改札口でなこう切符あるやろ、あそこに台あるわな。いまはないかもしらんけど、自動販売機ある。あの上でなコロッと寝てたんや。

で向こうから人が見るような気がしてしゃーないねや。またきとるなあーっとおもてな。そのうち寝とった。もう寝てもうた。朝パッと目が覚めたらうるさいから、みんな改札のところに俺が寝とるもんやから。あんときはもうやめよって思ったもん。こんな格好みせたらあかんと思って。で、それきっかけでぱっとやめた。だからあれからそんなことしてへんで。自分が一回経験しとるから。あれはもーあんなもんやっとったらいかん。

それからちょっと心入れ替えてな、どこで働いたと思う？　最初にな博多建設ってあるねん。あんた笑ろたらいかんで。博多建設ってあるねん。「あー明日から来てください」って。土木のとこな。どこいくっていったら山ん中でな、測量や。赤と白のポールあるやろ。あれもってな、監督が「矢根くんこっちきてー」って、「悪いけどまたこっちー」って、終いには頭きてな、三日めかなんかに「偉そうに言うのやめてください」って言ったんや（笑）

——え、最初の造船は？

辞めて…

――辞めちゃったん？　シャブなったから？

いかれへんから。ほいで博多建設も二日で辞めて。笑ろたらあかんで。（次に）福岡市のな、電車あるやろ、電車いったんや募集があったから。「明日にでも来てください」。よう考えたらなひょっとして同級生がおってな、おんなん車掌ってかっこ悪くてたまらんなー何言われるかわからんなーってまた三日くらい辞めた。

そんで、親父がもー怒ってもうてな、「お前な、もういい年こいとんねやから真面目にどっか働け」って、で、九州製菓って大きなとこや。考えたらええとこ入ってんやで。で、あの、もの配達するわけ。注文の伝票くれて……最初やから。で、自転車でな、あの頃バイクなかったから。バイクなかったと思うよ自転車で運んだ。三年くらい働いた。ちょっと社員になって偉そうになるわな。

で、三年くらいしてな、この事務所に女の子が二人、三人おったんや。同じ町内、近く10mも離れたとこの女の子がおったんや。その子と会社へ行き帰りで同じ電車で行くやろ。なりゆきが決まってるやん。同じ電車に乗ってな同じ近くで同じように働いとったそーなるがね。

――付き合ったん？

好きとか言うたことないで。きれいになるようになっただけや。でもどうしても噂になるやん。最近矢根さんとあの女の子がおかしいなあぐらい噂になるやん。同じ電車できて、同じやから。おりにくいなーって。なんかしら上司が俺のこと、見られたら嫌な感じするやろ、そんでそこを辞めて、……あ、そうだ募集しとったからな。あのー金沢のほうから自動車会社に。いまはふそうのバス作ってるとこや。

昔安定所みたいなんがあったんぎょうさん。そこで調べて、調べたんちゃうでたまたまそういう募集があったから、俺がある程度溶接の技術持ってるからここに入ろうかって。会社ちゃうで下請けやで。下請けで入ったわけ。だいぶ働いたで。バスの溶接したりな。ガスをこう入れる。最初やで?「矢根くん悪いけどここで溶接してくれ」いうから「いいですよ」って頭つっこまないかんから絶対。溶接するのに。結局お面、こう、ほんとはするんだけど、そこはお面かぶったら頭はいらへんねん、これぐらいやから。そのままじかにやると顔やっぱりやけるわな。二日くらいしたら皮がむけてくる。ボロボロボロボロ。まあーいいわーってこれ仕事やーって思ってやっとってん。ほいから、ちょっと上あがってあそこ溶接してくれって、で溶接するんや。

ほんでそれしとったら、社員がな社員が、「矢根さん麻雀好きやろ?」っていうから、「うん、好きやけどなー」いうたらな「今晩ちょっと麻雀しにいかんか」って。「いいけど今晩仕事やで」「いやいや事務所に俺がいうとくから、一緒にかえろ」って、で、会社いったら、そういうことしたらすぐ親しくなるやな。おれも溶接しとったらえらいからな、いちばん楽なとこつれてったるから、してやるわーって。頼むわって、ほんとに楽やった。

型枠っていってな、こういう鉄を型があってな、その型をしるしつけてそれを、切るやつでシャーって番号にあわせてここ切るわけ。で、まとめて置いとくと持っていきよるわな。そしたら一日二時間か三時間しかはたらかへん。こんな楽なとこないわーって（笑）同じ班の人見ながらボーって、こんな楽なとこないわーって。ま、楽なわりには金がかかるわ。麻雀せなあかんから。給料もろたら払ろたら残りすくない。夜中麻雀するやろ。悪いけどな五万くらい貸してくれるかっていったら、うんいいよって貸すわ。

（給料は）あのときな一日一万二千か三千。

――じゃー月どれくらいもらえてたん?

そら二〇日は働くわ。

――じゃ結構働いててんや

結構働いてたって人を働かんみたいに(笑)。

――そんな意味じゃないって(笑)

で、けっこう忙しかったからな。俺らでも「矢根さん悪いけど今日手伝ってくれるか」っていうやろ。「矢根さん、事務所まで」って何か用事かって行くやろ、「今晩どうや体あいてるか」「どうもないあいてるよ」っていったら「ほな今晩付きあわへんか」「うちの班長に、責任者みたいなんにいうてや。じゃないと勝手に帰れへんから」いうて、向こうもその人に世話なってるからいえるわな。しゃーないなーって今晩定時で帰れってそんなんやもん。覚えるのは遊んでばっかりやもん。金もろたら仕事帰ったらすぐカラオケいったり、そら金いくらあってもたらんわな。で、そのうちに同じ班の人が「あんた矢根さん嫁さんもらえへんか」っていうから、「嫁さんもらってもしゃーないで、俺は自分で精一杯や」いうてたけど、そない言わんと一回会ってみんか言うて、金沢で見合いじゃないけどな、「こんにちは」みたいな、社員がな仲人じゃないけど。「矢根さんは人間はやさしい面はあるからいいよ」って。(その女性も)優しかった。……いろいろ話しおうて、親も一緒にさせようかって金沢で結婚したんや。

――ふそうにいったときに金沢にいってたんよね？

福岡からな。安定所の募集で福岡から金沢までいったんや。

――一人暮らししてたん？

そんときそうや。寮やない一人でおったよ。アパートみたいなもんな。ぼろ家やけど借りとった。

――そんで結婚したんや

金沢いってすぐやないで。すぐ結婚したんちゃうで。

――いくつんときに結婚したん？

俺遅かったよ。三〇くらいんときかな。いやわしより歳上や。三一や。女の子は、俺の籍に入った子は。金沢へいって金沢で会社で働いたときに、同じ会社の人が同じ、だから下請けの人が、こういう女の子がおるから一緒にならへんかいうから、いやー甲斐性ないしなって、会うだけあってみろいうて、会うたんや。

性根をいれて働いてた。性根を入れ替えて働いてた。あの、アパート借りてな。俺みたいなとこ、これへんがな。狭かった。六畳一間くらいやった。引っ越してな、新しいマンションていうかアパートっていうか、ある程度生活してた。

――どんな部屋やった？

どんな部屋までいうの（笑）？　あのね、三畳と六畳それから、風呂場と炊事場と。普通の家庭や。普通のアパートとかわらへん。だけど最初はね、帰るやろ、パッとみたらね窓の光が電気がついとるやろ。あんときは「んーやっぱりこれもええなあ」って思ったもん。最初のうちやで。玄関と窓が光がついて帰ったら「お帰り」とかいう。おったらええなあって思った。最初のうちはね。

——なんでそんな念を押すん（笑）

（笑）だからな、そらええで。

金沢で俺、パチンコ覚えたんや。パチンコ覚えてな、ほで、パチンコに凝りだしたんや。あほみたいにパチンコ好きになったんやけど、仕事もあるしね。だけどパチンコすると自分の小遣い、あまりおい小遣いくれとかあまりいうたことないからな。自分である程度金を、一〇〇〇円くれとかまあ、何くれとか、パチンコ代くらいは自分でやりよったけどな。……それから四年くらいおったんかな。一緒にな。四年くらい一緒に暮らしとった。

奥さんっちゅうこともない（笑）。女房って、俺のおっかあって言ったら何言ってんねんて言われる。俺はあんときのいまの……、別れたんやろな……。自然に別れた……。もう一〇年以上たって、会うてないから自然に別れるわな。戸籍も切れるわな。いまは戸籍なってないと思う。

いや、そんときは、あの……（妻は）アルバイトみたいなしとったかもしれん。アルバイトみたいな、バー（スナック）しとったことは間違いない。

——共働きだったんですか？

共働きて、大体な。で、旅行が好きなんや。俺はあんまり好きでないけどな。女房が好きなんや。……どっかが好きなんや。なんで旅行に……あそうそう、会社で働いてるときに電話かかってきたんや。で、電話でたら「今日早く帰るの?」っていうからよ。「いやいや、今日残業でるかもしれん」っていったら、今日余計な、ボーナスみたいな金がはいったんやて、会社からくれたんやて。そやから「それがあるからね、どっかいいとこ、どっか旅行行こうよ」っていうからよ。俺はどこでもええわいってあんときな、京都に行くわって言ってたんかな。

明日から行くんかっていいたらいやいや、いまから行きますから、いまから仕事終わって連絡して、やっぱ俺も京都行ったことないからな、ほんなら行こうかな思って京都に遊びに行ってそれから……。二日間くらい旅館に泊まったかな。旅館に。なんちゅう旅館かもう忘れてもうたけど。で、俺は旅行っちゅうのはおもろいなって思てなそれから、あちこち行くようになったんや。京都行ってみたりな、静岡に行ったり、あのとき日本海のほうに行ったり、夜遊んだわ。

――いいですね。でもよう休みとれましたね?

いいことないよ、金かかるんや。あれは前もって言ったからな、今度何日から休みますからって、ま、休むって親方に何日から三日くらい休ませてくれっていったら、休んだら忙しいな困るなーっていうけど、俺は喧嘩するわけじゃないけど、そういう性格だからな、こう、係長とか部長が、課長がくるでしょ、で、何か言うわな。だまーってきいとって、だんだん、だんだんなって。そこで言ったらあかんからな。みんなの手前あるから。で、しばらくたってから事務所行くんや。課長の前であんたこんなこと言うとうるけどどんな気持ちで言っとんだーとかな。向こうに言わせたらなんてことないんやで。俺に言わせたら見境ないんかもしれんけど、「いやいや、矢根さんわかったわかった、それ以上言うな。わかったわかった、あんたの気持ちはわかった」わかってへんねんひとつも、もーうるさいからわかったわかった言うとるだけで。で、それから、いま何年や。忘れてもうた（笑）それから、…一回決めよかって。大阪に、ここにな。

――え？　どういうこと？　遊びにってこと？

え、まー一週間くらい大阪に来た。で、大阪にきたんや。ミナミあたりで、ミナミとかキタあたりでこれ（奥さん）と一緒やで、わし一人ちゃうで、スナック行って遊んで、一緒によ、置いて出て行くわけにいかんや。

――え？　どこいったって？（笑）

大阪に来たいうたやん（笑）。大阪来て、ミナミとか難波とか梅田とかあたりでな、あっちプラー、こっちプラーっとしながら、一週間くらい遊んで、また今日から行きますって電話して、ま、課長もうるさいなって思ってもなあ、「矢根さん帰ってきたん」「あー帰ってきました」っていったら「がんばってよー」って。んで、またしばらく辛抱してたんや。

なんでまた金沢で……、あ、そや、それからパチンコはまりだしたんや。で、俺一人ならいいで。俺行くけど、（奥さんが）「パチンコ？」いうんや。俺がパチンコ教えたようなもんや。二人ともパチンコ好きになってもてな（笑）。んで、仕事帰ってくるやろそしたら、おとうちゃんごめんねー言うから、なにをいうたら今日ねパチンコで負けてね、ないからお好み焼きかなんか作ってるから辛抱してよー言うからな、ま、しゃーない俺が教えたやっちゃから。まーしゃーないわって。

パチンコ二人でするもんやから、金がいくらあってもたらへんから、俺があんとき金沢駅にいってなパチンコ行ったんや。一万くらいすぐかかってまう、負けたら。で、パッてみたら、お金貸しますって書いてあるねん。駅のとこにお金貸しますって、いまで言うサラ金よ。で、そこへパッてよってな、「お金ちょっと借りたいんですけど」っていうたら「なんか証明ありますか」っていうから、「いやありますけど住民票でもいいですか」って家へ帰ってなわからんようにな健康保険もってな、「いくら貸してくれますか」って、「いくらでもいいよー」いうから「五万くらい貸してくれるか」っていったら「いいですいいです」って、「こんなとこもあるんやー」ってそれが初めてサラ金いったんや。んで、サラ金知るとな、もう働くのがな、何かもーいいわーって、で、五万円女房に内緒で使うやろ。そしたら次行くやろ、とりにいくやろ、ちょっとお金かしてって、その頃はなんもいわんもんな、景気いいから、いくらですかって五万くらいはいって貸して、ほで、次同じとこいくのもめんどくさいしな、かっこ悪いしなーで、表の武富士か「お客さんどっかに借りてますか」って、「こういうとこに一〇万借りてます」「あーそうですか。で、いくら借りたいんですか」って「できるだけ多いほうがいいです」っていったら「三〇万以下ですね」っていうからよ、その代わり一〇万は相手の借りたとこに返しなさいと、で二〇万はうちから、三〇万結局借りたんな。三〇万サラ金ごっついでー、借りてったら一〇〇万くらいすぐ借りれる。昔はな、いまはしらんけど。そしたら俺にっちもさっちもいかんがな。家におったら電話かかってくるもん。向こうからなんで来ないんですかとかって、もう期限切れてますよって。

――もう一気にそうなったん？

そうやなあ、一年足らずやな。うん、だからもう一〇〇万くらいすぐやったな。一年くらい借りとった。ほんで取り立てが来たら女房にばれるやろ。ばれたらかっこ悪いなー女房ばれんように払っとかんと、んで、もう最後やって思ってな、よし、金沢出て大阪行こうと思って、そういう気持ちでほかのサラ金行ったんや。そしたら、「いくらいりますか」って、俺「もう一〇万でいいです」って、「一〇万ね。ほんで他んとこ借りてるでしょ」ってそういうことわかるんやな、ああいうやつは。「それ以上貸せませんねー」っていうから。俺もう半分逃げるつもりやから、大阪行くつもりやから「いいですよー」って一〇万借りてその足で大阪来た。

――奥さんは？

もう内緒で、俺一人。サラ金は全然女房俺が借りてるとも知らへんから。な、ほで、大阪来て、最初なー梅田も知ってるけど天王寺公園とかって天王寺とこあるなって、金沢からすぐやからな、大阪、天王寺公園行ったんや。天王寺って駅に。で、天王寺公園で夜やからな、泊まるとこないからな泊まるとこわからん、右も左もわからんから、天王寺公園ってどこですかって、目の前やって、あーそうですかって、で、天王寺公園で、もうだいぶ後やでいうとくけど。そら女房と一緒になってからだいぶ後やで。で、天王寺でそこで今晩泊まるとこないかなって思って「旅館どこにありますか」って、「旅館てなんぼでもあるよ」って、いまでいうホテル街な。天王寺のホテル街あるやん。そこで一晩泊まった。ラブホテルちゃうで。一人じゃ泊めてくれへんから。いま、どこに泊まったんかかな。たぶんあそこの近鉄の駅のデパートの近くやったと思う。そこで泊まって、大阪で阿倍野初めて行くん嫌やから、「どういうとこかいなー」って、ある程度遊んでだいぶ暗くなってるからな、夜薄暗くなってきたんや。ほで、大阪ってなんと怖いとこやなー思ったんがそれからや。

――そんときは、どう思ってたん？　大阪

そんなこと、普通の街だと思っとん。

――なんで大阪って選んだん？

親父の故郷（クニ）が和歌山県。だから結局、東京より大阪のほうがええような感じするやん。住みやすいような。だから大阪って前一回来て道頓堀とかあっちいっとるやろ。だから大阪っていいとこやなあって思っとった。遊びやすいとこやー、遊びやすいってようわからんけど。ほで大阪きて、天王寺行ってきて、夜やったかな。どんないしよかな、部屋、寝るとこさがさないかんわーって、さっきいったみたいに「このへんで泊まるとこありませんか」ってそこを紹介してもらって、一晩だけやけどな。で、あっこへ出て天王寺動物園のあんなんみてそろそろまた部屋にもかえらなあかんなーと、で、こっち来たんや。どうやって来たんかが、で、俺こっち来たら「なんていうとこやなー」と…。

――釜ヶ崎来て？

釜ヶ崎、俺全然しらんかったもん。ぜんぜん釜ヶ崎とかな、どういうとこか知らんかった。

もうここ来たん古いよ。もう何年か年数は忘れたけどな、暴動があったん知ってる？　何年前か。もう二〇年か三〇年くらい前か。釜ヶ崎で暴動起きた、西成で。いちばん最初よ。

——いちばん最初一九六一年じゃないの？

それがわからん。じゃー俺いくつや。

——えー四〇年くらい前くらい？

だから四〇年くらい前、いや、三〇年くらい前やな。忘れてもうた。で、大阪って釜ヶ崎、部屋の泊まるとこ多いとこやなーと思ってな。それより、その、「安定したところ住まないかんなー」と思って休むんだけど、そういうあの、アパートみたいな、よくみたらアパートみたいだけどそこに部屋を予約して、月いくら、日にはいくらとだからいくら、月なら月払い、そういうとこ入ったんや。いまはもうないけどな、潰れてもうて。そのホテルでもなくてマンションでなくて旅館でもないけどな。ドヤっちゅんかな。ドヤっちゅう、まードヤみたいなもんやな。ま、ドヤというか、ドヤみたいなもんや。

——部屋どんな感じやった？

四畳半くらいあったで。テレビそんなもんないよ。風呂もなかった。トイレも共同やったと思うで。（そこに）住みだしたって、また二日めに暴動があった。だから、大阪ってこういう、怖いとこやーって思った。また改めて大阪って怖いとこやなーって思った。俺もそういうとこ大好きやから。石は投げへんで。どういうとこか見に行ったんや。そしたら警察、暴動がワァワァいっとるんや。もう半分おもろいから。人がやることやから、あーおもろいなあーって。

――何が原因やったか知ってる?

あれはね、……いま天王寺の下に交番あるでしょ。あれ、今宮交番所か、忘れたけどガードの下。それがな、そのときはこの先ちょっと手前の、どういったらいいんかなー。先のほうやけどな。ここに交番署あったんや。この道やで。天王寺。そういう交番署があったんや。交番署の前で誰か行き倒れか誰か、倒れたらしいわ。で、詳しいことはしらんけど、死んだんかどうかしらんけどな、その上に毛布かなんかポッとかけとって、後はなんもせんかったらしい。ほんで、「なんでほっとくんやー」というふうになるわな。「俺ら人間扱いしてへんのか」とか。で、俺、「なんと大阪もいいとこあるけどこんな怖いとこもあるんや」と。

――やっぱ怖いって思った?

そら怖いと思うわ。「大きな女」ばっかりやし質屋も多いしな、街は薄暗いしな。

――大きな女?

うん。ちゃう、最初は思っとったんやまだ、女と。オカマとかな、考えたことないもん。今までそういう人におうてないもん。

――オカマさんやったんや（笑）

うん。で、「なんとまー釜ヶ崎とは大きな女の子がおるとこや」って（笑）いま見たら当たり前やで。来たときは薄暗い街灯がポツンポツンと立っとうくらいやから。

なんと怖いとこやなーって出て行ってな、こっちではワーワーいうとんや。何思ったらあのー、あそこにパチンコ屋あるやろ。パチンコ屋とかこっちに動物園行く道、ジャンジャン横丁行く道、あのパチンコ屋な、あそこなんてな火つけられてな。ガラス割られる火つけられる、こっちのパチンコ屋はワーワーいうて警察署まで石ぶつけられたんやで。西成警察署あるやん。いまはもう入れへんようになってるけどな。そんなこと考えてないからある程度（いまほどの要塞みたいな）建物じゃない。

そしたら石持ってな、ブワァー投げたりな。「西成怖い、おもろいとこだし、また怖いとこやなー」と思った。二日めまでは警察官が警告、各県から集まってくんの待ってたんか知らんけど、二日めまではほったらかしやったんや。「みなさんはよ帰ってください」とかいいよったんや。まだそのころ群集強かったんや。西成強いか知らんけど。向こうにあるこれ（ヤクザ）の事務所があるねん。いまでも名前残ってるけどな。そこの人間がケツ押しって知ってる？ 先導っちゅうんかな。（暴動を）先導したような話やけどな。詳しいことはしらんけどな。そんで三日めになったら警察も行けーってなったんやろな。

ま、話やで。俺も詳しいことは知らないから。ヤーさんがおったことは組があったのは間違いない。ほで、暴動起こしてな。三日めになったらな、誰でもかれでもええねん。はよ帰らな逮捕しますよーっとか言って、俺なんかすぐ帰ったけどな。帰ってな、窓からちょうどこんな路地があるねん。いまはなくなってるけど。そこに路地があったんや。で、われわれは路地のほうの窓があったからな、ワーワーやっとるからもー帰りなさいってやっとるから、これはあかんなーと思ってドドドーっと音するしな、何ごとかいなって思ったら、暴動が起きて暴動の人が逃げとんじゃ、隠れるねん。そしたらポリ公が二、三人来てもう無茶苦茶、足で頭どつくねん。これ、上からみとってな、あんときだいぶ警察に連れていかれたんちゃうの、あちこち。それとも一晩で説教で帰ったかわからんけど。で、大阪怖いなーって。

——住んでたんあっち（釜ケ崎）のほうやったん？

この道の、うん。警察のほうな。警察の隣あるやろ。あそこは安かったんちゃう？　そんな一〇〇〇円もせんかったと思うよ。八〇〇円とかやったと思うよ……。そんときはまだ賃金安かったんや。

俺が働いたとこ朝日化学っていってな、その後やで。朝日化学ってとこで働くようになったんや。通いでな。あの頃は日給二〇〇〇円くらいやった。

——え？　日給？

二〇〇〇円。八時から五時まで。

——そんなんで生きていけんの？

いけたんや（笑）いけんのって（笑）二五日働いたらいくらになる？　五万あるやろ。五万いうたらここで生活できたんや。そんなかからんかったで。いまはどうやこうや物価高いとかいっとるけどな、食堂行って食ったって、そんなかからんや。あのー旨いもん食ってたらいかんで。

だから、自分で朝飯自分で食べるやろ。会社って、あれ、港区かな、市岡に通ってる道があるんやけどその近くに朝日化学ってあったんや。

——朝日化学っていうとこで働きだしたん？

うん。何するかっていったらあれやで、物を積むやつやで。薬品があるねん、化学やから。いろいろな薬品があるねん。それが袋に入ってるねん。一〇キロ五キロ二〇キロって分かれてる。それをベルトコンベアーでな下の社員がな、その袋に入れてなこう機械で縫うて、それをわれわれが積むんや、高うに。その頃まだ元気やったもん。そらー上からコンベアーで降りてくるやつをな、手カギひとつでな右へ左へグワーってとばすねん。そんできれいにすんねん。そういう仕事してた。そこはだいぶ働いたで。だいぶ日数、年数働いた。どれぐらいって……どれぐらい働いたやろな……一年以上は働いとる。二年かなー、一年は間違いなく働いとる。

あの頃はな、俺が来たときは仕事があり余っとったんや。人が足りんくらいやった。ああいう建物なかったんや。安定所みたいなん（あいりん労働福祉センター）。で、車がずーっと列に並んでた。あのなんて…建物のところに…

——今朝停まってるみたいに？

うん。で、いまは、手配師って知ってる？

——うん。手配師って仲介人みたいな感じですよね

そそそー。それを使うわけやな。早く人をそろえなあかんやろ。一〇人なら一〇人。だから誰でもええんや。誰でもって病人やったら別や、普通やったら持病があるまいが、納得いったら乗ってくれ乗ってくれって、乗るでしょ、そしたら、いまは小遣い銭なんてくれんわな、誰もな。あの頃は一〇〇〇円で、はいこれー、ええっとか。それであの、お酒はあかんわな。すぐ働かなあかんから。お酒をやめてコーヒーの缶とかな、あんときは缶なかったかな。そんだけ景気がよかったんや。

それがいまは歩くやろ、手配師のほうが強いやろ。前は手配師が弱かった。弱かったんや。俺は遠いとこ初めて行って朝日化学ってとこに初めていったんやから。手配師で。だから詳しいことは知らんわ。あとは自分で通勤で行っとんやから。毎日な。通勤って電車はくれるで。これ、電車、往復の電車月に毎日毎日。給料って日給やからな。出てきて大阪来て、働かな金がなくなる。もっとった金が知れとる。（サラ金で借りた）一〇万くらい知れとるから。そんで初めて行って初めてそこになったんや。どこもいかずにな。すーっといって、手配師が感じがよかったんか知らんで。こうなんやってポッと乗ったんや。で、そういうとこで働くようになったんや。一年よりもっと働いてるよ。それだけ景気良かったんや、考えてみたら。そういう化学会社はな。農薬とかがよう売れたんちゃう。

——日雇いは日雇い？

うん。契約ちゃう。ただ手帳があってな、こういう、あの、なんて…

——白手帳？

白手帳は間違いなく毎日押してくれる。いや、すぐは作ってない。わからんもん、そんなん。そんなん半年くらいたっとったかな。でも俺なんかもう手配師いかへん。（会社に）直接行くやろ。部屋で寝とったら、その朝日化学のバスで行ってまうやろ。市岡行きに乗ったらすぐ目の前にあるねやから会社が。だから知らへんがな、そんなこと。誰もいわへん。手帳があるとか。知ってたら作るで。でも知らんから作れへん。だから、俺は……だいぶ経ってからやな。半年くらい経ってからやな。こういう手帳がある、こういう手帳つくりなさいって。そんときはまだ安定所つくって、できてなかったからな。まだ、こっちの向こうのほうにあったんや。いまも安定所そのものもあるけども人が集まらんわな。それで白手帳とかやったけど、……あんときいくらもらっとったんかな。一日、一回につき、そんなに千何ぼ……忘れてもうた。

で、俺癖が悪いか知らんけどな、すぐ女の人、一緒に働いてる女の人と親しくなるんや。親しくなったらすぐ噂になるやろ。矢根さんと誰々さんがおかしーとかな。矢根さんここで弁当食べよーとかいいだすんやもん。ま、それで女に甘いのかな、だらしないのかな。でまた、そこに居てられへん。その女の子おるとな、人にそういう目でみられとんかなって思ったらいづらくなってくる。そんでそこ辞めた。

で、それからどこいったんかな。それから……阪神淡路大震災まで景気よかったからいろんなとこで、一日一日ちゃうで、大概半年くらいそこで働くとか、続けてな。ずーっと通いで働くとか。あの、尼崎競艇しってる、あそこの住之江競艇知ってる？　競艇行ったことないわな。あの近くに阪神の建物ができたんや。二七階かなんか。あんなとこなんか俺、淡路大震災まではそこにずーっと働いてたからな、建設、建築で。化学工業のあとな。いや、その後はあちこち行ったで。港区にある、たかーい建物あるやろ？　あれ、環状線乗ったらようわかるわ。二七階。あそこもだいぶ行ったわ。つくりにな。つくりにってわしはつくらへんで。つくるっていったってな、土工。なんでもこいっちゅうやつ。なんでもできなあかんやつ。
土工って言ったってばかにしたらあかんで。

――してへんで？

いやいやいや、土方かいって、いいよる人なかにはおる。

――そうなん？　なんで？

そらわからんからよ。な、だけど実際はな土方っていったってな、溶接しないかん、足場もたまには組まないかん、土も掘らないかん。だからね、いろいろやらないかんねん。土方はなんでもできないかんねん。だから、俺は……俺はとび職やってる顔してる人より、土方の人のほうが偉いねん。なんでもできるねん。とび職の人はそれしかできひんやろ。左官でも土方がやるときあるからな。

――さかんってなに？　壁塗り？

そうそうそう。壁塗りな。そら職人さんみたいにきれいにはできひんで。

――土方って、ああいうの全般的にいうんやと思ってた。とびも土方のひとつなんやと思ってた

いや違うねん。とびはとび職っていってな、左官職とな全然別なんや。

――そうなんや、誰でもできるもんじゃないんや

そらやっぱり、とび職はとび職。そりゃ初めての人もあるで。とびの格好で俺はとびやーって人もなかにはおるけど。俺らから見てなんやけったいな人やなーって思うもん。順序が決まってるからなああいうやつは。真ん中から建てて結局うまいぐあいに下から建てて平均とってきれいに建てなあかんねんから。

溶接工は溶接工で溶接せなあかんやろ。鉄骨と……ボルトいれて溶接するとこがある。土方ほんま、やけどな。だから、今まで、ま、いまやったら、遺跡掘りあるでしょ。ああいうとこで仕事もしたしな。だから、仕事は自分ができるある程度やったわ。土ほるのでもただやってるだけちゃうで。あれも要領あってな。どっからほったらいちばん早いかって。だから土方土掘ってる、初めての人はたぶんわからんやろけど、スピードが違うから、慣れてる人と。遺跡掘りで、何人かしらん、土地掘ってくねん。いまはこう丁寧にこーやってるやろ。俺らんときちゃう。俺たちなんて無茶苦茶。なんやわからへん（笑）一応でてくるからな。

――そういう仕事もあったの

あったよ。でもあれは楽そうに見えるけどしんどいよ。遺跡掘りも楽そうに見えるけどしんどい。んー石がでてくるやろ。大きい石が。なかからでてくるわこまいやつが。根気がいる仕事やけど見たら楽なんやなー思うわな。あんなん土をほっとるだけのもんや。炎天下でやってごらん。こう削れーって、ガーっと。楽そうにみえるほど辛いわ。

……ま、俺はそれはえらいとは思ってないよ。俺は人生あほやなーと思って。いまで七〇なんぼやけどな。その人生の生き方をな、方向をな、方向をまちがっとったなーと思う。

だから、もう俺いま七七やろ。だから七七、成人になって、何をやったかなーって考えてみんねん。そしたらなんもここに残ってねーしよ。普通の人やったら墓でも自分で作って自分で遺族がたててくれるやろ。俺なんかだーれもたててくれへんもん。だから無縁仏にはいらないかんでしょ。いや、いれてくれるよ。そういうとこがあるから。だけど、誰もな、盆くらいかなお参り、まー普通の人もそうだろうけど。…あらへん。

あと、もう全然こういう生活にあれがおらんと死んだら、死んだあとは別に考えることないけど、どこはかとなしにな、普通の家庭やったらもう風邪引いて寝とったらな。風邪引いたらタオルのひとつでもこうあててくれるがな、熱あったら。誰もそんなことみにけーへんし、「あ、風邪引いたの?」「うん、風邪引いた」それで終いやもん。「きをつけなあかんよ」そら、誰でも言う。風邪引いたらあかんでっていうけどな。言われてもなありがとうって気持ちはあるけど、たいしてなあ……

俺もこっちも気つけなさいよっていうぐらいやから相手もそれぐらいやろなって思ってるしな。なんかしらん。今頃になって、反省してもしゃーないけどな。俺あまりなー個人的にないやろな。あの人がよかったとか、この人がよかった。思い出に残ってるとか。まーそやろなー何いっても、そんなにおらんやろな。一〇人くらいかな。つきあってあの人あんなことあったなー、この人はこんなことあったなー……一〇人くらいや。

――一〇人いたら十分やん

いや、一〇人いたって、……わからん。俺が役にたってるかたってないか、わからん。俺が役にたっとるんかたってないんか、向こうが俺のこと思い出してくれるか、「ああー矢根って男おったなあー」っと。「あの人はどういう人だったな」と。だけど、ここ歩くと俺を矢根って呼ぶ人おらへんねん。だーれも。

――そうなん？　なんで？

矢根って名前で働いたことないもん。黒木さんとかな、南さんとか（笑）

――あーそう（笑）なんで本名使わんかったん？

どこでもそうやと思うけど、土方はな、飯場いったら大概本名使わんと思うよ。先月、黒木さんやったのに今月なったら、白木さんとかってなんでかわるんやって思うやろ（笑）で、私黒木ですって、あー黒木さんですねって書いてもらうやろ、で、次忘れるころに行くとね、白木、あー白木ですって、おかしいあんたこないだ黒木さんって（笑）。

だから、東西南北全部使ったよ。東さんとか西さんとか北さんとかな。全部つこっていちばん簡単や。東西南北は。だからときどき飯場で飯場生活して、付き合いするわね。会うわね。向こうがなになにさーんっていうやろ。俺は記憶が……この人誰やったかなーって、それだけあまり人と付き合ってないってことやな。
飯場もいったよ。飯場ってな、飯場の生活っていうのはほんとは、その人の性格か知らんけどね、生活して二〇万もうけたとして、二〇万から五万くらい引かれるねやから。ほで雨が降ったらその後から引かれるねやから。その日の飯代。三五〇〇円なら三五〇〇円引かれるねやから。寝るとこには心配いらんわな。仕事さえ、結局仕事いってあーもういやや、日雇いやったらもう帰るわーって帰れるけど、飯場生活そうはいかんからね。

――そうなん？　それは契約やから？

そうそうそう。だから一〇日働けっていったら一〇日働かないかん。

――契約の日数より早く帰ったらどうなるん？　それはないん？

いやー払ってくれんやろな。契約やからここにおらないかん。金払えん。と思うな。俺そういうことないから知らんけど。だから、一〇日契約って一〇日経てばいいってんじゃないで。一〇日働かないかん。だから雨降ったらな飯場代っていうんかな。それ引かれるやろ。だから、働いた日数より飯場代が高かったら、誰もやめさせてくれん。一〇日おったら、一〇日日雇いでしょ、梅雨なんかで五日間雨が降るわな。で、休み休みって言われたら働けへんでしょ。で五日間働いただけでも酒でも飲みたいし、やっぱり食べもの食べたいし、たばこも吸いたいし、そしたら差し引きパーになってな赤字でかえす、あんたわたすもんがあるでしょって、あべこべに（笑）。
飯場生活ってそんなもんやで。生活っていうのはね、食事代と布団代と。俺はそういうとこ行ったことないけど、たぶん、貸し布団って新しいやつはいって。前の人の、感じ悪いやろ。その人が帰ったらまた新しいの布団いれるとか。二日くらいやったら替えんかもしれんで。だけどな、ある程度ちょっと汚れたら替えなあかんやん。なんやこの汚いなーって。

俺一回、どっちのほう行ったかな……、日本海のほうへ行ったんや。どこやったか忘れた。行ったんや。で、それが古いからか田舎やからそうなんか、大部屋なんや。一〇人くらいまとまって寝る部屋。個人ちゃうで大部屋っていって一〇人くらい寝る部屋があるねん。んで、布団ひいてあればいいで、好きな布団とれーいわれて人がどの人が寝たんやろなー、え、どの人がそこで寝てるのか使ったかわからへん。山のように敷き布団と掛け布団別に。そんなとこに。俺すぐ帰ってきたわ。

——帰れたん?

帰れたんて、電車、無賃乗車や。

——ほんま(笑)

ほんま。急行とかな、なかに乗るとな、必ず車掌が見にくるんや。各停やったら時間は三倍くらいかかるけど、最初はあんま検札けんわな。改札はそんなもん簡単なもんや。ここらへんやったら、あいーっていったら前通りよったもん。ここらへんのあれは。

オイっていってたら、な、頼む、とか言わんけど、おいっていってたら後ろついてたら、おいっていってるときにはそのころにはもうおらへんもん。結構おったよ。あの頃は。

――あ、改札通る人の後ろをスイーって通ってたん?

前みたいに、いまみたいにパーンって(自動改札は)ないもん。通るだけやもん。車掌たってても、改札たってもいまみたいにパーンてとめてまえへんから、おーいっていってもここはとおれたんや。いまはもう自動式やからパーっととめてまう。だから、いまみたいに自動式やったら続けて通ったらおかしいやん。だから五〇〇円かかるとこ一二〇円でかうわけよ。で、ずーっといってな、いまやったらなずーっといって一二〇円でかうやろ。環状線のったとするで、ま一回りしたらだんだんあがってくわな、値段が。でも自分が行くとこまでかわへんねん。手前でかうねん。でもいま半額やろ。一二〇円払ろたらすむことやもん。

やっぱね、人ってね人間てね、一人では絶対生きていけん。少しでも人と話をしたりするのがやっぱり、長生きの秘訣っていうか、長生きの秘訣。お互いに新しいっていうか、みんな集まってなくだらないこと言っとるんだけど、それがまた長生きの秘訣。聞いたらなんだ、って思うけど、自分もくだらないこと言っとるんやから。相手にとってはな。たとえ五、六人でもいい。ああじゃこうじゃっていってな、たまには喧嘩もしたり、人間感情があるからねYESマンじゃないから(笑)「それはない」って喧嘩するときもあるけどな。

俺は、なんでテント生活をするようになったかというと、岸和田のとこに飯場があったんや。関空行くときの途中に。そこに仕事行ったときにバブルはじけて不景気になって、仕事何日も、それだけの人要らんなると、置いとったら飯くわさないかんでしょ、飯場も。

で、飯場をもう今日、明日でやめてくれって、明日精算からって、計算するって。自分で勘定したら金入るほど仕事してへんやん。仕事ないから。で、しょうがない、行くとこないからこっち（大阪）くるしかないがな。で、俺どないしよかなーって、一晩くらいの部屋金はあるから。あくる日どないしよかなーって。炊き出しとか全然知らへんだ。

だから、どっかで同じ飯場におった人間に会ったんや。そしたら、「おお久しぶりやのー」ってどないしてたどないするってな、「俺これから大阪城いくんや」って言うんや。「何しにいくんや」っていったら、「いやいや、テント生活しにいくんや」っていうんや（笑）。いや、知った人がおるからな、そこ尋ねて行くんやって、で、あの人、名前なんつったかな。黒木かなんかやったと思うで。あんたも行くかっていうから、そやな行くとこもないし寝るとこもないしなー、そしたら行くかって。

ほいで、大阪城公園いったんやけど、俺らだいぶ下やもんな。ほんでどこで寝るんかなーって思ったらシートを下にひいてな、あんとき寒いときやったかな、そんな寒くなかったな。みんなで雑魚寝して寝たんや三人、四人くらいガーって。そしたらみんなたばこ吸ってるもんな。えらいのーみんな甲斐性あるなあっと思っとった。言えばくれるけど、ちょっと安もんの一〇〇円のたばこ、あれみどりか。わかばか。いや、金ないからそらしゃーない。だけどそのたばこの金をどないしてつくるかよ。

そら毎日食わないかんもん。最初寝るテントをつくらないかんでしょ。どないしてつくるかって材料ないからな。何もないやんか。工事現場いってなテントとかなとってくるんや。特大の。あれ買ってくるんちゃうで、とってくるんやで。だから、笑うかもしれんけど、テント生活、俺らもだいぶ慣れていろんなもん集まったけどな。

最初はテントこうしてな、でこれ、ならさないかんでしょ。そしたらな、工事現場かどっかからな、工事現場いって、そういう脚立みたいなあれたてる、あれもっていってな、柱両方たててな、ほいで縦に横にこうして、で、下に濡れるからな、湿気がくるから、ブロックって知ってる？　ブロックもってくるねん。また工事現場から。下が湿気てくるから。

寝るとこなかったらしゃーないわな。もう直にねれんから、ブロックのうえに。パネル、工事現場でひいとるでしょ。あれもまたもってくるんや。

――ちょっとずつちょっとずつやね（笑）

ちょっとあの、ガスコンロも買わないかんなって、ガスコンロはな粗大ごみってあったんや。いまは知らんで。そういうとこいってな、ガスコンロとか、古いやつやったら捨ててる人多いねん。そうそう服とかな、もう集まるとこがきまっとる。でも最初しらへんからな。で、最初毛布でもなんでもいいんや。もってこな寒いからな。布団でもな要らんとこだしてるんや。布団もってってくださいって。

伝票が、どこがどこがダーって書いてあんねん。（粗大ゴミを）出す日がきまっとる。西成区が何日、第一、三とか決まってるんや。それをな、もらいにいく、区役所いって、まあ近かったら天王寺かどっかしらんけど、いってもらってくるねん。それをみて今日は、まだ何もないときやで、あ今日はこういうとこに、教えてくれる人がおるからな。ここに拾いにいったらいいて。

で、毛布とか布団とか。持ってくる。自転車ないからな、自転車どうするかっていったら、しゃーないからちょっと失礼するしかない。で自転車も手に入れたしあとはもう持ってくるだけやった、そんでなんでも揃うようになったんや。布団に枕、持ってるやつもいる。俺も自分とこあるけどな。そしたら、衣類もだす日決まってるんや。で、そこいってな、ズボンとかでてるやろ、それをもってくるんや。で、だんだんだんだんして、テント生活二年経って。二年間な。

最初は金の収入がないからな、缶拾いみんなやっとるよ。あれは最初場所ないからな、町内をさがしながらこうやってごみのなかならみたりな、で、たとえちょっとでも集めてたばこ銭とかにな。んで、だんだん月日が建つと友だちもできるし場所もいれてくれるし。で、こういうとこ行くとあるぞって。で、そこ行くやろ。で、入って、ビルならマンションならマンション入っていって、守衛のやつに頼むわけ。「缶集めに来ましたけどいいですか」って、親切な人は取っていいけど後はきれいにしとってよーって。で、後にきれいにしとってもらったら、これからあんたにずっと出すようにいうから、ほかの人にはさせへんからって守衛いうてくれんねん。そのかわりいらんことも守衛の前でも掃くねんで。守衛所あるやろ?

——缶以外のところも?

掃除せないかん。そしたら守衛、やっぱり掃除しないで済むから、また来てよって。あんた以外もう断るからって、だんだん場所とって(増やして)いくねん。だから月曜はどこ火曜はどこ水曜日はどこって。雨降ってな、金があったらいいけど金がなかったとき、雨がジャンジャン降ってるとき一回行ったんや。ほんとに雨降りのときなんで俺がこんなって……。

朝はね五時くらいにでていく。大阪市やなくてほかのとこまでいくんや。俺、そやなー大阪市、外やったら門真市とかな、いや、ま、いろいろ大東市とかもあるわな。自転車で金がないからね。で、帰ってくるのが二時ごろ。昼の。回収いって、買う人がいるからそこへもっていってお金にかえるんだけど。

——どれくらいになるの？

そうやな一〇〇〇円前後やな。平均したらやで。

マンションとかやったら三〇キロは集まるね。三〇キロいうてもそのままにしてたらいっぱいになるで。あれを潰すのになまたこれもえらいんや。足が痛くなるくらい。で、こう静かにやらんかったらマンションに、俺らかて思うわ。一番上がいちばんうるさいなって思うけど。だから音をたてんようにな、じゃないと朝早ようからうるさいわっていう人もなかにはいるからね。すいませんって頭さげるよりべつに方法ない。すいませんって、これ集めますからたのんますって、やるのはええけどもうちょっと静かにせいやって。

なかには親切なおじいちゃんとかおばあちゃんとか腹減ったでしょーってああ、減りましたねってちょっとまっときよーっておにぎりひとつ持ってきてくれたりな。そのおばちゃんなんて、いっつも「おじさん」って言わんわな。「お兄ちゃん毎日ここきて顔だしや」って。

——結構理解ある人も多かった？

おるおる。なかにはな、そらー意地悪な人もおるしな。

で、最後になもう（ホームレスを）やめるときに、やめる前に夫婦の人がきたんや。結局不動産屋からなんか借金かなんかあったんやな。二、三〇〇万あったんやろ。ほいで逃げてきたんやーって、最初は言わへんで。そんな自分の身の上を。大変やねーって、テント作るときも俺も手伝うてもうたことあるから、いろいろしあって、で、そうなると親しくなってな。奥さんが、テントなんていややーっていうて、そんとき金は持っとったんやろな。金は少々持っとったんやと思うよ。ほいで、自分でマンションかアパートか知らんけど借りて。二人で。最初は旦那さんおったんやで。やけどやっぱり夫婦でおったほうがいいよね。そんで奥さんがかわったところへ自分もかわったんや。なんでかわったかいうと、仕事すんのにね、堅いとこてか、普通の仕事やったら住所きくやろ。住所どこですかって。まさか大阪市西成区、やなくて、なあ、公園とか、誰も住所とはおもわへんやん。ちょっと堅いとこやったら調べるからね。そんでその人が、矢根さん守衛のあれがあるから来んかって。その人が守衛しとるから、足らんから来てくれるかって、そこで守衛、警備員として働くようになった。約二年。

アルバイト。住所がないから、そこの奥さんの住所書かなしゃーない。なんやおたくさん、同居してますって言うたら、そうですかーって信用するがな。大の男が同居して、だけど住所ある以上はな。だからそのおかげでいろいろ警備員したよ。松下の警備員もしたし。

最初はな、最初は行き当たりばったり。警備って少しは経験があったらいいけど、あの自動車のコンクリの入れてくれとか、あーいいですよーて。それから社長がな、松下の仕事があるけど、ただ守衛室にな、結局二四時間辛抱できるかっちゅうから、だから朝八時からわーっと次の八時まで。

——すごいなー

いや、休憩はあるよ。夜中にな、まわらないかん。巡回しないかん。

だからその、あれを押すボタンを押す順序があるんや、いちばんとか三番とか順序があるんや。で、順序間違ったらなあれが鳴るんや。バーって非常ベルみたいな。そしたら警備会社に連絡はいるねん。こっちは知らんから出ていったらピカピカ、なんで光っとんねんって思ったら（笑）そしたらむこうの警備会社がなんかありましたかって、いや、なんもありませんって、あーそれはいいけど鳴ったもんできました。って、あ、順序があるの忘れててな、あーすいません、順序間違いました。そやな二回くらい押してた。あくる日な課長がよぶんや。ちょっと矢根さんあんた何回押したって（笑）。

そんでな、主任がなキャバレー好きで好きでたまらん人や。仕事終わったらな「矢根さん五〇〇〇円くらいある」「うん、ある」っていったら「今晩遊びにいこかー」って「どこいくのー」って俺も好きなんや。「梅田のキャバレーあるからあそこいこー」って「五〇〇〇円で足りるの」「馴染みがあるから大丈夫やー」って。で、キャバレー行くようになったんや。そこで女の子と親しくなってな。

その子、警備会社の知り合いやから信用しとるから、ツケなんぼでもききよんねん。で一回全額払ったんや。パッて。全額払ったんや。そしたらマネージャーも愛想良くなって毎日おるからあほみたいに。働いた金、マネージャーも来て「いつもお世話になってます。ありがとうございます。」ってこっちもま、得意気や（笑）で、今日は、「今日も頼むよ」って「はい、わかりましたー」って、ツケばっかりや。で、ツケがなんぼたまったんかな。そんで、ツケ貯めて松下辞めてまた飯場行くようになってん。

いや、辞めるときはどこの守衛やってたんかな。もう忘れてもうた。あ、そうや学校のな、行き帰りの子どものために立っとかないかん。子どもが交差点、こっちいったり、自動車あっちやったり。でも午前と午後やから二回、登下校やから。後は立っとかないかん。誰も車が勝手にくるんやから。ただあっちから来るやつを安全にせないかんけど、腰が痛くなってくる、足は痛くなってくる。だから、誰も立ってないとこ、楽なとこへ立っとったんや。こんな暇な仕事ないな、立っとってええんやから（と思っていた）。あの立っとくのがしんどいねん。かえって動くより立ってるほうがしんどい。

ほいである日、それまで俺はテント生活しとったからね。守衛しながらでも住所がある。それである日突然腰もなんも立たんでひっくりかえっとった。そいでこれはあかんなーと思って、どうにかこうにかテントまで帰って、晩、夜中になったらワーもうたまらんねん。

同じテント生活の人にな「悪いけど救急車よんでくれるかー」って。で、病院いったんや。それから、いちばん最後やけど、病院で。いまとちゃうからな。いろいろ転院させたりするからな。最初は〇〇〇病院かなんか……京橋にあるわ。衛生課かなんか忘れてもうた。そこの救急車で行って、京橋の近くやから、大阪城の近くやから。一ヵ月くらいそこにおったかな。

だから前の日「矢根さん」「なんですか」「あんた明日転院やで」「転院てどこいくんですか」「明日なったらわかるわ、転院する用意しとき」って。あくる日なったら、どこやったかな。ま、古い病院や。行く前にいったんや。事務員さん「矢根さんあそこは明日から行くところは食事がいいで、おいしいで」いうから「そうですか、お世話になりました。」で、友だちも「どこいくの」いうから、あそこやでいうたら「あ、あそこは飯のうまいとこやで」そんなこといわれて、あーそうかーっと思って。そこで三月おったんや。もう七〇歳以上やからな。病院は入ったときは。

うん。たぶん七〇やと思うよ。いまはそういう老人手当ない。老人手当。老人手当がちょっと高かったんや。

一万三千くらい多かったんやと思う。いまの七〇歳以下は、六九歳以下は、七〇歳は安かったんや。医療費とか。小遣いみたいなくれる。老人手当て。一万三千か四千くれよった。七〇歳以上やったらくれよったんや。病院入っとったらな、二万なんぼくれるんや。全部引かれたあとやで。支給額から、支給されるやろ。月なんぼって。生活保護。生活保護みたいなもん。みたいなもん毎月降りてくるんや。そしたらだから一万か二万円、毎月三万五千くらいくれるわけ。

だから、病院入ったら飯はタダ、飯はタダや、風呂もタダや。風呂はまあ、たまに行く。だから人間なんか食べたいなー思うやろ。そしたら近くにスーパーあるやろ。そこでパンとかコーヒーとか買ってくる。それをな部屋にあれがある、ヒーターっちゅうかパン焼きがある。で、魔法瓶がある。いつでもな、パン焼いてコーヒー飲んで。買ったんや。買わな誰がくれるの（笑）。買ったって知れとる。買ったって三〇〇〇円もあったら。で、ラーメン買ってきてな。パン買って。結構病院の生活も楽しいなって思っとって。

それで金、退院するときに少しは金残っとるわな。それで、持って夫婦のとこ行ったんや。あんたの金預かってるからって連絡あったから。

――倒れたときの？

うん。そのときの金が、会社からもうて、預かってるからーいうから取りにいった。そしたら十何万かあったかな。で、それありがとって、少しは礼あげないかんからな。なんか土産もってってな、お酒かなんか持ってった。そんで一万くらいこれ気持ちですーっていうて、ありがとうって、いつでも遊びにおいでやって。

で、あほやからな金をな、全部つこてもうたんや。全部。

——え、なんで？（笑）

そら好きなことにや（笑）な、で、さーどうしようかな、一〇〇〇円くらいでどないしよかなおもっとった。そうだそうだ京橋（大阪城）で炊き出しやってると。テント生活でも食べたことないけどな。京橋で炊き出しやってるわ、あそこで食べに行こうって思って。

——炊き出しはそれが初めてやったんや？

いや、炊き出しは西成でも食べたことあるよ。だけど、そらー炊き出しもあっち行ったりこっち行ったりな、食べとる。この近くや。だけど、そうやそうや京橋いったら、日にちがきまっとるやろ。京橋今日やっとるなあーと思ってな。京橋行ってん。で、ここの人間（福祉マンションの人）と会うて、「おたくさんいくつですか」「七〇ですよ」「あー七〇？　なんならうちに来ませんか？」って「どこですか」っていったら「（マンション名）」って、知らんよね。なんであんた保険（生活保護）はいらんみたいな、ね、なんで保険せん。全然そんなこと考えたことない。

——病院入ったときとかさ言われんかった？

言われん。まあー普通、お互い言うがな。こうやって終わったら保険ためーやとか、生活保護頼めとか、俺全然知らんかった。

――そういう話ならんかった?

みんな決まった決まったっちゅうからな、この人何決まっとんかなって。

――そんときはわからんかった?

うん。何が決まっとんかいな(と不思議だった)。もーあんま人としゃべんのも好きじゃないけど。いや、やっぱり近くのベッドの人とは話すよ。でも話すよ。今日は暑いねとか、深い意味であんまり付き合ってないからな。ほいで、生活保護って初めてここ来て初めて知ったんや。

――病院の看護士さんとか言わんかったんや

誰も言わへん。こっちから相談せなんと思うで。

――病院でてすぐやったん? こっち来たん?

金があって遊んでって言ったやろ。一ヵ月どころか一〇日もないよ。

――でもついとったね。すぐ声かけてもらえて

いまはな、ここいまは……、前の人は親切やった。いろいろな相談のってくれたりな。いや、こういうことがあ

るんやけど。あれや、サラ金から……バーっときたで。住所かえたんや。ここに住所いれたんや。ここの住所なっとるんや。二、三日せんうちにな、サラ金から武富士やったかな。こんだけありますどうしますかって。どうするっていったってなあーどうしようもないなって。事務員にきいたんや。これがこうでサラ金からきとんで、どうしたらいいですかねっていったらな、そんなんほっときなさいって。生活保護からとれんのやって、サラ金の金って。国から貰う金な。サラ金、ほっとったらいいわって。やっぱりほっとってもなんともない。

前の人はそんぐらい。前の人と（いまは）やり方が全然違う。うん。ま、その頃はまだここがそんなおっきくなかったからね。三つくらいやったと思う。ただやってるってだけやないんや。こういうことしました、こういうああいうことしました、ただ表面上そういうことしてもやり方がいろいろあるやろ。いまここでな水炊きとかいろいろやってくれる人おらんわ。

（前はいろいろ）やってくれた。誕生日会とかね、クリスマスとか、冬の寒いときなんか水炊きとか。（みんなで）食べたよ。でもみんながな、事務所の人がな、いろいろと、その女の子、責任者みたいな人がいる。その人は仕事せんから、だからここのこれと馬が合わんわな。ここはこれはこっちやろ？

――ん？？

その女の人は自分の金じゃないからできるかどうか知らんけどパッパ、パッパやってくれんねん。誕生日会でもすごかったけどな。いまの誕生日会やろうとも言わん。

ま、…もう七年になるかな。

――ここ（福祉マンション）入ったときどうおもった？

いや、正直な話ねホッとしたよ。これで畳の上に寝れると。テレビもあるし冷蔵庫もあるし、そんときも冷蔵庫は、テレビは、ま、それだけでもいいなーって最初のうちは思ったんや。人間てな、最初忘れるべからずか。だんだん慣れてくるとなだんだん、思いがでてくるわな。

――欲が出てくる？

ましてや支給額が減ってきてるやろ。前はね、全額八万なんぼ残っとったんや。いま七万あるかないかやもんな。で、ほかに電気代とか引かれるやろ？

――電気代とか、でも、家賃は別よね？　七万のなかから

いや、十一万か十二万か、忘れてもうた。十一万は貰っとる。

――そのなかから何が引かれていくの？

家賃代四万五千円。四万二千。食事代は引かれへん。ここで食べへんもん。自分で食べる。俺ここで、来たと

きは食べたで、金がないから。

いや、食べる人もおるで。一〇人はおるやろ。でもやっぱりそんな食べるんやったらお金払って食べるんやったら、(外で)食べたいがな。自分の金のある範囲やで。だから、どっかいって、ワーってやったらすぐなくなる。

――生活はゆとりある? そのお金。きつい?

そらきついよ。人間ね、何もせずに食うて、な、たばこ吸うて、寝とるんやったらなこんな退屈なもんないで。出ていったら金いるんや。間違いなく金使うんやから。

――ほんまに楽しく生き、生活したいって思ったらもっとお金いるってことやんね

その人の使い方によるだろうけどな。俺なんかたばこ三〇〇円やろ。コーヒーも飲みたいしな。ほいで食事もする。最低一〇〇〇円はいる。最低やで。ほかにもいろいろあるやん。洗濯代とかクリーニング代とか。たまには映画観に行こうかとか。俺最近映画とかみたことないけど。だから考えたらなもうギチギチやな。ギチギチ。いっぱいいっぱい。いらんことせんでよ。いらんことしたら足りるわけない。

そういう好きな人が、好きな人が多いんや。西成にはそういう賭け事が好きな人が多い。……だから飲み屋っていうのは流行るんやけど。だからさっきのTさんみたいに生活したらできるよ、金も。一〇〇円で二〇〇円で食事済まそうかなって。それでも二〇〇円そんなん、やっぱり五〇〇円の、俺はやで。で、たばこ買うやん。それで八〇〇円。そしたらやっぱりコーヒーも飲みたいわな。それで一〇〇〇円こすやん。

まあーどうやろうな。俺はギリギリからアップアップしとる。月末になったら、二〇日過ぎたらアップアップしとる。……また今月じゅう、二五日になったら入れるやろ、二五か二六日なんやけど、一月三一日までが長いんだ。みんな言うとう。

——お年玉みたいなんでるんちゃうの？　お餅代やったかな？　なんかきいたよ

もうもろたがな。先月十一月に。

——あ、そうなん？　結構貰えるんじゃないん？

一万三千なんぼや。

——結構いいやん

そら貰ったときはいいわ。ちょっと多いわって。もろたらようけもろた感じしたら、使うやろ。

——使っちゃった（笑）

うん。

——いまは生活、不安とか不満とかある？

不安はある。不満はな……。まー生活な、考えて、極端に言えば一日一〇〇〇円で三万やから、あと三万はのこるんやから、何もせずに。残り三万をどうするかや。どう使うかや。それは本人の、ギャンブル好きな人はギャンブルするやろうし、パチンコみたいな好きな人はパチンコするだろうし、な、だから使い方による。残り三万でな、三万でどないして……いろいろな使い方する人がいる。

——不安ってどんなん?

そら健康状態や。たばこやめないかんっていわれとんで。たばこな、あんたそろそろ控えなあかんよって、膜がでとるよって。

——危険や。やめてや。倒れんといてや（笑）

いや、倒れんけど、たばこ吸わんと俺はイライラしとんねん。一人でわしな、こう部屋でおるやろ、たばこ吸うやろ。なんか水かコーヒーか飲むやろ、コーヒー一杯飲むのに三本くらい吸うもん。まだ死なんと思っとるもん。Mさん知らんの? 知っとるやろ? あんた知らんか。会うてないかな。あの人は、たばこ吸うたら死ぬっていわれとるからな。だから人間いつになっても死にとうないんやもん。七〇は七〇、まだ大丈夫。健康のためにやめた人、前ここにおったSさんなんかな、ひっくりかえるくらい悪かったんやで。びっくりするで突然、バーンってひっくり返る。病院連れてってな。で、あなたたばこやめなさいっていわれて、自分であこれ吸うたら命ないなーってやめたんや。自分の意思ちゃうで、命ほしいから。

Tさんもそうや。救急車で点滴うってもらってな、ワーっと、点滴もあれ早くうってもらうと心臓にくんねんて。そんで自転車で帰るときひっくり返って。いつも行きつけのところでワー倒れとる。で、病院連れていかれてたばこやめなさいって言われて、そらたばこやめるわな。あんたはまだ、何とか膜が薄くかかっとるから気をつけなさいよって、命ありませんよって言われてないから吸うとる。

俺だいぶ体弱くなっとるのはまちがいないで。だいぶ口がろれつが回らなくなったもん。俺ら体だいぶ弱くなってるな。来たときは七〇でもソフトボールしよったんやもんな。ここでな、ソフトボールなんか行きよったんんや。走ったり踊ったりしとったんよ。ようやったんやで。ようやっとったんやけど、みんな体、歳とともに体弱くなって解散してもうたんや。

いや、前は福祉マンションだけでやっとったんや。九人なら九人な。そしたら他んとこからもやらせえやってきよったんや。もうなあ、やっぱり他から入ったらおもろないな。やっぱり同じマンションじゃないと、どんな人かわからんやん。

昔の人はよう同窓会結構やってたみたいやけどな。

——いまでもあります？

さあ、いまは俺が行方不明になっとんのに（笑）親とも連絡とれない。親死んでもうておらへんのに、親死んだってききもせんし。

——知らなかったんですか？

もう、年齢考えたら死んでる、間違いない。もう一〇〇歳以上やったらもう、もー。で、兄貴も一番上の兄貴も、病気がちゃったからな、たぶん兄貴ももう。戸籍がどうか、抹消されてると思うよ。俺は戸籍謄本と抄本と違うからな。

——親の死に目にはおうてない？

おうてない。誰にもおうてない。戸籍謄本みたことない。謄本がどっちか全部書いたやつか？　抄本が、…謄本と抄本とあるやん。謄本が全部やろ。それを俺は書いてあんねんで。

——なんで連絡とらなくなったんですか？

俺みたいにフラフラしとったらできひんがな。九州に引き揚げてからな、また浮浪の生活、今日は福岡、明日は神戸、ちゃう大阪、手紙出すねん。元気にやってますって書くやん。宮城県やったら宮城つくやろ、遊びに行くやろ。遊びってうろうろしてるんやけど、で、そっからな親父に手紙出す。はがき。「今日は福岡って、なんだあいつは」って、昨日はどっかおったなって。毎日かわるねやから手紙が。

——そうなんや。そんなにあっちこっちいってたん？

行ってた。もう浮浪者みたいなもんや。

――親が福岡行ったとき？

福岡おるときな。

――でも、福岡行ったときおじさんの紹介で兄弟で働いてたんでしょ？

いや、それまでにな、引き揚げてそういう生活してるあいだに、手紙だけわたしとった。

――おじさんに紹介してもらったとこは正社員やった？

あれは正社員やで。下請けちゃうよ。

――次が下請けか。会社はいろうとは思わんかった？

いや、九州製菓とかな、ああいうとこは下請けってやっぱり社員として入っとんやからな。全部が全部あれちゃうで。だから大きいとこは全部正社員で入っとるわ。

――じゃそのとき年金とか払ってなかったん？

なんで払うねん。一回かわるでしょ。そしたら年金がすぐくるわな。納めてくださいって国民年金がいくらいくら。そんときはほろたわ。来たときは。区役所、市役所、町役場にもってかないかん。だから、年金帳みたら一回分くらいしか入ってないと思うよ。

——じゃ、飯場行きだした頃とか不安とかなかった？

ようあるでーやっぱりな。飯場行って働くでしょ。もしけがでもしたらね、これ、誰に扶養してもらうんかなーって思ったときあるけど。だから、けがしたりするとな元請のな、大林なら大林、そらくれると思うで。やっぱり。それはなお見舞いとしてくれるとは知らんけども、正式なことはしてくれんと思うな。いろいろな。うん、労災とかな。いや、労災なんかはだから、ま、労災はあるけどもな。労災って一時金みたいなもんちゃう。ま、けがしたらけがの程度によって五〇万とか二〇万とか、あくまでも労災で基準が払わなしゃーない。払わなしゃーない大手は。

俺の知っとる人な指切ってな、労災、けがして、わざとやで。仕事場行って指切るバーンって。こんな人差し指おとした、自分でやるねやからな。

——なんで？

金がほしいからや。

——えー後困るやん？

え？（笑）後困るやんて。それは流行ったたん、一時は。小指、小指がいちばん。小指がいちばん高い。小指でなんでもやるやん。物を握るのでも小指から。あとはこうそえとるだけ。そういう人がよう、俺、自分で落とした人知ってるもん。金がまとまって入るでしょ。たとえ一〇〇万でも。五〇万かどうかしらんけど。小指で三〇〇万くらい入る。

俺知ってるのはな、自動車んとこ、こう大きな鉄板切ったりするやろ。あれな、前は一人だけやったんや。いまは二人なっとるけどな。だから、けがしようと思ったらな、そこ行ってパーンって切ったらスパーンって切れてまう指の四本、三本くらい。俺そんな現場みたことあるけどな、ウワーって思うわ。そら痛いと思うよ。もう自分で、承知でやっとんやから。不意でポーってやったら別やで。それでも痛いのに。

——矢根さん子どもは？

種無しなのになに（笑）ほんとやって。

——じゃあ、子どもおらんかった？

おらん。俺わりとな、ああいうことにたいして無頓着。

——じゃ奥さんと二人やったんや

俺な、ああいうこと嫌いでな、無頓着。こんなことといったら悪いけどな……やめんといかん。

――結婚暦もそんな長くなかった？

いや、四年くらいしたよ。だから、無頓着いうかそんなこと好きじゃないほうやからな。

――なんで？（笑）飛田みたいなとこ行ったりしとったのに？

またそれとは違うがな。毎日同じの見とって飽きるで（笑）。

――そうなんや（笑）結婚生活どうやった？

風呂沸かしてな。飯作って待ってて食えるからな。そんなこと一人じゃできひんやろ。風呂沸かして、飯作って仕事いったりせーへん。だから、部屋の明るさだけでもああ家帰ったんやなあって思う。家からの光がついとるやろ。やっぱりええもんやなーって思った。

――じゃ、借金したとき家帰りたいとか思わんかった？

家帰ろうとかな、そんな気持ちあったらでてけーへん。もうさっぱり、向こうが縁切ったかわからんで。そのかわり電話かかってきたらしいわ、兄貴んとこにな。

――ああ、そう？　どうしてるって？

うちの人いってませんかって。電話くらい。

――そらいくわ、なんでそれは知った?

いや、兄貴がいうもん。お前電話かかってきたぞって。兄貴は知っとるから、出てきたこと。いや、兄貴は連絡て、大阪におったからな。旭区におったんや。そこでアパートに住んどったんや。ほいで、前からもうそこにおるって知っとるからな。俺の嫁さんとか知っとるから、俺が帰らんから行ってませんかっていって、お前どないしたんやっていうから、いやいやなにもないわって。

――言わんかったん?

うん。出てきたとも言わんから、なんか用事あったんちゃうかぐらい言うわな。いやー別れて出てきたんやとは言えんやったな。

――大阪出てきてお兄さんとこ行ったりせんかった?

俺? 行ったよ。大正鉄筋、鉄鋼か。あるでしょ? 旭区に。鉄鋼つくるとこな。そのとき働いとるときはしょっちゅう兄貴んとこ行ったで。帰りがけ。遊びに。

――お兄さんも結婚してたん?

兄貴もう、いや、死んだんや。嫁はんは。だから男ってな、嫁はん死ぬとな、ガックリなるんやで。こんなになるんかなと思ったもん。元気あったのにな、嫁はんが死んだらな、ガックリ。それから何もする気なくなったんやろ。仕事は、ま、兄貴はしよったで。あの、あそこの魚市場あるでしょ。あそこで働いとったで、ずーっと。警備員で。真面目に働いとったで。だけど、帰ってきたら寂しいからやっぱりお酒飲むようになるんやな。で、たまにいくやろ。なんか忘れてへんかって、何やーいうたら、お酒って、お酒ってお前いま飲んどんちゃうかーっていったら、いや、もうちょっとほしいって（笑）。

俺？　俺はね、そんなに飲まへん。カップ一杯あったらいい。ワンカップあったらね。俺はそんなスナック行ったって飲まへんで。ボトルいくやろ。で、キープするやろ。俺は一杯か二杯飲んだと思うよ。そしたらあくる日行くやろ。昨日のやつあるやろって、何言ってんのあんた全部飲んだやん、俺飲んだ覚えないぞって（笑）。そんな言わんと飲んだやんあんた寝とったからべろべろに。そんなことないやろと思うんやけど、そういわれたらそうかいなって。しゃーないなーって。そのママがな、財前直美にそっくりなんや。

毎日のようにな、あそこやなくて旭区じゃなくて京橋の、なんていう……、そこに一〇〇軒くらいスナックがある。こまい店やけどな。お客のとりあい。だから、ツケはなかったからな、そこは。きれいな女の子おったな。仕事終わったら毎日いきよったんや。

雨降ろうが雪降ろうが毎日いったんやけど、やっぱり客と一緒になってるねん。なんで一緒になったか知らんけど。その人旦那さんがおるねん。で、旦那さんきたら隠れるねんパーっとな（笑）誰かいなって、「いや、もー」っていうから（笑）なんでやーっていったら、カウンターのむこうで座っとるねん、わからんよに。

いろいろなことあったで。キャバレーでも指名してる女の子変えるやろ。そして、ある日変えるやろ、そしたらやきもちやくねん。今晩遅うまでおってって、だいたいわかるわ。こいつこんなこと考えとんやなって。そしたら必ずホテル連れていきよるわ。

俺もいろいろあった。俺の人生。ばかな生活しとるわ。今頃おじいちゃんで孫なんぞおったやろけど、上手くいけばやで。俺なんかでたらめな生活しとるで、人にきけばな。孫もおったろうなーって思うときもあるよ。

――奥さん会いたくない？

会いたくないって……。べつにそうやなー。会いたい……会ったらなんかしらん悪いような気するしな。それこそ再婚しとるかもわからんで。それこそな、金沢でな働いとるときな、俺の職場の人の紹介で、知りおうた女の子おるんじゃ。結婚しようい いよったんや。（結婚した女性とは）また別やで。

俺金沢黙って飛び出したときあるやろ、あとで電話したんや。ちょうど（その女性が）結婚（する）日や。あんた何してたんって言われたもん。ああそうかー悪いって言っといてなーって。結婚日やて、結婚日にわざわざ電話したんかなーって思って（笑）。

――その人の結婚の日と矢根さんの飛び出した日が一緒の日なん？（笑）

電話した日が一緒や（笑）名前なんちゅうか忘れてもうた。親に紹介してな一緒になるようになっとったんや。金沢でな。そんで俺が飛び出したからな。元気ですかーって言ったら、何言ってんのあんた。結婚する日よって、何しに電話したんって言われた俺。悪かった悪かったって。俺そういうことが仰山あるんや。途中でみてパッと逃げてまうんや。もうめんどくさいというかな。

――なんでそれはめんどくさいって思うん?

結婚するのがな自由ができんやろ自由が。自分が遊びたいときに遊ぶと。旅行したいときに行ける。そうはいかんやん。金もおさめないかんし、入れないかんし。

――でも一緒に旅行行ったりして楽しんでたんじゃないの?

そういうこともあるねやけど、ある日突然かわるねん気持ちが。なんで俺はこんな女と暮らさないかんのか。

――でも、それよりさ飯場行ったりテント生活してたほうがしんどくなかった?

そら対人関係難しいよ。あれ簡単にみえてワーワーいっとるんじゃない。俺が、警備員でテントから通勤しよったん知っとるからな。仕事行ってるって。毎朝着替えて同じ時間に起きて同じ時間ぐらい帰ってくるやろ。ああ何か仕事してるかなって。

――やきもちでもやかれるの?

そらー働いてるから酒の一杯でも買ってこいって。はっきり言うよ。給料日やなーって、なんでーって、もうすぐ給料日やろー頼むでって。給料日そら、酒の二本くらい持っていかないかん一升瓶で。

――みんなでそれわけて？

飲むんやけど、でないと、あいつケチ臭いと。俺が仕事行ってるあいだに、あいつのテント焼いてまえって言う。ほんとやで。それ焼いとるときもみたしな。

――え？　ほんまに焼かれた人いんの？

おるよ。それだけで、あいつ付き合い悪いとか。たまには小遣いでもくれへんかって、働いてんのにって。あいつ火つけたろかって。

だからテント生活はなー、うまいことやっとんや、付き合いを。火つけられたりな。夜中に何されるかわからん。俺もいろいろな経験したけど、テント生活で。大阪城公園な夜、ブァーって歩くやろ。いろいろなことがある。……おもろいこともあるけどな、たいがい八割までおもろない。毎日がどないして生活しようか、どないして食事しようかって。だから泥棒したこともあるし、スーパー行って物とってきたりな。一人ちゃうで、みんなでいって三人くらいでいってな。いまはもうあれやけど、前はなそういうな、食べ物をな、外につんどったんや。そこだけかしらんで。三人で真ん中が台車おしとるやろ、その上にパーっとのせて、米とったりなラーメンとったりな。

――でも炊き出しとかあったでしょ？　そんなことせんでも

いや、ま炊き出し行く、俺なんかそんな炊き出しなんかめったにいかへんもん。それまで行ったことない。ある程度な、かっこ悪いとかな、俺とかすぐ思うんや。（釜ヶ崎の）三角公園でも行って食べたらええで。かっこ悪いって。知った人が通ったらかっこ悪いってまだ見栄があるんだ。

だからみんな一回、ここにおった人と一緒に行ったんや。もうて食べようたら途中でな、人が見てるのかっこ悪い、やめたんや。……こう並ぶっちゅうのがな、やっぱ俺、やっぱ弱い。許せんねん。並んでまで食わんでいいと。ただ、座ってよ、あそこにキリスト教あるやろあっこに。交差点に。パンをもらうために三時間くらいな神父さんの話きいたこともあるわ。そら神父さんの話きいてへんで。はよせんかなーって（笑）。食いたいのにな。

だから毎週同じ日になおにぎりとかな、味噌汁でもええわ、なんでも持ってくる人がおるとするで。あ、今晩はあそこで、味噌汁とかおにぎり持ってきてくれる。そしたら時間的にまっとかなしゃーない。物とってまで食おうとは思わんからなそんとき。スーパー行ってなんでも持って来たらいいんだけど、そういう……ま、悪いちゅうんかな、ならんけどな、だから、どうしても炊き出しとかいかなしゃーない。

だから助かっとるねんで、俺が生活の上でな、そういうことも、なんちゅうか、助かったときもあるよ。だから炊き出しやとかなんじゃとか俺はどうもない。並んでるとこ歩くとな、自分がみじめになるのか相手がみじめになるのか知らんけど、なんかしら悪いような気がしてな。なんかなー。人によって炊き出しいろいろあるからな。ただ自然に歩いとるのがこっちをみてな、こう、小ばかにしてるように、ま、俺はどっちにもとらんけど。だから、まあ、テント生活も人生のうちの話のひとつになっててていいなーと。ただ、電気街あの（日本橋の商店街の）なかでな、みんな結構寝とるらしいけどここの人もな。自然に顔あうとな、もの言う、親しくなるやろ。今日は寒いねーとか暑いねーとか。やっぱなんかあったら食べるかーって。俺も最初貰うたもん。ハンバーガーな、ハンバーガーいいものくれるなーって思った。そしたらおじちゃん、お兄ちゃんか、なんかおっちゃんが、食べるかって、いや食べるかってそんな、って言ったら仰山あるからって三つくらいくれるんや。この人どっからもらってくるねんって、いまハンバーガーショップは、前はダーってその日の売れ残りが。それをな出すの待ってな、みんなでとりにいきよったんや。あれは衛生局から文句いわれたんや。また近所の人からな朝からみんなうろうろしてな、風紀上よくないとか衛生上よくないとかな。ハンバーガーとりに行くのワーっととりにいったもん。俺も行ったもん。テントにいるときじゃなくて、ここに、(あいりん労働福祉)センターいるとき。センターでな。センターでな浮浪生活してるとき。うろうろしとるとき。だから、ある程度センターの上でも寝たことあるし。たいがいのことやっとるわ。

シェルターも行ったよ。あれはいかん。寒いでーあそこも。駅の構内で寝たこともあるもん。あの、終電が出るでしょ。お客さん降りて終わるやろ。その後自分の場所だけな、寝るとこ、毛布とかダンボールひいて、寝るわけよ。そしたら晩になったらな、神父さんとかあんなんくるんや。大丈夫ですか、体、味噌汁ですけど飲んでくださいとか、おにぎりですけど食べてくださいとか。

――そういう配ってくれはるの嬉しかった?

そら嬉しいよ。ありがとーって。なかにはテント生活しとってな、若いおねえちゃんがな、おじちゃん悪いけどこれ食べてくれる? いうやろー、「食べてくれる」ってそんなもん、いや、私ね、お米炊きすぎて余ってんのって言うから、ああーこういうふうに遠慮する、相手に……なんちゅうかな、もうばかにするようなこともいわずにやってくれよんやなーって。おーありがとうって。

いろんな人が、弁当持ってくる人もおるし、そうかと思ったら布団まで持ってくる人もおるしな。布団とか服なんかな。これ好きなだけとってって。テントやからなんぼでも入るねん。で好きなんとってーって、そんな仰山あほみたいに遠慮して二つくらいとるやろ、自分のぬくそうなやつだけ。あれはな、あれ考えてみるとそういう、なんかしらんけど、そういうとこの人がやってんのかなーと思う。

——若い子が来るのってどう？ 嬉しかった？ 嫌やった？

いや、ただ、おにぎり持って来る人がおればええわけよ。若い子だろうが、お兄さんだろうかおばあさんだろうが、自分の食事、だから、その人だけ知ってるよ。他の人来ても忘れとるわ。いや、声かけてな、中途半端に声かけてもだめや。元気で気をつけてくださいよって。いらんこと眠たいのに起こしやがってってな。

まあなあ……野宿してる人も大変やと思う。俺が大変やったから。寝床さがすだけでも毎晩大変やもん。決まってたらいいで。決まってなかった。まだ初めはわからへんがな。ダンボール持ってうろうろせないかんがな。毛布なんて重とうて持って歩けんやろ。冬なら別として。最初知らんから、ダンボールひとつ持って箱持って、どっか軒下のとこで横になって寝ると。

——初めて外で寝たときしまったーとかおもわへんかった？

俺初めて寝たときどこで寝たか覚えてへん（笑）。どこがはじめてかな。あちこちあるから。いまでもありがたさっちゅうの？ お金のありがたさっちゅうの全然思わへんもん。どっかで一生懸命汗かいて働いてきた金やと大事に使わないかんと思わへん。なかったらまた働きにいけばいいんやと。そういうな金の使い道ほんとに下手くそ。もっと使い道上手やったらもうちょっとましな生活しとると思う。この金なくなったら明日から困るって思うでしょ。たいがいの人がやめとこって思うでしょ。俺らはそう思わへん。明日は明日の風じゃ。これでお金なくなったらやめないかんな、パチンコでも一万円持ってきたと、一万円使ってもうやめたらええんや。あ、また部屋に二万くらい残っとると。そんならまた持ってくる。そういう金のありがたさって、ほんとに思ったことないな今まで。あーありがたいなって。

子どもんときからそうやもんな。だいたい。（満州から引き揚げるときに）親がくれて大事にしとけって一〇〇〇円札も使うんやもん。これは俺のためにくれたお金やから考えないかんって。やからそういう生活、性格っていうのは、生活やなくて性格がな、俺をこんなに、ま、十分わかっとんやけどな直らんな。

今日は一〇〇〇円でいこって思うでしょ。生活保護もろた、計画は立てるわ。一応は。そしたらあと三万くらい残ると、な、三万円のうち一万円でも貯金して貯めて、一年したら十二万あんねやからと思うけど、その一万が残らへんねん。そら一万残そうと思えばできるよ。ばかな金つかわんかったら。俺一〇〇円のなスーパー行って、おにぎりでもラーメンでも買ってきて、そらたまにはするけどな。やっぱり一杯飲みたいなーとか、なあ。

これ使ったら明日予定へるなーっと思っても使ってまう。ある程度毎日の生活予定立ててな、月一日一二〇〇円ってたてたらそら、残るよ。考えてみたら三万六千するねやから。そしたらたばこついて四万六千、月に一万ずつ残ってないかんねん。俺が金ないときはしかめっ面しとるらしいで。こうやって。で、ええ顔のときはね、あ矢根さん金持ってるなーって、

――わかる？（笑）

らしいな。

――お金なくなったときな、お兄さんに頼ろうとかならんかった？

前？　前はよう兄貴、野田の斎場、福島のとこから、な、この道まっすぐいったとこやな。棚橋石材って知ってる？　まー知らんわな。そういう石材屋があったんや。

大阪におるときに、兄貴が大阪に来てそこの、そこで働いとったんや。番頭みたいなんをしとったんやって。金のだしいれはある程度、あるやろ。で、まーなあ、よう俺小遣いせびりに。電話かけたら兄貴ーって、そしたら向こうもおーお前かわかったーって、いつもんとこで待っとけって、仰山はできひんぞーって。ようせびったもん。

――そっか（笑）みんな、じゃーこっちでよう会ってたんや？

そうそう、まだ前は十五年くらい前はね。いまはもう兄貴も……。

だけど、俺子どもたちな、よう子守したんや。

――誰の？

いとこの。いとこの子ども。背中に乗せて。満州寒いからな。はんてん。着て。あきこっちゅうねん。いま広島おるわ。いま会ったら声もかけへん。
いつまでおったんかな。結婚するまでおった。妹がな、北九州の県庁勤めとった。

――え？　妹？

いや、いとこと。いとこみたいやけど、まあー養女にもらったからな。

――え？　養女？　養子の人もいたんやろ？　お兄さん

養子、あ、養子もおったな。下から二番めな。養子いうたら四人やで男の子。いつも兄弟でいじめとったんや。上から三番め、下から二番め。養子でもらったんや。ほいで、養女にいとこの、あの、いとこでな、なんちゅう名前やったかな。いとこの、子どもが養女もらったんや、男ばっかりやったから。養女でもな、俺来たとき一生懸命、妹やもん、初めてやもん。女の子。大事にせーって。やけど俺がこんなんやから、県庁勤めとって広島に行って広島で結婚して、どんな人かしらんで。で、あっちこっちおるわけ、いとこが、はとこが。おるんやけど、ま、音信不通。かえってそのほうがええんちゃうかと。

――なんで？

しらんほうがええと思うけど。あいつはあんなとこおるで。西成いうとこおるで。ということ知らんほうがええんちゃうか。連絡しようと思ったらどっかで連絡、できんことないけどな。だから戸籍謄本みたら載っとんやから、住所。で、わかるけどな、かえってしてな、迷惑、兄さんって、いったかな。お兄ちゃんお兄ちゃんてかわいかったみたい。俺もあほやからいっつも買って食べよーってやったって。だんだん、だんだんこないでーって言われるようになったで。俺がお前にばかなことばっかりするから。もう兄ちゃんこないでって（笑）。

まあなあ。人生も長い。な、ここに住んどる人もいろいろな人生過ごしてきたと思うよ。人の家庭みたいには、子ども産んで生まれて親になってな、就職して、これが普通の家庭やけど、ここで生活してる人どこで、いろいろな生活してここにたどり着くのもおるし。

いろんな人が集まってな。自分の意見いうたらもめるからお互いにだまってな。陰ではわーわー言うとるけど。本人向かってけんかしたらいかんから。ある程度の我慢やね。お互いの対人。ましてやあんな狭いとこ、三畳の部屋で寝とったらそら、隣がワーワー言うたらうるさくてたまらんで。だけどそれでもやっぱりな、言うたらしまいやから、けんかしたらイヤやから。できるだけ静かにしてくれよーぐらい言うわな。

だから一般家庭なんかよりかは、こういう人の生活が波乱万丈やと思う。みんなお互いに。それだけのことがあってな。死ぬときも誰にみとるわけでもなく、一人でひそかにな、楽でスッと死にゃいいけど、苦しんで苦しんだあげくならな。前はね、（住んでる福祉マンションでも）なんとなしに何時にどこで誰が亡くなりました、葬式します、っていったんや。最近そういうことひとつもいわん。誰がいつ死んだ、誰がどこにおるか。前はよかったよ。〇〇さんが具合悪くて部屋で苦しんでるって、すぐ連絡とりよった、いまは全然そういうことできひんもん。

ま、ヘルパーも金がな、それ以上やる、今まで五万のところ四万くらいへらされてやっとんやからな。増えたらええで、増えたらええけど減るからな。で、人数もへらすやろ。ヘルパーもみたくても時間がないから。自分の限られた時間でやるねやから。みんなに対するあたりも強くなるわな、忙しかったら。前のヘルパーは親切やった。前は十何人おったんや。十五人くらい。若いおねえさんばっかり。みんなワーワーいうて、いまはおばあさんばっかり。

――なんでお兄さんたちと連絡とらんかったん?

いやもうなあー、兄貴は病院はいっとったんや。一番上のな。病院入って、なんかな……年金かなんかもらってるよ。ほいで旭区、やなくて、旭区になるんか。俺があそこの、鉄工所で働いてるときに俺、給料日に金もらって、兄貴のところに寄ればよかったんやけど、そのますーっと帰ってきて、あんときなんぼあったか……給料だいぶあったんやけど、それを兄貴が、ああ今日は給料日や明日は給料日やいいよったから、兄貴もうたで給料日こんだけあったって言いやよかったんやけど、黙って帰ってここ(釜ヶ崎)へきよったんや。……俺も考えてみたら大馬鹿もんで、いろいろなこと多い。人にも理解できないようなことしてみたりな。

(長男は病院に)おったんやけど、それからおうてないやろ。だからたぶん死んでると思うな。で、二番めの兄貴は言ったように突然行方不明。こっちも行方不明やから(笑)当然やで。で、三番めの養子の兄貴は福岡県でな、福岡の、あれ、なに、嫁さん貰ろて、同じ会社の行員の娘さんと一緒になって、ちょっとまーこんな若い嫁はんでも俺が行ったら難しい顔するで。またきよったこのおやじ(笑)。

三番めの兄貴は福岡県で、造船所の工員の娘と一緒になりよった。ほいで家が農家やから農家で嫁はんと一緒に生活しとったんや。福岡でよ。俺が行くとな。それから昔から、それから全然会ってないから。血がつながってないから。ただ嫁さん貰ったんやから。養子の兄貴の嫁さんが難しい顔する。それだけでも俺イヤやから、うっとうしいから、何しにきたんやっちゅうな。俺金くれって一言もいったことないで。だから二番めと一番めの兄貴は血が繋がってるからな。兄貴ちょっと小遣いくれやーって向こうも弟思うから自分の、ま、無駄遣いすんなよってくれたりするからな。

――それはいつの話？　大阪いるとき？

大阪にいるとき。大阪に、兄貴も、いや、親父もきよったんやで。俺んとこ尋ねてな。一番上の兄貴が俺がどこに住んでるかわかってるから。ここにおると、俺がここに住んでると、一番上の兄貴には俺いうとるから。ここにすんどるとわかっとるから。親父がなんかのときに、大阪にきたときに会いたいと言うて、兄貴が連れてきたんや。そんで親父、ああー無事に、元気にやっとるなーって二、三日泊まって帰ったんや。

――一番上のお兄さんは病院入りはったんや

うん。

――それから会ってないんや

会ってない。だからみんな一番上だけじゃなくて生きてるか死んでるか。一番上の兄貴は死んでるの間違いないけどな。

――体悪くしてたし？

うん。二番めの兄貴も七〇、いま三か。八〇歳。ひょっとしたら元気でおるかいなーと思ったり、ひょっとしたら老人ホームでも入ってるかなーと思ったり。ま、お互いに連絡ないのがいいのか、いうやろ昔から。（便りがないのは）元気な証拠。みんな知らんけど、俺自分のことで精一杯やもん。

――ちゃう、だから、だれか家族に頼ろうと思わんかったんかなって。野宿することになったときとかさ

思わん。いやいや、そのときには兄貴とも連絡ないし。一番上の兄貴とも連絡してないし。

――なんで連絡せんかったん？

立場ちゃう。好きなことやってな、好きな生活してな、野宿するからちょっと頼むわなってそんなこと。言えん。兄貴にも俺隠したよ。どないしてんねやって、野宿しとるとは言えへんで。

そんなときどうしようかって、いろいろ調べたらわかるけど。戸籍謄本とかいろいろ調べたら。……今でも…大阪に俺のほかにはおらんのかなー。

あとがき

　ひとの生活史というものは、なぜこんなに面白いのだろう、と思います。それが偉いひとやすぐれた業績をあげたひと、あるいはかわった経験の持ち主やすばらしい才能にめぐまれたひとでなくても、ひとの人生の語りというものは、ほんとうに興味深く、読み手を飽きさせません。

　私はあまりひとと喋るのが得意ではないので、実は、調査や取材でだれかにインタビューすることは、苦痛でさえあるときがあります。でも、緊張や不安をのりこえて、人びとのさまざまな語りに耳を傾けていると、やはりこの仕事をやっていてよかったと思います。

　私はこれまで何百人もの人びとにお会いして、生活史を聞いてきました。実際に直接、具体的な個人に会って話を聞き続ける、という調査は、しんどいことですが、それにしてもたくさんの人びとに、これまで出会ってきたな、と思います。

　その出会い方は、いろいろです。たとえば、本書に登場する、シングルマザーのよしのさんは、大阪と盛岡をむすぶ一本の電話線でつながっただけで、お名前もお顔も、永遠にわかりません。しかし、シングルマザーとしてのよしのさんと、風俗嬢としてのよしのさんの生活の、両方を同時に聞いたのは、世界で私だけだったでしょう。それは、あるひとりの女性の、身近な家族にさえ知られない生活史だったのです。おそらくそれは、名前も顔もわからないからこそ可能になったのです。

＊＊＊

しかし、なかには、「出会うことができなかった」方もいます。

＊＊＊

本書に登場する「西成のおっちゃん」――とりあえず「屋根」にひっかけて「矢根さん」としましたが――と、私は、出会うことができませんでした。

「矢根さん」をインタビューしたのは、まえがきでも書きましたが、当時の私のゼミ生でした。彼女は、釜ヶ崎の公園での炊き出しのボランティアをしているときに、矢根さんに会って、インタビューをさせてもらいました。でも、そのときに、本名も住所も、教えてもらえませんでした。

私は、かなり迷いましたが、語り手を特定できないままに、人名や地名などの固有名詞を伏せた上で、その語りを本書に収録することにしました。その理由は、お読みいただけたらおわかりになると思います。それはとても、波瀾万丈の、印象的な語りだったからです。

しかし私は、本書の初校刷りができあがるころに、語りのなかにあるキーワードから、もしかして矢根さんをご存知かもしれない、釜ヶ崎に関わる何人かの知り合いに、矢根さんのことを聞いてみました。最初はどなたも、まったくわからない、ということでしたが、ある晩に、ひとりの知り合いから電話をもらいました。

「岸さんの言ってたひと、見つかりましたよ。」

私は驚き、喜びましたが、その次に告げられた言葉は、こうでした。

「ちょうど、つい先日、亡くなったばかりです。」

＊　＊　＊

釜ヶ崎に、路上生活者などから結成された「紙芝居劇むすび」という団体があります。矢根さんは、そのメンバーでした。インタビュー当時はまだ、紙芝居にあまり関わっていなかったらしく、語りのなかにもほとんどでてきませんでしたが、その後、矢根さんは「むすび」の主要メンバーになって、活躍していたとのことでした。もちろん、お名前も、「矢根さん」ではありません。

＊　＊　＊

電話を受けてからすぐにむすびのスタッフの方と連絡をとり、本書の草稿をメールで送りました。そして、その数日後、むすびの事務所にお伺いし、事務所のなかにつくられた小さな手作りの仏壇に、お線香をあげ、手を合わせました。

亡くなったときの状況も、詳しくお伺いしました。普段とおなじようにまったく元気にしていたそうです。そして、その日の夜に、食堂でご飯をおかわりして食べ、自分が住む福祉マンションに帰り、お風呂に入っているときに、亡くなったそうです。

矢根さんは、本書のインタビューのなかで、「死ぬときも誰にみとるわけでもなく、一人でひそかにな、楽でスッと死にゃいいけど」と語っておられます。どうやら、その通りになったようです。むすびのスタッフの方も、「自由に生きてきた矢根さんらしい最期でした」と笑っておられました。生前の矢根さんの人となりについても、たくさんのお話を聞くことができました。

＊　＊　＊

まず、本書に登場される語り手のみなさんに、心からお礼申し上げます。笑いながら、ときには泣きながら語られた、みなさんの素晴らしい「普通の人生」をここに記録できたことを、幸せに思います。

また、ルイスさん、りかさん、マユさんには、原稿の事前チェックをお願いしました。お忙しいところお手数をおかけしました。

「矢根さん」とつなげてくださった「NPO法人こえとことばとこころの部屋（ココルーム）」の上田假奈代さん、「紙芝居劇むすび」の石橋友美さんにも、心から感謝いたします。

はじめは自分でひっそりと自費出版しようと思っていた本書を、ウチで出しませんかと言っていただいた、勁草書房の渡邊光さん、ほんとうにありがとうございました。最初から最後まで、ずっと迷惑をかけ通しでしたが、本書の出版を通して、すばらしい編集者と出会えました。これからもよろしくお願いします。

インタビューの再録を快諾してくれた、元ゼミ生の森川諒さんと安東（大平）美乃里さんにもお礼を申し上げます。

最後に、私が書くすべての文章の最初の読み手である、連れ合いの齋藤直子に、いつも通りの特別の感謝を捧げたいと思います。

著者略歴

1967年生まれ。社会学者。立命館大学教授。専門は沖縄、生活史、社会調査方法論。著書に『同化と他者化——戦後沖縄の本土就職者たち』（2013年）、『断片的なものの社会学』（2015年、紀伊國屋じんぶん大賞2016受賞）、『質的社会調査の方法——他者の合理性の理解社会学』（石岡丈昇・丸山里美と共著、2016年）、『ビニール傘』（2017年、第156回芥川賞候補・第30回三島賞候補）、『はじめての沖縄』（2018年）、『社会学はどこから来てどこへ行くのか』（北田暁大・筒井淳也・稲葉振一郎と共著、2018年）、『マンゴーと手榴弾——生活史の理論』（2018年）、『図書室』（2019年、第32回三島賞候補）、『地元を生きる——沖縄的共同性の社会学』（打越正行・上原健太郎・上間陽子と共著、2020年）、『リリアン』（2021年、第34回三島賞候補、第38回織田作之助賞受賞）、『東京の生活史』（編著、2021年、紀伊國屋じんぶん大賞2022受賞）など。

街の人生

2014年５月20日　第１版第１刷発行
2022年１月20日　第１版第８刷発行

著　者　岸《きし》　政《まさ》彦《ひこ》

発行者　井　村　寿　人

発行所　株式会社　勁《けい》草《そう》書　房

112-0005 東京都文京区水道2-1-1 振替 00150-2-175253
（編集）電話 03-3815-5277／FAX 03-3814-6968
（営業）電話 03-3814-6861／FAX 03-3814-6854
本文組版 大橋貴良・堀内印刷所・松岳社

ISBN978-4-326-65387-4　Printed in Japan